# 도산 안창호
# 항산 구익균

최용학 편저

도서출판 한글

# 도산안창호 항산구익균

2024년 8월 10일 1판 1쇄 인쇄
2024년 8월 15일 1판 1쇄 발행

편저자 최용학
발행자 심혁창
마케팅 정기영
디자인 박성덕
교  열 송재덕
인  쇄 김영배
펴낸곳 도서출판 한글

우편 04116
서울특별시 마포구 신촌로 270(아현동)
수창빌딩 903호

☎ 02-363-0301 / FAX 362-8635
E-mail : simsazang@daum.net
창    업 1980. 2. 20.
이전신고 제2018-000182

* 파본은 교환해 드립니다
* 정가 20,000원
*
ISBN 97889-7073-637-2-13810

# 머 리 말

　도산 안창호에 관한 자료는 방대합니다. 인터넷이나 각종 매체, 출판을 통해 전집으로 혹은 단행본으로 많이 발표되어 굳이 제가 도산에 관한 책을 펴낸다는 것은 큰 의미가 없지 않나 싶습니다.

　그러나 큰 나무 아래 작은 나무가 있고 큰 나무가 쓰러지면 작은 나무가 큰 나무 기둥을 받치듯 도산이라는 큰 나무를 받친 인물들의 역할이 더 빛나고 역사적 의미를 더해준다고 생각합니다.

　도산의 그늘에서 이름 없이 빛도 없이 도산의 활동에 충성한 인사들이 많지만 그 가운데 도산의 비서로서 신의를 지키고 국내적으로도 크게 활동하신 구익균 애국지사를 천거하고 그의 노고를 기리고 널리 알리고 싶어 그 행적을 기록하기로 했습니다.

　나는 특히 상해에서 태어나 홍구공원에서 유년기를 보내며 상해 인성학교 구익균 선생님의 제자로 성장하였습니다. 다행히 서울서 만나 지금까지 정으로 오늘에 이르렀기에 선생님의 사랑을 되새기며 선생님에 관한 보도 자료를 중심으로 행적을 정리하였습니다.

　시중에 나와 있는 출판물과는 달리 도산에 관한 각종 자료를 수집하는 중에 전직 교육자로 지금은 작가로 활약 중이신 신영옥 선생님의 미국 도산공원 방문기를 알게 되어 독자가 도산에 관하여 접근하기 용이하게 그 기행문을 앞에 소개하고 이어 각종 전자매체에 올라 있는 자료를 정리하였습니다. 그리고 이어 도산에 관한 자료와 항산 구익균 선생님의 행적을 수록하였습니다.

도산에 관한 자료는 본인이 직접 써서 남긴 것은 없고 그가 연설을 하고 각종 행사에서 축시한 내용을 주변 인물들이 수집 정리한 편이고 특히 가족에게 보낸 편지를 사모님 이혜련 여사가 보관하고 있던 것들을 공개한 것이 전부였습니다.

그래서 은사이신 구익균 선생님의 행적 자료를 최대한으로 조사하고 도산의 자료는 중요한 내용만 간략하게 올립니다. 항산 구익균 선생님은 106세를 누리시고 많은 제자를 길러내고 활약하시다 2021년 영면하셨습니다. 선생님의 영전에 졸저를 겸손히 바칩니다.

2024년 7월

항산 제자  최 용 학

붙임 : 내용에 중복되는 감이 있는 것은 같은 사안을 여러 매체가 올린 기사를 자료로 하였기 때문에 문구는 달라도 같은 내용은 동일한 사실이 있습니다.

# 목 차

# 도산島山 안창호 安昌鎬

성　명 : 안창호(安昌浩)
출　생 : 1878년 11월 9일
사　망 : 1938년 3월 10일
아　호 : 島山
출생지 : 평남 강서
가　족 : 안흥국의 3남, 부인 이혜련
자　녀 : 안필립, 안필선, 안수산, 안수라, 안필영
활　동 : 한말 독립운동가 독립협회, 신민회, 흥사단 창당, 일제강점기 이토
　　　　히로부미(伊藤博文) 상해 홍커우공원 암살 사건과 관련하여 옥고,
　　　　교육자.
주요수상 : 건국훈장 대한민국장(1962)

# 미국 안창호 기념관 탐방기

### 신 영 옥

## 도산 안창호 선생님은 누구신가?

안창호 선생은 1878년 11월 9일 평안남도 강서면 봉삼리 도롱섬 마을에서 농부의 셋째 아들로 태어나셨다. 1938년 3월 10일 영면하시기까지 오직 민족과 독립운동을 하시다가 일생을 마치신 위대한 교육자며 독립운동가, 사상가시다.

열여섯 살 때, 평양에서 청일전쟁을 목격, 많은 문화재가 파괴되며 피해를 당한 현장을 보고, 복받치는 울분을 서당 선배 필대은에게 털어놓았다.

'청일전쟁 때 길을 내준 힘없는 우리나라 조선. 왜 일본군은 제 나라로 가지 않고 평양에 머물고 있는가?'

필대은은 그에게 '민족정신과 개화사상'을 일깨워 주었다.

'배워야 산다. 지식이 힘이다.'

이렇게 결심하고 서울로 간 청년 안창호. 미국 선교사 언더우드가 세운 '구세학당'을 찾아가 숙식을 제공받으며 신학문을 배우고 기독교 신앙을 갖게 되었다. 졸업 후 조교를 하며 고향에 돌아가 교육자가 되는 포부를 품었다.

고향에서는 어른들끼리 정혼해 놓은 이혜련과 결혼을 서둘렀지만 '공부를 해야 하고, 할 일이 많다'고 어른들을 설득하여, 이혜련을 '정신여학교'에 입학시켰다.

1897년 서재필 박사가 이끈 '독립협회'에 가입. '만민공동회'에 적극 참가하여 전국을 다니며 애국계몽 강연으로 '아는 것이 힘이다. 힘을 길러야 나라가 산다'는 주제로 청중들을 감동시킨 '쾌재정(快哉亭)'의 연설은 유명하고 영향력이 컸다.

형이 거주하는 탄포리에 우리나라 최초로 남녀공학인 '점진학교'를 세우고, '탄포교회'를 세우는 일을 돕고, 황무지 개간사업을 해나가는 중 정부가 '독립협회'를 해산시켰다. 이때 유학을 결심한 안창호.

결혼 직후, 1902년 10월 미국 유학길에 오른 신혼부부. 망망대해 뱃길에 수평선 멀리 우뚝 솟은 바위산을 바라보며 깊이 감명을 받아 호를 '도산(島山)'이라 지었다.

샌프란시스코에 안착 후. 교포들의 빈곤한 생활을 목격하고 '내 학문보다는 민족을 구하자!'로 목표를 바꿔 교포들의 지도자 길로 뛰어들었다. 최초로 '한인촌'을 만들고, '한인친목회'를 조직하여 회장 역할을 하며, 낮에는 일터에서 밤에는 야학으로 교민 살리기에 혼신을 다하는 중 1906년 한일합방 소식을 듣고 귀국, 독립운동에 적극 참여하였다. '한인친목회'에서도 독립 자금을 모아 도산이 상하이 임시정부 건물 구입을 도왔다. 유럽 미국, 중국 등을 왕래하며 여러 독립운동단체에서 중요 직책을 맡아 활동한 도산 안창호 선생.

그 와중에도 평양에 대성학교를 세워 인재양성을 하고. 샌프란시스코에 '흥사단'을 창립하며 민족정신 교육에 이바지한 독립운동가,

교육자이시다.

가정은 부인에게 맡기고, 독립운동에 전념하다 해방도 못 보고 돌아가셨지만, 국내외에서는 '도산공원 기념관' '도산대로' '동상' 등을 세우고 '흥사단' 정신을 이어가며 민족의 횃불로 그 충정을 기리고 있다.

필자는 배운 지식을 기초로 현지에서 보고 들은 이야기를 함께 나눠 보고자 한다.

## 100년 전, 그의 옷을 만나다.(한인 연합감리교회에서)

1996년 여름. 샌프란시스코 한인연합감리교회에서 주일 예배를 드리고, 교회를 구경하던 중, 지하 1층의 커다란 유리 문 안쪽 벽에 전시하듯 걸려 있는 검은 양복 한 벌과 중절모자 하나, 검은 색 구두 한 켤레를 보았다.

'DOSAN AHN CHANG HO'라는 안내 표지가 붙어 있었다.

그 분 옷을 여기서 만나다니, 반갑고도 사연이 궁금했다. 교회 간부의 말에 의하면 안창호 선생이 처음 미국 왔을 때 벗어놓은 것을 계속 교회에서 보관하고 있다는 전설 같은 실화를 들려주었다.

신학문을 배워 교육자가 되겠다는 꿈을 안고 유학길에 올라 도착한 샌프란시스코. 이민국에 가서 입국수속을 마치고, 건강진단을 받으려던 중 한국에서 안창호를 본 일이 있으며 잘 안다고 다가온 의사 '다올', 도산은 '다올'의 집안일을 도우며 공부할 수 있는 든든한 일자리가 마련된 것이다. 어른이 초등학교에 입학하여 어린 아이들과 함께 기초부터 배우는 학교생활도 즐겁던 어느 날, 시내를 지나다 큰길에서 상투를 잡고 뒹굴며 싸우는 두 사람을 보았다.

빙 둘러선 사람들은 말리지도 않고 구경만 하고 있지 않은가? 상투와 바지저고리, 저들은 분명 조선 사람이다. 도산은 달려들어 싸움을 말리고 차근차근 이유를 물으니,

'미국 오면 잘 살 수 있다고 해서 왔는데. 막상 와 보니, 말은 통하지 않고, 일자리 구하기도 어려워 중국인을 상대로 인삼 보따리를 펴놓고 파는데, 사람 왕래가 많은 자리를 차지하려다 싸우게 되었단다. 가져온 돈은 바닥나고 먹고 살아갈 걱정이 태산이오.' 했다.

그 순간 도산이 새로 결심했다.

'우리 민족이 우선이다. 저들을 지도해야 한다. 학문은 다음으로!'

그후 세 사람의 기도처로 마련한 방 한 칸에서 가정예배를 드리면서 교회창립의 기초를 다졌다. 그 당시 노동 현장으로 나가면서 벗어놓은 양복이 그분의 것이란다. 감동이었다. '이 귀한 양복!'

## 한인교포를 이끌다(한인 회장 이야기를 중심으로)

샌프란시스코에 20여 호 되는 교포들을 찾아 나섰다. 그들을 가르치려면 우선 사람을 알고 신임을 얻어야 모이고 상담도 할 수 있었다. 수소문해서 한인들을 찾아가 인사하고, 길거리 청소, 집안청소를 도우며 친분을 가졌다. 처음엔 낯설어하던 사람들이 차차 본심을 알고 모임에 나오고, 야학을 열어 한글과 생활영어도 가르쳤다.

한인 교포들 일자리 마련이 어려웠던 원인을 농장주들을 통해 알아낸 내용은 이렇다.

첫째 무식하고 상식이 없고 말귀를 몰라 소통이 안 된다.

둘째 더럽고 게으르다.

셋째 예의가 없고 잘 싸운다.

넷째 계획 없이 되는 대로 산다. 돈이 조금만 생기면 노름하고 술
     퍼마셔서 탕진한다.

다섯째 남을 잘 속이고 얼렁뚱땅 넘어가려 한다.

여섯째 남의 물건을 소중히 하지 않고 대충대충 처리한다.

그런 이유로 한번 경험한 농장주들은 일자리를 주지 않으려 하고
함부로 다룬 농작물 손해로 품삯 대우도 저렴하다고 했다.

도산 부부는 사람들을 모아 이 사실을 알리고, 먼저 생활습관을
고쳐나가기로 했다. 머리를 단정히 자르고 목욕을 자주 하고, 이를
깨끗이 닦자, 일터에 나갈 때도 깨끗한 옷을 입고, 귤 하나라도 상처
없이 따야 돈이 된다. 떨어진 귤 하나라도 슬쩍 집어 먹지 않도록 한
다고 일일이 가르쳤다.

한국에서는 경험해 보지 못한 농사일을 하면서 심성이 곱지 못한
사람 취급을 받으며 생활고에 시달렸던 교포들이 가여워 함께 눈물
을 흘리며 의식 개선에 나섰다.

그 후 깨끗한 옷차림으로 아침 일찍 일터에 나와 인사도 하고 정
성스레 일하는 것을 보고 물었다.

"당신들 나라에서 훌륭한 지도자가 오기라도 했소?"

변화된 모습을 보고 농장주는 이렇게 묻기도 했다.

도산은 유학 온 한국인들에게 연락도 하고, 샌프란시스코의 한국
인을 모아 처음으로 '한인 친목회'를 조직하고 회장으로 선발되어 교
민들의 손발이 되었다.

처음으로 자기 집을 갖게 된 교포들 '한인촌'이 조성되었다. 샌프란시스코 '금문교' 공사를 마친 중국인 노동자들이 돈을 많이 벌어 다른 도시로 이주하며 빈집이 많이 생기게 된 *리버사이드. 도산의 역할로 사용해도 된다는 시청의 승인을 받았다.

비싼 집 세를 내지 않고, 자기 집에서 안정된 생활을 할 수 있게 된 기쁨은 깨끗한 집으로 가꾸며 이웃과 정도 나누고, 주일날 모여 예배드리고 기도하며 감사한 생활로 이어져 나갔다.

도산의 부인 이혜련 선생은 틈틈이 한글을 가르치며 재봉틀을 사용하여 옷 만들기, 커튼 만들기, 쉽고 맛있는 영양식 만들기, 육아 이웃 도와주기 봉사활동으로 발전, 그곳 사람들도 '도산 공화국'이라 인정하는 한인사회가 되었다.

도산은 노랫말을 잘 지었다. 그중 '애국가' 작사가로 많은 학자들이 인정한다.(2022.05.23 –서울대 신용하 명예교수의 글 참고)

## 독립운동가의 험한 길을 걷다

한일합방 소식에 가족을 두고 귀국한 도산 안창호. 유럽 미국은 물론 중국을 드나들며, 독립자금을 모아 상하이 임시정부 건물을 구입하고 독립운동에 앞장서 일했다. 이상재, 이승만 등을 만나고 독립운동을 하는 외중에도 평양에 인재양성을 위한 '대성학교'를 세우며, 일본에 유학하는 우리나라 학생들이 조직한 '태극학회'에 들러 연설을 하고, 국내 방방곡곡을 다니며 민족사상을 일깨우는 애국연설을 하였다. 그 영향을 받은 분들이 많았으니 남강 이승훈 선생도 독립운동가, 교육가, 사업가가 되셨다.

'한인친목회'에서도 도산의 애국정신에 감탄하여 독립자금을 모아 고국의 독립을 도왔다. 독립운동이 세계 각지로 퍼지자 일경에서는 도산선생을 고급공무원으로 유인하려 했으나 이를 거부하고, 미국으로 망명하여 동지들과 뜻을 모아 1913년 샌프란시스코에 '흥사단'을 창설하며 정신교육에 나섰다.

'흥사단' 기본사상은 넓은 의미로는 민족개조론이다.

1) 무실(務實) - 진실. 성실 참되기에 힘쓰라.
2) 역행(力行) - 힘써 행하라. 100가지 논설보다 한 가지 본보기가 효과적이다.
3) 충의(忠義) - 충성심 있고 성실하고 신의를 지켜라.
4) 용감(勇敢) - 용기가 있는 국민이 되어야 한다.

지식의 힘, 금전의 힘. 신용의 힘을 모범적으로 보여준 도산 안창호 선생. 상하이 임시정부 내무총장 겸 국무총리 서리가 되기도 했던 도산, 윤봉길 의사의 홍구공원 의거와 관련이 있다고 억지로 체포, 고국으로 압송 투옥, 중일전쟁 직전 흥사단 동지들과 체포되어, 수차례 투옥, 긴 감옥 생활로 병을 얻어 병보석으로 병원에 입원하였으나 1938년 3월 10일 서울대병원에서 운명하셨다. 그 유해는 현재 서울 '도산 공원'내 묘소에 부인과 함께 모셔져 있다.

'진리는 반드시 따르는 자가 있고. 정의는 이뤄지는 날이 있다. 죽더라도 거짓이 없어야 한다.'

이렇게 주장하며 많은 어록을 남긴 민족의 스승. 독립을 위한 수많은 애국지사의 순국과 백성들의 고초는 힘이 없는 나라에 닥치는 아픔과 서러움임을 역사는 말하고 있다. 시대를 막론하고 훌륭한 지도자가 필요하다.

## 세계적인 평화인물 도산 안창호(리버사이드 평화 공원에서)

DOSAN AHNCAG HO MEMORIAL(1878 -1938)

'리버사이드 도산기념사업회'

리버사이드 시청 옆에 우뚝 선 도산 안창호 동상

2001년 8월 리버사이드 시청 옆에 황동으로 우뚝 선 도산 안창호 동상.

양복을 단정히 입고. 양 손은 뒤로 정면을 바라보는 그 모습에 묵념을 올리고, 동상 둘레를 돌아보았다.

야트막한 둘레 석에 위의 글자가 새겨져 있다. 50m쯤 거리에 마틴 루터 킹 목사의 동상도 풍만한 자세로 아이들을 옷 폭에 안고 서 있다.

2019년 4월 다시 찾은 평화예술공원은 2016년에 재단장하여 해묵은 나무들과 깨끗한 거리에 건물들도 새롭게 구성된 시가지. 전에 세워졌던 한국의 도산 안창호 선생과 미국의 마르틴 루터 킹 목사이외 인도의 마하트마 간디 동상이 추가되어 도산이 가운데 세 분의 동상이 나란히 세워진 평화의 거리. 인권을 주장하고 무저항 비폭력 평화 인으로 선정된 세 분, 세계적인 평화 인물이라 하니 감회가 깊었다.

주 정부에서는 생신날인 11월 9일을 '도산 안창호의 날'로 정하였다. 서울 강남구와 자매결연도 맺고 도로 이름에 '강남로'. 지금 아파트가 들어선 많은 건물이 오렌지, 레몬, 파인애플, 옥수수 농장이었던 곳이라 한쪽은 오렌지 길, 다른 쪽은 레몬길이다.

한인회장 안내로 안창호 기념관을 둘러보고 한인들이 다니던 교회도 바라보았다.

도산 안창호 선생 도미 100주년을 기념해서 2002년 LA고속도로에 도산 안창호 인터 체인지가 생겼고 LA에 안창호 우체국도 생겼다. 해방 후 오늘에 이르기까지 국내외 곳곳에 '도산기념관'을 세워 선생의 업적을 기리며 '흥사단' 본부가 있고, '도산대로'로 이름을 지었다.

어려운 때일수록 애국지사가 나타난다. 일본에게 빼앗긴 나라를 찾으려는 애국지사님들. 아무도 모르게 이슬처럼 사라지신 분들이 얼마나 많은가. 그 업적을 기리며 도산 안창호의 정신 한 모서리에 귀를 기울이며 기도를 올린다.

피 땀을 토하며 지키고 기다리던 대한독립.

잊을 수 없는 임들의 발자취 더듬어

붉게 타오르는 태양 앞에서 힘차게 부르는 애국가

철갑 두른 남산 위의 팔도 소나무 곁에서

이국의 오렌지 밭으로 전하는 '도산공원' 숲 바람 소리
조국의 평화 통일을 기원하실 우리 님들
못 다한 가족사랑, 부부의 사랑을 천국에서 누리소서.
임이여.
임을 그려 청옥 빛 오월 하늘 아래 태극기를 펼칩니다.

(2022. 5)  신영옥

## 신영옥

* 신영옥 호(惠山). 충북괴산 출생. 교육계 근무. 시인 아동청소년 문학가. 인문학연구.
* 시집 : 「오늘도 나를 부르는 소리」, 「흙 내음 그 흔적이」, 「스스로 깊어지는 강」, 「산 빛에 물들다」, 「길 위에서 길을 묻다」외 「신영옥 작사 가곡선집. 1.2.3」 외 다수.
* 한국문협 동작고문. 국제펜한국본부 자문위원. 한국여성문학이사. 한국아동청소년문학 상임위원. 한크문협중앙위원. 가곡작사가협 자문위원. 한국문예작가회 고문. 서울 시단 등에서 활동.

# 인터넷상의 도산 자료

## 도산공원(서울 강남구)

"어디들 가십니까? 무슨 일이 벌어졌습니까?"

"오늘 쾌재정(快哉亭)에서 만민 공동회가 열린답니다. 나라의 높은 관리들도 오고 특별한 청년 연사가 나와 연설도 한다고 합니다."

"만민 공동회는 우리나라 이권을 빼앗으려는 외세에 맞서 우리나라의 독립과 주권을 지키려는 민중 대회예요. 평양 만민 공동회가 열리는 대동강 서쪽 언덕의 쾌재정에는 사람들이 몰려들었어요. 쾌재정에서 열린 만민 공동회의 특별한 청년 연사는 누구일까요?"

### 명연설

1897년 쾌재정 만민공동회의 특별한 연사로 나선 사람은 19세의 청년 안창호였다. 그가 처음 대중 앞에 섰다.

"여러분, 쾌재정에서 이렇게 뵈니 쾌재(통쾌하다)가 절로 나옵니다. 고종 황제 폐하의 탄생일인 오늘같이 뜻깊은 날에 나라의 관리들과 백성들이 한자리에 모였으니 쾌재를 부르지 않을 수 없습니다. 그러나 요즘 우리에게 쾌재를 부를 일이 별로 없습니다. 백성을 보살피고 도와야 할 관리들이 오히려 힘없는 백성을 짓밟고 재물을 빼앗고 있지 않습니까? 그러니 나라가 어찌 돌아가겠습니까?"

단상에 오른 안창호는 조금도 주저 없이 통쾌하게 입을 열었다. 그렇게 안창호는 시작부터 대중을 사로잡았다. 안창호의 연설이 이어지자 청중들은 박수를 치며 환호했다. 안창호는 소리 높여 무능한 관리들을 비판하였고 높은 관리를 앞에 두고도 거침없이 할 말을 다 하는 안창호의 힘찬 연설에 백성들은 놀라고 감동했다. 곳곳에서 우레와 같은 박수가 터져 나왔다.

이렇듯 통쾌하게 백성의 마음을 긁어 주었던 쾌재정 연설은 안창호를 명연설가로 만들었다. 이후에도 그는 민중의 성신을 일깨우는 연설에 온 힘을 쏟았다.

그는 교육만이 희망이라는 것을 강력하게 부르짖었다. 어릴 적 평양에서 자란 안창호는 청일전쟁의 전투 실상과 죄 없는 조선 사람들이 죽고 다치고 집과 공장이 불타고 백성들이 피란을 가야 했던 전황을 보았다. 싸우는 쪽은 청나라 군과 일본군이었는데 정작 피해를 보는 쪽은 조선 백성들이었던 것이다. 그것을 본 안창호는 도무지 이해가 되지 않았다.

"자기 나라에서 싸울 것이지 왜 남의 나라에서 싸우는가?"

"이유는 우리나라가 힘이 없기 때문이다. 우리가 힘 있는 민족이라면 어떤 나라도 우리 땅에서 소란을 피우지 못할 것이다."

안창호는 고민에 고민을 거듭하다 이때부터 나라와 민족을 위해 자기 일생을 바치겠다는 결심을 하였다. 우선 외국인 선교사가 세운 구세학당에 들어가 영어와 서양의 신학문을 공부했다. 배움만이 변화하고 있는 세상을 이해하고 우리나라를 구할 수 있다고 생각한 것이다.

　그는 고향인 평안남도 강서군으로 돌아와 점진학교를 세웠다. 학교 이름은 날로날로 점점 나아가자는 뜻에서 그렇게 정하였다. 점진학교는 남녀 구별 없이 학생을 받았다. 여자도 배워야 한다는 그의 신념을 실천한 것이었다. 교육을 통해 나라의 힘을 기르고자 하는 자기의 뜻대로 학교의 교훈은 '힘을 기르자'로 정했다.

점진학교 교사와 학생들

## 미국 교포사회를 이끌다

　1902년 안창호는 미국 유학길에 올랐다. 조국을 위한 큰일을 하기 위해서는 신학문을 공부해야 한다고 생각했기 때문이다. 미국으로 가는 뱃길에서 그는 넓고 넓은 바다에 우뚝 솟은, 웅장한 하와이

섬을 보고 감격하여 이때 자신의 호를 '도산(島山)'이라고 정했다.

'나도 넓고 넓은 저 바다에 우뚝 서 있는 섬과 같이 사람들에게 희망과 기쁨을 주는 사람이 되리라.'

안창호는 하와이를 거쳐 샌프란시스코에 도착하였고 그는 초등학교부터 다시 공부하기로 하였다. 25세의 늦은 나이지만 어린 학생들과 공부하는 것을 부끄러워하지 않았다. 낮에는 공부하고 밤에는 돈을 버는 힘든 생활이었지만 배움의 길만은 소중하게 여겼다.

그러던 어느 날이 안창호는 길을 가다가 우리나라 사람 둘이 서로 상투를 잡고 싸우는 광경을 보았다. 지나가던 미국인들은 걸음을 멈추고 조롱하는 눈으로 싸움 구경을 하고 있었다.

안창호가 달려들어 싸움을 뜯어말리고 물었다.

"어쩌자고 같은 조선 사람끼리 싸우는 거요?"

한 사람이 대답했다.

"우리는 중국인을 상대로 인삼을 팔러 다닙니다. 서로 구역을 놓고 장사를 하는데 이 친구가 내 구역을 침범했지 뭡니까."

두 사람은 눈을 부라리며 목소리를 높였다. 안창호는 멀고 먼 낯선 나라에서 이런 동포들의 모습에 속상하고 분통이 터졌다. 하지만 그들에게 뭐라 할 수도 없었다. 너무 가난하고 살기 어려워서 그런다는 것을 알고 있기 때문이었다.

안창호는 이 미지의 세계 미국에서 자기가 해야 할 일이 무엇인가를 깨달았다.

'미국까지 온 교포들의 생활이 너무나 엉망이다. 우리가 이대로 살아서는 안 된다. 뭔가 달라져야 제대로 대접도 받을 수 있다. 우선

이들의 생활부터 바로잡아 주어야 한다.'

안창호는 그날부터 자기 학업을 뒤로 한 채 교포들을 한마음 한뜻으로 모으는 일에 앞장섰다. 먼저 교포들의 생활과 의식을 개선해야겠다고 생각하였다. 그로부터 안창호는 교포들이 사는 마을로 가 거리를 청소하기 시작했다. 처음에는 안창호를 그저 비웃기만 하던 교포들이 조금씩 마음을 열기 시작하였다. 한 주민이 앞서서 말했다.

"이제 되었습니다. 여기 사람들이 돌아가며 거리 청소를 하기로 했습니다."

그 뒤로부터 집과 주변이 깨끗해지니 사람들의 옷차림과 표정도 좋아졌다. 까마득히 먼 나라에서 와 서로 경계하기 바빴던 사람들이 환히 웃는 얼굴로 인사도 나누고 어려운 일도 서로 도와주기 시작했다.

작은 일부터 실천한 안창호의 노력에 미국 교포들의 삶이 크게 바뀌었고 어느새 교포들은 안창호를 지도자로 믿고 따르게 되었다.

## 오렌지 하나에 나라 사랑을 담다

1903년 안창호는 한인 친목회를 만들어 교포들이 한마음으로 단결하여 살 수 있도록 힘썼다. 그해 안창호는 일자리를 찾는 교포들과 함께 로스앤젤레스의 리버사이드로 이사를 하였다. 그는 이곳 농장에서 일하면서 한인들에게 일거리를 알선해 주었다. 또 그럴 때마다 교포들을 이렇게 격려해 주었다.

"여러분, 오렌지 한 개를 따도 정성껏 따는 것이 곧 나라를 위한 길입니다. 남의 일이라는 생각을 버리고 정성을 기울여 일합시다."

리버사이드 오렌지 농장에서 일하는 안창호

1905년 안창호는 한인 친목회를 이끌어 온 동지들과 함께 공립협회를 만들었다. 공립협회는 교포들의 권익을 보호하는 일에 힘쓰는 한편 항일 민족 운동에도 앞장서 활동했다. 안창호는 계속해서 계몽 운동을 벌이며 교포들에게 애국 사상을 심어 주었다. 그의 뛰어난 지도력 덕분에 교포들의 삶은 점점 나아졌고, 미국인도 조선 사람을 무시하는 일이 줄어들었다. 공립협회의 회원 수는 날로 늘어났고 협회의 위상도 높아져 갔다.

## 민족의 힘을 키우기 위해 애쓰다

이 무렵 일제가 을사늑약을 통해 우리나라의 외교권을 빼앗아 갔다는 가슴 아픈 소식이 들려왔다. 공립협회는 일제의 침략 행위를 규탄하고 을사늑약을 거부하는 결의문을 배포하였다.

안창호는 마음이 찢어질 듯 아파서 더는 조국의 현실을 두고만 본 채 미국에 머무를 수 없음을 깨닫고 고국으로 돌아오자마자 여러 곳을 돌아다니며 애국심을 북돋는 연설을 했다. 일본 경찰이 그의 행동을 일일이 감시했지만 그것은 아랑곳하지 않고 더욱 목소리를 높여 외쳤다.

"여러분, 우리나라를 살리는 길이 있습니다. 첫째는 나라를 사랑하는 마음을 기르고, 둘째는 우리 스스로 힘을 기르는 것입니다. 힘이란 무력이 아닙니다. 배워서 아는 것, 그것이 진정한 힘입니다."

그의 연설을 듣기 위해 각지에서 사람들이 모여들었다. 강연장은 사람들로 넘쳤다. 힘이 넘치는 그의 연설에 많은 사람들이 우렁찬 박수를 보냈다.

1907년 그는 국권을 회복하고 자주 독립국을 세우겠다는 목표를 가지고 동지들과 함께 '신민회'라는 항일 정치단체를 만들었다. 그들은 자신이 직접 연락을 할 상대 외에는 누가 같은 조직원인지 아닌지조차 모를 정도로 철저히 비밀리에 활동했다.

신민회는 평양에 대성학교를 세워 민족의식과 독립사상을 갖춘 애국 국민을 키우고자 노력했다. 교장직을 맡은 그는 기회가 있을 때마다 학생들에게 강조했다.

"나라가 없으면 나도 없다. 나라가 힘이 있어야 나도 힘을 얻을 수 있다."

신민회는 대동강 상류에 도자기 회사도 세웠다. 평양의 마산에서 나는 질 좋은 흙으로 도자기를 만들어 팔면 경제적으로 국민 생활에 보탬이 되리라는 생각에서였던 것이다. 또한 서울, 평양, 대구 등지에서 출판사업과 서점을 겸한 태극서관도 세웠다.

대성학교 졸업사진

일제의 날카로운 감시 속에서도 끊임없이 나라를 구하기 위한 여러 가지 활동을 했다. 이런 사실들이 알려지자 백성들은 그에게 큰 지지와 존경을 보냈었다.

## 국외 한인들의 힘을 한데 모으기 시작

1909년 안창호는 일제에 체포되어 고문을 받다 풀려났다. 더는 국내에서 활동할 수 없음을 깨닫고 훗날을 기약하고 시베리아를 거쳐 미국으로 향하였다.

1912년 샌프란시스코에 미국 본토, 하와이, 만주, 시베리아 등 각 지역 대표자를 모이게 하여 '대한인국민회 중앙총회'를 조직하였다. 국외 한인들의 권리와 이익을 보호하고 생활을 개선할 목적이었다. 그는 초대 총회장에 뽑혀 여러 나라에 사는 한인사회를 조직적으로 이끌며 민족운동을 이끌어 나아갔다.

"조국이 일제에 짓밟혔지만, 우리라도 국외에서 인정받는 단체를 만듭시다. 우리 조국의 존재를 알리고 외국 사람들에게 우리가 얼마

국민회 하와이 지방총회 임원들

나 자랑스러운 민족인지 알려야 합니다."

안창호는 국외 교포들에 관련된 일을 대한인국민회를 통해 의논해 줄 것을 미국에 직접 요청하였다. 미국은 이 요청을 받아들였고 대한인국민회는 대사관처럼 미국이나 러시아에서도 인정받는 대표 기관으로 자리를 잡았다. 그리고 대한인국민회를 이끄는가 하면, 건전한 인격과 실력을 갖춘 젊은이들을 키워내기 위해 '흥사단'이라는 단체를 결성했다. 안창호가 내세우고 있는 건전한 인격이란 신체가 튼

튼하며, 한 가지 이상의 전문 지식과 생산 기술을 가진 성실하고 진실한 인간을 말한다. 정치가, 군인, 경제가 등 분야별 인재를 양성하고 이들이 활약할 수 있는 사회를 만들고자 한 것이었다.

이후 흥사단은 여러 지역에 단원들을 확보하며 발전을 거듭하였다. 그의 바람대로 많은 젊은이가 흥사단 활동을 통해 훌륭한 지도자로 거듭나 우리나라를 위해 많은 일을 하였다.

## 대한민국 임시정부에서 활동

1919년 안창호는 미국에서 3·1운동 소식을 들었다. 그는 대한인국민회대표자 대회를 소집하고 포고문을 발표하였다. 그리고 벅찬 감격에 뜨거운 눈물을 흘리며 이렇게 외쳤다.

"장하다, 내 겨레! 훌륭하다, 내 민족! 이제 온 민족이 일제히 일어나 생명과 재산을 모두 바칠 각오로 대한 독립을 힘껏 외칩시다!"

고국을 떠나온 1세대 한인 이민자들은 낯선 땅에서 차별과 나라 잃은 슬픔을 숱하게 겪었다. 그들이 할 수 있는 일은 오렌지 농장과 사탕수수 농장에서의 고된 노동뿐이었지요. 그들은 생계를 이어가기도 빠듯했지만 이렇게 번 돈의 반 이상을 기꺼이 조국을 되찾기 위한 독립 자금으로 내놓았다.

그는 조국을 되찾기 위해 이렇게 독립자금을 모금하였고 그 독립자금을 미주 지역을 대표하여 상하이에 있는 대한민국 임시 정부에 전달하였다. 일제의 감시를 피해 두 달이나 걸려 상하이에 도착하였고 상하이의 독립 운동가들은 그런 안창호를 뜨겁게 맞아주었다.

"반갑소. 선생을 내무총장으로 임명했으니 열심히 일해 주시오."

안창호는 우선 대한민국 임시정부의 건물을 지었다. 그리고 연통

임시정부 내무총장 국무총리 / 임시정부 통합 후 안창호

제를 실시하고 만주에 흩어져 있는 독립군 조직을 임시정부 아래로 통합하여 독립운동의 힘을 한데 모으고자 노력했다.

또한 「독립신문」을 창간하고, 대한민국적십자회를 다시 일으켜 세웠다. 학교를 설립하고 언론의 선전 활동에도 힘썼다. 그리고 한성, 블라디보스토크, 상하이에 수립된 3개의 임시 정부를 통합하는 운동을 적극적으로 펼쳐 상하이에 정통성을 가진 통일정부를 세우게 되었다. 그는 대한민국 임시정부의 노동국총판에 취임하여 여러 방면에서 독립을 위한 사업을 펼쳐 나갔다.

안창호는 임시 정부를 중심으로 힘을 합쳐 독립운동을 펼치고자 노력하였다. 하지만 그의 기대와는 달리 임시정부는 분열을 거듭하였다. 이때마다 안창호는 중재하고 통합하고자 노력했다. 그리고 그는 높은 자리에 연연해하지 않고 묵묵히 실제적인 독립운동을 위해 힘을 쏟았다.

1932년 4월 29일 상하이 훙구공원에서 윤봉길 의사의 의거가 일

어났다. 이 일로 일제는 상하이에서 활동하는 애국지사들을 닥치는
대로 붙잡아 갔다. 안창호도 일본 경찰에 붙잡혔다. 일경이 말했다.

"앞으로 독립운동을 하지 않겠다고 하면 석방해 주겠소."

"나는 밥을 먹어도 우리나라 독립을 위해 먹었고, 잠을 자도 우리
나라 독립을 위해 잤소. 나는 앞으로도 독립운동을 계속할 것이오."

일제는 갖은 방법으로 안창
호의 독립운동 의지를 꺾고자
했지만 그의 뜻은 변함없이
단호했다. 어둡고 좁은 독방
에 갇혀 있던 안창호는 그만
병이 나고 말았다. 안창호는
병보석으로 풀려나 병원에 입
원하게 되었지만 그의 병은
점점 깊어져 1938년 3월 10
일 마침내 교포들을 걱정하며
영원히 눈을 감고 말았다.

감옥에 갇혀 있을 때의 모습(1937년)

도산 안창호는 민족의 힘을
키우고 잃어버린 나라를 되찾고자 한평생을 바쳤다. 특히 낯선 다른
나라 땅에서 교포들의 의식을 일깨우고 마음을 한곳으로 모으려고
있는 힘을 다했다.

교포들의 피땀 어린 노력으로 독립은 한 걸음 더 가까워졌다. 국
외 교포들은 고된 현실 속에서도 독립운동 자금을 지원하였고 그 중
심에는 도산 안창호가 있었다.

지금도 우리 국외 교포들의 나라 사랑하는 마음은 대단하다. 이는 안창호와 같은 지도자가 있었기 때문이 아닐까 한다. 도산 안창호가 우리에게 외쳤던 말 "그대는 나라를 사랑하는가?"

경기도 과천시 교육원로 86 국사편찬위원회

# 도산 일대기

한학을 배우다가 서당 선배로부터 신학문에 눈을 뜨고, 조국의 앞날을 염려하던 중 청일전쟁(淸日戰爭)이 눈앞에서 벌어지고 있음을 보고 깨달은 바 있어 1895년 상경, 구세학당(救世學堂)에 들어가 그리스도교도가 되었다.

1897년 독립협회(獨立協會)에 가입하고 평양에 지부를 설치하기 위한 만민공동회(萬民共同會)를 쾌재정(快哉亭)에서 개최하여 약관의 몸으로 많은 청중에게 감동을 안겨준 연설을 하였다. 훗날 종교가이며 교육자로서 민족의 지도자가 된 이승훈(李昇薰:1864년생)은 이 연설에 감명을 받고 독립운동의 의지를 굳혔다고 술회할 정도였다.

1899년 고향 강서에 한국 최초로 남녀공학의 점진학교(漸進學校)를 세우는 한편 황무지 개척 사업을 벌였고, 앞으로 큰일을 하기 위해서는 새로운 학문을 더욱 받아들일 필요가 있음을 절감하고 1902년 미국으로 건너갔다.

샌프란시스코에서 노동을 하면서 초등 과정부터 다시 공부를 시작, 교포들의 권익보호와 생활향상을 위해 한인공동협회(韓人共同協會)를 만들어 「공립신보(共立新報)」를 발간하였다.

그 후 을사늑약이 체결되었다는 소식을 듣고 1906년 귀국, 1907년 이갑(李甲)·양기탁(梁起鐸)·신채호(申采浩) 등과 함께 항일비밀결사

신민회(新民會)를 조직, 「대한매일신보(大韓每日新報)」를 기관지로 하여
활동을 시작하였다. 대구에 태극서관(太極書館)을 세워 출판사업을 벌
이고 평양에 도자기회사를 설립하여 민족 산업육성에 힘쓰는 한편
평양에 대성학교(大成學校)를 설립하고 청년학우회(靑年學友會)를 조직
하여 민족의 지도자 양성에 힘쓰는 등 다방면의 활동을 전개하였다.

1910년에는 신민회 간부들과 함께 개성헌병대에서 3개월간 곤욕
을 치르기도 하였는데 이는 1909년에 있었던 안중근(安重根)의 이토
히로부미(伊藤博文) 암살사건에 관련되었다는 혐의 때문이었다. 그 후
시베리아를 거쳐 1911년 미국으로 망명하였다.

'105인사건'으로 신민회·청년학우회가 해체되자 1913년 흥사단(興
士團)을 조직하였다. 3·1운동 직후 상하이(上海)로 가서 임시정부 조
직에 참가하여 내무총장·국무총리대리·노동총장 등을 역임하며 「독
립신문(獨立新聞)」을 창간하였다. 1921년 임시정부가 내부분열을 일
으키자 이를 수습하지 못한 책임을 지고 물러났고 1923년 상하이에
서 열린 국민대표회의(國民代表會議)가 성과를 거두지 못하자 1924년
미국으로 건너가 흥사단 조직을 강화하였다.

1926년 다시 상하이로 가서 흩어진 독립운동단체의 통합을 위해
진력하였으며 독립운동기지를 마련하기 위하여 이상촌(理想村) 건설에
뜻을 두고 이를 추진하였으나 일제가 중국침략을 본격화하면서 실패
하고, 1932년 윤봉길(尹奉吉)의 홍구공원(虹口公園) 폭탄 사건으로 일
본경찰에 체포되어 본국으로 송환되었다. 2년 6개월을 복역한 뒤 가
출옥하여 휴양 중 동우회(同友會)사건으로 재투옥되고, 1938년 병으
로 보석되어 휴양 중 사망하였다.

그의 기본사상은 '민족개조론(民族改造論)'을 기본으로 하고 있으며, 자주독립을 이룩하려면 넓은 의미의 교육, 즉 국민운동을 통해서만 가능하다고 믿고 있었다. 무실역행(務實力行)을 근간으로 하는 그의 흥사단 정신은 오늘날에도 민중들에게 큰 영향을 주고 있다.

1962년 건국훈장 대한민국장이 추서되었다. 2002년 미국 로스앤젤레스 프리웨이에 '도산 안창호 메모리얼 인터체인지', 2004년 로스앤젤레스에 '안창호 우체국'이 생겼으며 2012년 1월 애틀랜타에 있는 마틴 루터 킹 센터 내 명예의 전당에 아시아인 최초로 헌액되었다.

## 해외 활동

안창호는 본인이 직접 발행한 저서나 문집은 없는 것으로 알려져 있고, 시나 일반적인 글은 그가 남긴 메모 등을 수집한 것이 전부다. 안창호는 연설을 잘했기 때문에 연설문이 수록되어 남아 있다.

실제 안창호 이름으로 된 글은 거의가 연설이나 구술의 형태로 되어 있는데 안창호는 고등교육을 받지 않았기 때문에 친필로 글을 남기지는 않았지만 근대 교육을 이수하여 근대적인 학문적 소양을 가지고 있었다.

한말과 일제 강점기에 국내외에서 발간된 신문 잡지와 독립기념관에 수장된 도산문서 40여 종의 자료를 찾을 수 있었다고 한다. 그렇지만 앞으로 추가될 자료가 많을 것으로 생각된다. 특히 중국 신문이나 중국에서 한국인이 발행한 잡지, 중국에서 나올 자료 등이 많이 보충될 것이다.

안창호의 '자필 이력서(1-1)는 1913년에 작성된 것으로 흥사단 입회원에 보존된 것이 있다. 흥사단은 1913년 안창호의 구상으로 미국에서 설립된 수양단체로, 안창호의 사상과 활동을 이해하는데 중요한 자료가 된다. 그의 이력서에는 출생일과 출생지, 거주지와 직업 및 학예·소유·종교·소속단체·가족 등이 기재되어 있다.

이력서를 통하여 안창호의 기독교 입교 시기, 가족 상황 등을 확인할 수 있다. 안창호가 타인의 저서에 써준 서문으로 신채호(申采浩)의 을지문덕(乙支文德: 1908.1~2)과 김병조(金秉祚)의 한국독립운동사략(1920.1-7)이 있다. 독립 운동 구상안과 함께 흥사단의 조직도 준비되었을 것으로 보인다. 그것은 초안의 기초사항에 단결의 구체적인 내용으로 무실역행(務實力行)·충의신애(忠義信愛)·인내용감(忍耐勇敢)을 들고 있는 것으로 미루어, 흥사단을 독립운동의 가장 기초적인 준비로 이해하였다고 볼 수 있다. 전체적으로 독립을 하기 위해서는 모든 부분에서 만반의 준비가 이루어져야 한다고 생각했던 것 같다.

안창호는 미주에서 대한국민회의 중앙총회장과 흥사단의 지도자로 활약하다가 1919년 3·1운동 때 상해로 옮겨가 상해임시정부를 주도하였고 통합 임시정부의 수립에 진력하였다.

1920년 창간 「신한청년(新韓靑年)」과 「진단(震壇)」에 창간축사를 쓰기도 했다. 특히 국외에서 독립운동을 전개하는데 있어 무엇보다도 중요한 일은 선전활동이었다. 중국인에게 한국독립의 당위성을 인식시키고, 반일 전선의 한중협조가 절대적으로 필요하였으므로 신한청년과 진단은 그 점에서 독립운동 세력의 기관지에 그치는 것이 아니었기에 안창호는 그런 측면에서 각 잡지의 창간에 축하 글을 썼을 것이다.

1925년 안창호와 이동휘 등 국외 독립 운동 지도자들이 국내 동포에게 보내는 서한 형식의 글을 동아일보에 게재하기도 했다. 안창호가 국내 동포에게 보낸 글은 4회에 걸쳐 연재되었는데, 4회분은 일제의 검열로 삭제되었고 연재가 중단된 뒤, 1926년 5월에 창간된 국내 흥사단 기관지인 「동광(東光)」에 후속 부분을 연재하였다.

글을 직접 쓰지 못하기 때문에 북경에서 안창호가 구술을 하면 이광수(李光洙)가 받아 윤문한 것으로 알려졌다. 동아일보에 연재된 내용은 (1) 우리는 비관적인가 낙관적인가? (2) 우리 민족사회에 대하여 불평하는가? 측은히 여기는가? (3) 우리가 주인 의식을 가지고 있는가? 나그네 인식을 가지고 있는가? 하는 애국심을 불러일으키는 내용이었다.

1926년 5월호로 창간된 「동광」은 1927년 8월호(제16호)로 휴간하였다가 1981년 1월에 속간되었다. 16호에 게재한 안창호의 글은 산옹(山翁)이라는 필명으로 합동과 분리를 주제로 12회에 걸쳐 게재되었다. 그가 산옹이라고 필명을 사용한 것은 도산의 산(山)자를 따서 지은 필명으로 보인다.

당시 중국에서 활동하던 안창호는 자신의 주관을 구술하였지만, 이광수가 윤문을 하였고 일제의 검열을 받아야 했기 때문에 안창호 사상이 완전히 전달되기는 어려웠을 것으로 보인다. 당시 사람들은 안창호라고 직접적 예시는 없지만 집필자가 누군지는 대체로 짐작했다고 한다.

1926년 「동광」 6월호에 안창호 글 세 편이 실린 경우 '섬메'라는 필명을 사용하였는데, 그것은 도산(島山)을 한늘'로 푼 것이었다. 안창호의 서한은 유족들의 기증으로 독립기념관에 보관되어 있다. 받은 서한이 대부분이지만 일부도 남아 있다. 그리고 안창호가 외지에서 가족에게 보낸 서한이 상당량이 있는데 안창호가 지인과 가족에게 보낸 것들이다.

1914년 미주에서 안창호가 노령의 이강(李岡)에게 보낸 편지는 안중근 유상(遺像)의 복제문제부터 국민회 문 정문을 비롯하여 노령 한인 지도자의 동향 및 흥사단 문제까지 광범위한 주제를 내용으로 하고 있었다. 「신한민보사」 주필에게 보낸 서한은 1917·8년 안창호가 대한인국민회 중앙총회장 자격으로 멕시코의 한인들을 방문한 결과를 보고한 보고서의 형식으로 되어 있다. 멕시코 동포의 현황을 인구·단체·종교·교육·생활풍습 등으로 구분하여 설명하였고, 멕시코 동포들에게 하는 8개 항목도 제시되었으며, 실업진흥을 위한 실업회사의 활동도 정리하였다. 특히 안창호는 교포들에 매우 큰 영향을 미친다는 점을 강조하였으며, 자신에 대한 비방을 하소연한 구절도 보인다.

정한경에게 보낸 서한은 제1차 세계대전이 종료되고 강화회의가 개최되는 상황에서 미국 정부와 교섭을 해야 하고 대한인국민회도 독립의 의사를 밝힐 것에 대하여 의견을 구하는 내용이다.

그리고 1936년 10월 안창호는 평양의 남산현교회에서 열린 평양 감리교회 연합예배에서 '기독교인의 갈 길'이라는 설교를 하였는데, 그 내용이 제자인 전영택이 주재하던 「새사람」에 수록되어 있다. 안창호의 이력서에 의하면 밀러학당에 재학 중이던 1894년에 장로교

회애서 세례를 받은 것으로 나온다,

그리고 교회에서 적극적으로 설교도 하고 교회도 설립했다. 그러나 1900년대 후부터는 교회 일에 적극적으로 활동하지 않았다고 하는데 그의 흡연 문제는 교회 지도자들의 비난의 대상이 되기도 했다. 그렇지만 그 자신은 기독교인으로 살아 왔고, 중국과 미주에서 때로는 설교도 하였다. 그의 기독교관은 회개와 사랑이라는 기독교 본질에서 벗어나지 않았다.

1987년 6월 안창호는 동우회 사건으로 재수감되기 전 「朝光」 기자에게 바다 한가운데를 지나다가 하와이 부근에서 작은 섬 하나를 발견했을 때의 감격적인 장면을 보고 느낀 '태평양상의 한 작은 섬'이라는 일화를 남겼다고 한다.

하와이 부근을 지나게 되었지요. 그 섬을 바라보니 여간 반갑지 않았습니다. 망망한 바다 가운데 홀로 우뚝 서 있는 그 섬의 기개를 보았습니다. 바다에 홀로 떠 있는 섬은 대양의 선구자나 되는 듯해서 나는 크게 감격했습니다. 그래서 내 호를 도산(島山)이라고 정했습니다. 보통 사람들은 내가 도산이라는 호를 쓰니 우리 반도강산을 의미하는 것으로 아는데 실은 그렇지 않습니다. 호를 바다에 떠있는 섬에서 얻은 것이지요.

그는 기독교인으로 살면서 사랑이라는 기독교의 본질적 의식 속에서 홀로 서 있는 조그마한 섬 하나에서 많은 생각을 한 것으로 보인다. 자신의 아호보다도 홀로 서 있는 작은 섬의 기개에 감동을 받았음을 밝히고 있다.

안창호는 한말부터 여러 편의 시가를 지었는데 '찬 愛國歌'라는 시는 애국생(愛國生)이라는 필명으로 발표했다. 안창호가 지었다는 사실은 1943년 11월 5일자 「신한민보」에 '애국지사의 노래'에서 확인되었다. 이 시에는 나라 사랑의 깊은 뜻이 잘 드러나 있다.

독립의지를 담은 모란봉가(牡丹峯歌)는 평양의 모란봉을 빌어 독립의 의지를 밝혔다. 그의 대표적인 시가는 1910년 해외로 망명하며 지었다는 '간다 간다 나는 간다. 너를 두고 나는 간다'로 시작되어 '나의 사랑 한반도야'로 마무리한 시가는 4절로 되어 있는데, 조국을 떠나 망명길에 오르는 감회가 잘 드러나 있다.

그밖에 애국가, 격감가, 학도가, 한반도가, 야구단가 등에서도 역시 문명과 독립에 대한 안창호의 의지가 담겨 있는 것을 볼 수 있다. 특히 흥사단 입단가, 항해가는 건전인격, 충의용감, 무실역행 등은 흥사단의 이념을 시가에 담고 있다.

특기할 것은 발해를 건국한 대씨(大氏)에 관한 것으로 발해에 대하여 특별한 관심을 가졌던 것은 그가 1910년대 초 노령과 만주지방을 순회하며 독립운동 기지를 찾았고, 1920년대에도 만주·몽고 지방에 이상촌을 세우고자 한 사실과 무관하지 않을 것으로 보인다.

안창호는 대씨의 위대한 점으로 희망, 지략, 용맹 등을 들고 있었다. 그리고 건강법과 관련한 기록이 있는데, 호흡과 흡연의 피해에 대한 메모로 그가 건강에 대단히 신경을 쓰고 있었다는 것을 알 수 있다. 그는 약방문 같은 것을 베껴 놓기도 했다. 흡연의 폐해에 대한 메모는 스스로가 애연가였음을 보여주는 자료이다. 그는 금연을 위하여 병원까지 다녔다. 그러나 금연에 실패할 만큼 대단한 애연가였다. 그 때문에 기독교계에서 비난도 받았다.

1914년 미주에서 안창호가 노령의 이강(李剛)에게 보낸 편지에는 안중근 유상(遺像)의 복제문제부터 국민회 문제, 재정문제를 비롯하여 노령 한인 지도자의 동향 및 흥사단 문제까지 광범위한 주제를 내용으로 하고 있다.

신한민보사 주필 홍언(洪焉)에게 보낸 서한은 안창호가 대한국민회 중앙 총회장 자격으로 멕시코의 한인들을 방문한 결과를 보고한 보고서로 되어 있다. 멕시코 동포의 현황을 인구, 단체, 종교, 교육, 생활풍습 등으로 구분하여 설명하고 멕시코 동포들에게 하는 8개 항목도 제시되었다. 그리고 실업 진흥을 위한 실업회사의 활동도 정리하였다. 특히 안창호는 「新韓民報」가 교포들에게 매우 큰 영향을 미친다는 점을 강조하고 자신에 대한 비방을 하소연한 구절도 있다.

세인 중 나를 가리켜 모단모사(某團某社)는 자기가 한 것이니까 기어이 세력을 기르려는 야심이라고 하는 이가 있지만 나의 것도 너의 것도 아닌 피차를 가리려는 것이 아니라 다만 국가를 전제로 삼아 이렇게 저렇게 해야 국가의 장래가 유리하겠다는 일념뿐이오.

## 안창호와 서한

정한경에게 보낸 서한 : 제1차 세계대전이 종료되고 강화회의가 개최되는 상황에서 미국정부와 교섭을 해야 하고 대한국인 국민회도 독립의 의사를 밝힐 것에 대한 의견을 구함

민찬호와 정한경에게 보낸 서한 : 약소국동맹회의에 참석할 대표에 대한 대한국인국민회의 외교권 부여문제와 한족 전체의 자결표시. 외교상 접촉, 경제상 관계 등을 당부

이승만에게 보낸 서한 : 이 서한은 雩南 李承晩 文書:東文篇 17

(연세대 현대한국학 연구소, 1998)에서 발췌. 1918년 12월 16일
자 서한에 이어 쓴 것으로, 민찬호와 정한경이 약소국동맹
회의에 참석한다는 사실을 알리고 1919년 3월 13일자 이
승만이 제출한 문제에 대한 답변으로, 특히 영문 잡지 발간
을 유보할 수밖에 없는 실정을 밝혔다. 그리고 같은 해 4월
1일자는 국민회 하와이 지방 총회와 관련된 사안에 대한 설
명이며 1919년 10월 25일자의 서한은 상해 임시정부의 상
황을 보고하고, 국민회의 애국금 수납을 구미위원부로 이관
해 달라고 한 이승만의 요구가 현실적으로 어렵다는 통보.

이상룡에게 보낸 서한 : 「石洲遺稿」(고려대학교 출판부, 1973)에 수록
되어 있는데, 이상룡이 안창호가 보낸 서한에 답장하며 붙
인 원서 서한이다. 독립 운동의 방략으로 외교, 내정, 재무,
군사 분야를 설명한 것.

차경신에게 보낸 서한 : 차경신의 남동생 경수가 집필한 차경신의
전기 「호박 사랑 나라 사랑」(기독교문사, 1988)에 수록된 것으
로 미국에 간 차경신을 격려하는 내용.

이유필과 조상섭에게 보낸 서한 : 1925년 안창호의 구술을 홍언
이 받아 적은 것으로, 흥사단 원동위원부를 주도하던 두 사
람에게 보낸 것. 이때 안창호는 미국에 도착한 직후였다.
먼저 안창호는 하와이와 미국의 상황을 소개하고, 이어 흥
사단과 임시정부의 현황에 대한 의견을 내고 있었다. 특히
임시정부의 발전책과 유지책으로 안창호는 제도, 구미위원
부, 금전수납 등 6가지를 논의하였다. 또 미주에서 그가 추

진할 일로 흥사단 결속, 원동 경영, 경제 활동의 기초와 재
미 한인 기관의 통일적 합동을 들고 있었다.

송종익에게 보낸 서한 : 반송된 것인데, 1932년 윤봉길 의거로 일
제에 체포되어 국내에서 신문을 받던 7월에 씌어졌다. 안창
호는 이광수 등이 정성을 다하여 돌보아서 크게 불편하지
않다고 하였다.

김홍서에게 보낸 서한 : 1936,7년 2년간 남경에 있던 남경동명학
원 부지의 매각 문제를 상의한 것

가족에게 보낸 서한 : 부인 이혜련이 잘 보관하여서 상당수가 남
아 있다. 국내나 노령 · 중국에서 부친 서한뿐 아니라 미주
에서도 다른 지역에 있으며 보낸 것이 적지 않다. 안창호가
가족에게 보낸 서한은 박재섭, 김형찬 편, 「나의 사랑 혜련
에게」(소화, 1999)로 정리된 바 있는데, 현대문으로 윤문하였
다. 현재 남아 있는 가장 빠른 서한은 1904년에 보낸 것이
고, 가장 늦은 것은 1936년 것이다. 30년이 넘는 세월을
담고 있는 서한에서도 짐작되듯이, 안창호가 가족과 함께한
기간은 10년을 겨우 넘기고 있다. 안창호는 가족에게 매우
자상하고 자애로운 서한을 남겼다. 서한에는 함께하지 못하
는 가족에 대한 사랑이 배어 있다. 분실된 것도 있겠지만,
안창호가 아내 이혜련에게 보낸 서한은 113통이 있다.

안창호는 아내를 사랑하면서도 공경하였다. 이미 1904년부터 그
는 서한의 모두에 '나의 사랑 혜련이여'라는 허두로 시작하고 있었으
며, 인격을 존중하며 항시 경어를 썼다. 종종 함께하지 못하는 남편

에게 투정을 하는 아내에게 안창호는 미안한 마음을 감추지 않으면서도, 수난 받는 조국과 민족을 위하여 참아줄 것을 당부하였다. 아울러 아내에게 자녀의 교육을 부탁하며, 동포를 위하여 일할 것을 부탁하곤 하였다. 이혜련은 남편과 함께하지 못하는 외국에서 자녀들을 양육하며 생활을 책임지고 있었다. 안창호가 아내에게 보낸 서한을 보면 그들은 부부 사이라기보다 오히려 스승과 제자 사이라는 인상을 준다.

안창호에게는 중국과 러시아, 국내 및 유럽 지역으로부터 보내온 서한이 그의 행적과 관련이 많다.

이 서한은 미국 로스앤젤레스에서 오랫동안 부군의 유품을 정성스레 보관해 오던 이혜련 여사가 1969년 돌아가신 후에 유족 3남 2녀에 의해 관리되다가 1985년 3월 11일 독립기념관에 기증하여 밝혀졌다. 이들 서한이 안전하게 보존될 수 있음은 미국이었기에 가능했다.

여기 수록된 서한들은 개인적 안부를 묻는 내용에서부터 공적인 성격을 띤 것까지 많은 역사적 사실을 전해주고 있다. 특히 중국과 러시아에서 온 서한은 1910년대 애국지사들과 한인들이 망국민의 설움을 안고 독립운동기지를 개척하기 위하여 얼마나 피눈물 나는 노력을 했는가의 실상을 생생하게 전달해 준다.

서한의 발신인 대부분은 신민회 회원과 국외 망명 지사들이며, 1911년부터 1913년까지로 집중되었다. 1910년대의 서한들은 빈 공간으로 남겨진 역사 사실을 채워주어 사료적인 면에서 큰 가치를 갖고 있다. 뿐만 아니라 애국지사들이 처했던 상황과 그들이 품었던 정신과 정서 등을 피력해 주어 당대 애국지사들의 지성사(知性史)를 엿보게 해준다.

아무런 기반 없이 국외로 흩어져 독립운동의 기틀을 마련하고자 노심초사했던 인사들은 해당 지역 당국의 정치적 입장에 민감히 대응하면서 외교 활동을 전개해 나갔다. 그리고 통신, 교통 등이 원활치 못한 악조건 속에서도 각지에 분산된 애국지사들끼리 연락하면서 서로의 사정을 알렸다. 서한을 보낸 인사들의 대부분은 공히 어떻게 하면 재정적 기반을 만들 수 있을까였다.

딩시 독립 운동의 조건은 거의 무에 가까웠나. 그럼에도 서한 곳곳에 스며있는 애국지사들의 구구절절한 애국애족의 충심은 우리에게 감동을 준다. 이들 서한에서 거론된 이름이 알려지지 않은 많은 우국지사들도 나라와 민족을 위해 헌신했음을 기억해야 할 것이다.

1920년대 서한은 안창호가 미국에 가 있을 때, 상해의 인사들이 보낸 것이다. 안창호는 1920년대 대부분을 상해 및 남경 등 중국에서 보낸 것이다.

안창호가 1932년 일제에 체포당해 국내로 올 때 중국에서 받은 서한은 가지고 오지 못했던 것 같다.

1903년의 양주삼(梁柱三)의 서한이 가장 빠른 것으로 보이며 안창호 부부의 안부를 듣고 이혜련에게 여성교육의 선도를 당부한 내용이다. 1910년 일본이 한국을 강제로 늑탈하고 민족운동을 탄압하자 많은 애국지사들은 국내에서 더 이상 구국운동이 어렵다는 사실을 깨닫고 안창호를 비롯한 이상철, 김규직, 이동녕, 김동삼, 이회영, 이시영, 이갑, 이상룡, 조성환은 국외에서 독립운동 기지를 건설해 장기적으로 투쟁을 하고자 망명의 길을 택하였다.

## 탄압과 망명

일제가 1911년 1월 초 105인 사건을 일으켜 신민회 회원들을 대대적으로 탄압하자 우국지사들의 망명이 더욱 증가되었다. 1911년 10월 중국에서 일어난 신해혁명은 나라를 잃고 울분에 찬 애국지사들에게는 충격적인 사건이었다. 중국의 왕조 체제가 붕괴되고 손문이 임시 대총통으로 선임되어 남경에 임시정부를 수립하자 중국 등지에 흩어진 망명 인사들은 혁명진행 상황에 주목하였다. 그리고 한가닥 가능성의 줄은 여기에 대었다.

애국지사들 중에는 중국의 혁명정부가 한국의 독립운동을 지지해 줄 것을 기대하며 혁명군에 투신하기도 했다. 신해혁명의 진전 소식을 안창호에게 정기적으로 보고하였다. 조성환은 중국 자유당에 입회까지 하였으며 신규식과 함께 남경으로 가 손문(孫文)을 방문해 독립운동을 지원해 줄 것을 요구하기도 했다. 그리고 공화당 정회에도 입회해 중국의 인사들과 교류하며 외교전을 펼치기도 했다. 조성환은 서한에서 신해혁명의 지지를 표할 것과 이에 협조할 한인들의 대표기구를 빠른 시일 내에 구성할 것을 주장하였다.

더불어 국내의 참담한 실정과 안봉철로(安奉鐵路) 개통식에 참석한 테라우찌 조선 총독을 격살(擊殺)하고자 선천에서 학생단 40여 명이 결성되었다가 체포당한 소식을 전하였다.

아무런 기반도 없고 후원도 없이 외교활동을 전개한다는 것은 기적과 같은 일이다. 의복조차 사서 입을 재력이 없었던 당시에 조성

환의 '각지 동포에게 의존하자니 동포의 힘이 비에 급(及)치 못할 뿐
이라 설혹 힘이 있어 도와주신다 하여도 도움을 받을 염치가 없고
生財할 方針을 생각한 지 오래나 제가 돈 벌 일은 하나도 없으니 우
습고 답답할 뿐이외다'라는 전언은 당시 애국지사들의 처지를 대변해
준다. 북경 지역에서 통신처 역할을 한 곳은 손정도(孫貞道) 목사의
거처지였다. 기독교 전도차 북경에 온 손목사는 국내에서의 신민회
재판 소식과 대성학교 소식을 전하며 독립운동의 기반을 만들기 위
한 방법을 의논하였다. 손정도의 방침은 북만주에 토지를 사서 한인
들의 기반을 삼아야 한다는 것이다.

　　신해혁명에 참여한 김진용(金晉庸)은 한인으로서 북벌군 총사령부
고등고문장(高等顧問長)으로 복무하면서 망명 지사들과 중국의 혁명
세력을 연결시키는 일을 담당하였다. 그는 한인 각 단체를 국민회
지회로 통일할 것에 대해 허락해 줄 것을 요구하였고 독립운동 자금
을 마련하기 위해 광산(鑛山), 식림(植林) 사업 등 실업 경영을 준비중
에 있고 중국 혁명에 일조할 기부금을 모집 중에 있음과 독립금은
비밀 기관인 상해 이풍양행(利豐洋行)으로 송부해 줄 것을 요청하였다.
상해로 망명한 신규식, 박은식, 신채호, 김규식, 조소앙, 문일평, 홍
명희, 조성환, 신건식 등은 1912년 7월에 국권회복을 목표로 한 결
사 동제사(同濟社)를 조직하였다.
　　북경과 몽고를 오가던 김규식도 상해로 와 동제사에 참여하였다.
김성(金成)숲이라는 가명을 사용했던 김규식은 중국으로 망명한 청년
들을 미국으로 탈출시키는 일을 맡기도 했다.

1913년에 김규식의 주선으로 안창호에게 보내진 청년들은 북미에서 대한민국단에 가입해 중견 인물로 활약하였다. 김규식은 본인의 의도대로 일이 진행되지 않자 다시 학문을 하고 싶다는 심정을 토로한 서한을 보내기도 했다. 그 외에도 상해에서 안창호에게 소식을 전한 이는 유영준, 박은식, 선우혁 등이다.

상해는 비교적 정치활동이 자유로웠던 곳으로, 3·1운동 이후 대한민국 임시정부가 탄생하게 되는 지역적 배경을 이루기도 한다. 1917년 조소앙(趙素昻)은 상해 거주 한인들이 4백 명 이상으로 과거에는 남북 만주와 연해주가 독립운동의 근거지 자격을 가졌으나 현재는 상해가 다시없는 적지라고 소개하였다. 김필순과 이태준은 세브란스 의학전문학교 1회 졸업생으로서 세브란스병원에 근무 중 신해혁명의 소식을 듣고 망명을 한 이들이다. 특히 안창호와 의형제를 맺은 김필순은 신해혁명의 위생대(衛生隊)로 종사하기 위하여 1911년 12월에 중국으로 망명하였다. 그러나 원세기가 정권을 장악하자 만주로 가 서간도 통화현기지 개척에 참여하게 된 소식을 전하였다. 그는 이곳에서 이동병원을 개설해 이회영 등 망명 인사의 주치의로 활약하였다. 이태준은 남으로 망명해 혁명군에 참여한 한인 학생들의 소식을 전하였다. 김규식과 함께 몽고에서 혁명 단체를 조직하고 군관학교를 설립하고자 했던 이태준은 몽고 지역의 여러 곳을 답사했지만 자금 부족과 몽고혁명 등의 정세 변동으로 계획대로 일을 진행할 수 없었다.

이태준은 1920년 레닌 정부가 임시정부에 제공한 200만 루블 가운데 40만 루블을 치타에서 상해까지 운반하는 책임을 맡아 혁명 와

중에 외몽고를 통과해 치타로 가던 도중, 몽고의 반혁명군에 가담한 일본인 길전(吉田)이라는 자의 눈에 띄어 총살당했다고 한다. 황병길(黃丙吉)은 안창호가 봉밀산 개척지를 돌아보는 길에 방문한 목능(穆陵)에서 안창호를 만났을 때, 활동임무를 부여받은 듯하다.

1912년 훈춘 순경국에 임명되어 복무한 황병길은 순경국장인 중국인 장빈여가 한국인에 대해 우호적임을 알리고 안창호가 혼춘을 돌아봐주기를 간청하였다.

러시아 지역 서한은 안창호가 러시아에 있는 동안 함께 대한인국민회 활동을 지도했던 인사들에게서 온 것이나. 1911년부터 1914년 제1차 세계대전이 발발하기까지의 기간에 집중되어 있는 이 지역의 서한은 1917년 백원보의 서한을 끝으로 중단되었다. 발신자 중에는 안창호에게 정기적으로 러시아의 정황을 보고하였다. 이들 서한은 독립운동기지 건설을 위해 북만주와 러시아령을 넘나들었던 애국지사들의 행적과 러시아 당국의 한인 및 극동정책, 그리고 이에 대응한 한인들의 자세 등 당시 재러 한인독립운동계의 정황을 추적하는 데 큰 도움을 준다. 안창호는 청도회담을 마친 후 만주 및 러시아 등지의 독립운동 개혁의 정황을 돌아보고자 일단 러시아 블라디보스토크로 들어가 거의 1년간 연해주 각지를 다니며 한인 민족운동을 지도하였다.

이 동안에 북만주 밀산 봉밀산의 토지개척 상황을 둘러본 안창호는 하얼빈, 치타, 모스크바, 페테르부르크, 독일, 영국을 거쳐 대서양을 건너 그해 9월 2일에 뉴욕 항에 도착하였다. 안창호는 초대 대한인국민회 중앙총회장에 선출되어 북미는 물론 하와이, 멕시코, 쿠

바, 만주, 시베리아 등지의 지방총회를 지휘하였다. 미주 대한인국민회는 '원동사업'의 주거점을 삼아 시베리아 각지에 대한인국민회 지회를 조직했지만 러시아 당국이 대한인민국민회의 활동을 공인하지 않았다. 이에 러시아의 대한인국민회는 경제적 친목단체로 위장, 활동하기 위해 공제회로 명칭을 바꾸었으며 회원들은 러시아 정교로 개종하고, 단체의 목적도 정교를 전도하고 알리는 것이라고 위장했으며 회보도 종교신문을 표방한 「대한인정교보」로 발행하였다.

이는 물론 러시아 당국의 경계를 풀 공식적인 인정을 받기 위한 몸부림으로, 국민회 회원들이 러시아 정교회 전도인으로 활동하는 고충이 서신에 잘 나타나 있다. 국민회가 러시아 당국의 탄압을 받자, 의병계열 인사들과 귀화 한인들이 중심이 되어 1911년 12월에 권업회(勸業會)를 조직했다.

권업회는 러시아 당국의 공식적인 인가를 받아 활동을 시작하였다. 권업회가 창설되기까지 서북파로 지목된 국민회 세력은 함북, 기호파 혹은 의병들과 서로 다른 정치적 입장으로 인해 갈등을 빚었다. 이러한 배경에는 러시아 당국이 국민회의 활동을 미 기독교의 침투로 의심하였고 공식적인 활동을 허가하자 국민회 조직으로는 민족운동을 전개할 수 없었기 때문이었다.

결국 대한인국민회 시베리아 지방총회가 치타에서 결성되면서 대한인국민회의 주요 활동무대는 치타로 이동되었다. 이강(李剛)은 안창호와 함께 공립협회를 창건한 이로, 미주 국민회에서 원동위원으로 러시아에 파견하였다. 이강은 러시아의 민족운동을 주도하면서 러시아 연해주 각지에 국민회지회를 결성하였다. 연해주 각지를 시찰. 탐문해 한인들에게 적합한 실업이 무엇인가 조사하기도 했던 이강은 하바로브스크와 흑하지방에 걸치는 지역에 감자와 연초 농사가 유력하므로 이로써 재정기반을 마련해야 한다는 의견을 피력하였다.

한편 이강과 백원보는 안창호와 국민회 계열 인사들이 서도파로 지목되어 함북파, 기호파 등의 지방 세력과 의병운동과 계몽운동 노선, 그리고 공화주의와 복벽주의 등 서로 다른 계파, 계열들이 복잡하게 얽혀 있는 재러 한인사회에서 고전하고 있음을 전하였다. 그리고 양성춘이 정순만에게 살해당하고 이어 정순만도 살해당하는 사건과 권업회의 추이를 보고하였다. 안창호는 재러 한인사회에도 실업단과 흥사단 결성을 지시, 러시아에서도 미주와 마찬가지로 조직적 연대를 꾀했다.

이갑(李甲)은 러시아의 수도인 페테르부르크에 정착해 주요 정계 및 언론계 인사들과 교류하고 러시아의 외교정책을 분석하는 등 외교 활동의 기반을 닦았다. 외교활동의 진행상황을 서한으로 보고했던 이갑은 극동정책을 처리하는 등 활동을 하다가 신병으로 타계했다.

1917년 2월 러시아혁명이 일어나 볼세비키혁명 세력이 피압박민족의 해방을 지지하자 이때 한인들은 민족운동의 계기로 삼았다.

1917년에 안창호에게 보낸 박원보의 서한은 1910년대 러시아 서한 중에 가장 나중에 온 서한으로 대한인국민회 인물들이 러시아혁명 이후 다시 조직을 재건하고자 했으나 귀화, 비귀화 한인들의 통합 운동으로 흡수되고 만 정황을 전하고 있다. 이후 대한인국민회의 영향력은 러시아에서 완전 상실되고 말았다.

1918년 대동단결체인 전노한족회가 구성되면서 재러 한인 사회는 재러 한족연합회를 중심으로 통일되어 갔다. 안창호가 중국에서 받은 편지들은 모두 소실되었고 1924년 12월 16일에 미국에 도착해 1926년 4월 22일에 중국으로 돌아오기까지, 미국에 머무는 동안에 상해에서 미주의 안창호에게 보낸 서한들이 남아 있다.

1920년에 서간도에서의 이상룡(李相龍)의 서한은 안창호가 보낸 서한에 대한 답장이다. 안창호의 서한은 아마도 안창호가 내무총장 겸 국무총리서리 직에 있으면서 서간도에 특파원을 파견해 그곳 독립운동 세력과의 연계를 모색했을 때, 그곳 실정을 문의했던 서한일 것이다. 서간도 독립 운동의 지도자 이상룡은 임시정부의 안창호에게 서간도의 실정을 전해 주었다. 한편 안창호가 미주에 있을 때에 보낸 의정부의 중앙의회중앙위원장인 김이대(金履大)의 서신은 상해 임시정부와 북만주의 신민부, 그리고 미주의 국민회가 임시정부로 들어가 독립운동 단체를 통합하고자 한다는 소식과 함께 봉일조약(奉日條約)의 체결과 중국 관헌의 한인 추방 등으로 인한 한인들의 어려운 정황을 전하였다. 그리고 안창호가 미주에 가 있는 동안인 1925년 당시의 변화한 상해 정계소식을 전한 조상섭, 리규홍, 이유필, 차리석의 서한이 있다.

안창호는 러시아를 출발해 치타, 이르크스크, 페테르부르크 등을 경유해 8월 20일에 영국에 도착하였고, 8월 26일에 영국을 출발하여 9월 22일에 뉴욕에 상륙하였다. 안창호가 베를린과 런던에 머물었을 때, 이곳에서 김중세, 허국, 진위도순 등과 만난 것으로 보인다. 한편 러시아 및 북만주 일대에서 활동한 최관흘 목사는 안창호의 전보를 받고 만나기 위해 런던까지 왔으나 만나지 못한 사연을 적고 있다. 진의도는 네덜란드에서의 자신의 사업을 후원해 줄 것과 런던에 머물렀을 때 만난 요한(Yohan)은 미국에서 공부할 수 있도록 추천해줄 것을 요청하였다.

또한 1918년에 호주 시드니에서 안창호에게 보낸 서한이 있는데, 최정익이 왜 호주에 갔는지 그 이유는 서한에 나타나지 않는다. 아마도 북미 실업주식회사의 사업확장을 위한 목적이 아닐까 생각된다. 서한을 보낸 지사들은 일제의 주목을 피하기 위해 많은 이들이 성명을 바꾸었고, 상해를 제외하고는 중국과 미주 간의 서한은 치타나 해삼위 등 시베리아를 경유해야만 일제 검열을 피할 수 있었다. 이러한 어려운 상황에서 전달된 서한들을 통해 민족을 위해 헌신했던 애국지사들의 자취와 그들의 정신, 그리고 수없이 직면했던 고뇌와 문제가 무엇이었는지를 알 수 있다.

민족의 지도자라 할 수 있는 많은 이들이 서한에서 안창호에게 단순한 인사치레가 아닌 민족의 장래에 대한 가르침을 기대하고 있음은 독립운동계에서 안창호가 차지하는 위상을 확인시켜 준다.

안창호는 러시아를 출발해 치타, 이르크스크, 페테르부르크 등을 경유해 8월 20일경 베를린에, 8월 24일 영국에 도착하였고, 8월 26일에 영국을 출발하여 9월 22일에 뉴욕에 상륙하였다. 안창호가 베를린과 런던 편에 머물었을 때, 이곳에서 이중세, 허국, 진의도 등과 만난 것으로 보인다. 한편 러시아 및 북만주 일대에 활동한 최관흠 목사는 안창호의 전보를 받고 만나기 위해 런던까지 왔으나 만나지 못한 사연을 적고 있다.

# 일기를 통해 본 도산의 활약

이하는 본인이 각종 자료를 찾던 중 한시준(독립기념관 관장)관장님의 글이 가장 신뢰할 수 있는 자료라 사료되어 일부 인용했음을 밝힙니다.

도산 안창호가 언제부터 일기를 썼는지는 알 수 없지만 현재 남아 있는 도산의 일기는 1920년 1월 14일에 시작하여 8월 20일까지, 그리고 1921년 2월 3일부터 3월 2일까지의 것뿐이다.

약 8개월 분량의 일기인 셈이므로 1920년 7월 28,29,30일과 8월 6,7,8일은 날짜와 요일만 기록되어 있을 뿐 내용이 없다. 어쩌면 도산은 일기를 쓸 때, 매일 해야 할 계획을 간단히 메모한 것 같다. 그리고 그 계획에 따라 하루 일과를 진행하며 수첩이나 노트 등에 메모해 두었다가 시간적 여유가 있을 때 다시 정리한 것으로 보인다.

1920년 3월 18일자에 보면, 예정 사항에 '일지 기록할 것'이라고 해놓았다가, 밀려 있는 일기를 기록함(積日未記日誌)이라고 한 것으로 그것을 짐작케 한다.

그나마 남아 있는 도산의 일기는 도산이 직접 정리한 것이 아닌 것 같다. 일기의 필체는 도산의 필체와 흡사하나 그가 여러 사람들에게 보낸 서한의 필체와 비교해 보면 다른 점이 많다. 또 8개월분의 일기가 글씨체나 양식이 똑같다는 점도 누군가가 대신 정리한 것이 아닌가 싶다.

도산이 매일 또는 시간 날 때마다 정리한 것이라면 필체나 양식에
차이가 있어야 하는데 그렇지 않다는 점이 어쩌면 누군가가 한꺼번
에 도산의 일기를 모아 정리한 것이 아닌가 싶다. 일기 중에 공란으
로 되어 있는 부분이 그렇다. 1920년 7월 11일자 일기를 보유건(補
遺件)이라고 한 것 등이 그 실상을 짐작케 한다. 비워둔 공란은 일기
를 정리한 사람이 도산의 글씨를 확인할 수 없어서 빈자리를 남겨놓
았던 것 같다.

도산의 일기는 국한문으로 되어 있고 구두점도 없고 띄어쓰기도
되어 있지 않아 원본을 읽기는 쉽지 않다고 한다.

## 임시정부 활동기의 기록

도산이 일기를 쓴 시기는 상해 임시정부에서 활동하던 때로 1918
년 4월 중국 임시정부의 내무총장으로 선임된 후부터이다. 그해 5월
상해로 와 내무총장에 취임하였고 이를 계기로 주요 활동기반을 미
주에서 상해로 옮겼다. 그리고 임시정부를 중심으로 활동할 때 기록
이 필요하므로 일기를 썼던 것이다.

상해 임시정부에서 내무총장으로 취임하여 활동하던 도산은 1919
년 9월 11일 세 곳의 임시정부가 통합을 이루면서 노동국총판(勞動局
總辦)에 선임되었다. 그리고 3.1운동 직후 수립된 노령의 대한국민의
회 상해의 임시정부와 국내 한성정부는 통합을 이루고 통합임시정부
는 이승만 대통령과 국무총리 이동휘를 중심으로 한 대통령제를 채
택하였고, 도산은 정부의 일원인 노동국총판을 맡았던 것이다.

도산이 노동국총판에 선임된 것은 한성정부의 직제에 의한 것으로

노령, 상해, 한성의 세 정부는 한성정부를 받든다는 원칙하에 통합을 이루었고, 한성정부의 노동국총판이었던 도산은 통합된 임시정부에서도 노동국총판을 맡았다.

당시 상황으로 보면 노동국총판은 한직이었다. 상해에서 더욱이 국민의 기반이 없는 처지에서 노동국총판이 수행해야 할 일은 별달리 할 것이 없었던 것이다.

하지만 임시정부에서 도산이 차지하는 위상이나 역할은 노동국총판에 그치지 않았다. 도산은 '통합정부가 수립될 때까지 내무총장 겸 국무총리 대리'로 역할하면서 임시정부의 조직과 운영을 주도하여 왔고, 통합정부가 수립된 후에도 그의 지위나 역할에는 크게 변화가 없었다.

특히 새로 선출된 이승만 대통령과 이동휘 국무총리와의 관계가 원만치 못하게 되어 또 법무총장 신규식, 내무총장 이동녕, 재무총장 이시영 외에 각원이 제대로 취임하지 않은 상태에서 도산은 임시정부와 관련한 제반활동에 깊게 관여하지 않을 수 없었던 것이다.

이러한 시기라 도산은 자신의 활동과 관련된 내용을 비교적 소상하게 기록하였던 것이다. 자기 건강 같은 개인적인 것도 서술되어 있지만, 대부분은 공적 활동과 관련한 것들이다. 도산은 많은 국내외 인사들을 만나면서 면담한 인물의 이름과 담화내용을 기록하지 않을 수 없었던 것이다. 특히 임시정부 국무회의에 참여하거나 논의된 사항 및 만주·노령, 미주 등지와 관련된 사항을 비롯하여 임시정부를 중심으로 추진되고 있던 독립운동의 상황과 흥사단에 관련된 내용들을 기록했다. 때로는 간략하게 서술한 부분도 있지만 비교적 상세하

게 일기장에 적고 있었다. 임시정부에서 활동한 인사가 일기를 남긴
것은 도산뿐인 것 같다.

이외에 김구의 「白凡日誌」와 현순의 「玄楯自史」와 같이 후일 기록
한 자서전이 있지만 임시정부에서 활동한 인사가 당시에 기록한 일
기는 아직 발견된 일이 없다. 이런 점에서 도산의 일기는 중요한 역
사적 가치와 의미를 갖는다고 하겠다. 특히 도산의 일기는 초창기
임시정부의 활동을 이해하고 연구하는 데 있어 더없이 귀중한 자료
가 아닐 수 없다.

도산의 일기는 많은 내용을 담고 있다. 자신의 건강문제와 같이
극히 개인적인 내용도 있지만, 일기의 대부분은 자신의 활동과 관련
한 내용들이다. 도산은 노동국총판으로서 임시정부에도 깊이 관여하
고 있었고, 많은 국내외 인사들을 만나기도 하였다. 이러한 것들을
대부분 일기에 기록해 놓았다. 자신의 활동과 관련한 내용들이 때로
는 간략하게 서술된 경우도 있지만, 상세하게 서술한 부분도 적지
않다. 이러한 서술 중에는 여타 관련 자료들에서는 찾아보기 어려운
내용들이 많다. 중요하다고 생각되는 몇 가지 사례를 중심으로 한
내용을 들어 본다.

도산은 임시정부가 추진해 나갈 활동의 하나로 선전부 조직을 구
상하고 이를 추진하였다. 선전기관의 설치는 1920년도 시정방침을
논의하는 과정에서 구체화되었다. 임시정부는 국내외에 있는 국민들
을 임시정부로 통일 집중시키는 문제를 내정의 주요한 활동방향으로
설정하였고, 이를 추진하기 위한 가구로 선전기관을 설치하려 하였

다.

도산은 이미 내무총장 시절에 국내와의 연락망으로 연통제와 교통 국을 설치하여 운영한 적이 있었고, 또 국내조사원을 임명하여 국내 의 사정을 파악했다. 이외에 국내에 파견하여 연봉제와 교통국의 조 직망을 설치하는 한편, 이들로 하여금 독립운동 자금 및 인원조달을 비롯하여 국내에서 각종 정보를 수집하여 보고하도록 하였다. 도산 은 통합임시정부에서도 이러한 활동을 지속하고자 하였고, 이를 위 한 기구로 선정기관을 조직하자고 한 것이다.

1920년 1월 19일자 일기에 '정무회의에 출석하여 시정방침을 토 론할 때 내부선전기관을 조속히 하자 하여 가결'되고 선전위원장을 선출하기로 하고 도산이 선전기관의 선전위원장에 피선된다.

선전기관의 설치와 운영 일체는 도산이 맡았다. 그리고 한편으로 는 선전대원을 모집하고, 다른 한편으로는 선전기관의 조직과 운영 에 필요한 제반 규정들을 마련하면서 선전부 조직에 착수했다. 선전 대원은 도산이 직접 선발하였으며 선전대원의 선발은 대원들 상호간 에도 서로 그 존재를 알지 못하게 비밀리에 이루어졌다.

1920년 2월 6일자 일기에 '각 개인은 직접적으로 위원장의 명령 을 받아 비밀리에 시행하고 대원 간에는 일체 면식이 없어야 한다'고 한 것이 그것을 증명한다. 도산은 각 개인별로 접촉하여 신대원으로 활동할 것을 권했고 당사자는 그에 따르겠다는 조건으로 선발되었 다. 1920년 1월 14일부터 시작한 그의 일기 속에 이런 방법으로 선 발된 대원 숫자가 일기에 기록된 수만도 53명에 이른다. 또 다른 한 편으로 도산은 선전기관의 조직운영에 따른 규정과 조례를 별도로 만들었다. 준비과정에서 선전기관의 명칭은 결정되었고 1920년 3월 10일 지방선전부 규정(국무원령 제3호)을 비롯하여 여러 규정들을 발표하고 기록으로 남기지는 못했지만, 법령으로 공포된 일자는 3월 10일이 확실했다. 지방선전부는 정보활동을 위해 설치한 것으로 지방선전부 규정에 '내외 국민에 대한 사무를 집행하는 비밀기관'으로 그 성격을 규정하고 있다. 그리고 성격이나 규정을 보면 정보활동을 위한 기구로 임시정부의 정보기구였다고 할 수 있다. 지방선전부를 임시정부의 정보기구로 본다면, 도산은 명의상은 노동국총판이었지만 실제는 임시정부의 정보업무 담당자였던 것이다.

도산이 비행기 구매를 추진했다는 사실이 1920년 1월과 2월 일기에 자주 나타난다. 도산은 1월 14일 미국인 신문기자 에벤트를 만나 비행기 구입에 대한 방도를 문의하였고, 1월 16일에는 통역을 대동하고 미국인 공군대장을 그의 사무실로 찾아가 비행기 구입과 비행사 고용을 주선해 주도록 요청했다. 에벤트나 미국인은 비행기 구입과 비행사 고용에 대해 적극 협력하였던 것 같다.

이들은 필리핀 마닐라로 연락하여 비행기 구입 여부를 알아보겠다는 것과 비행사는 러시아인 중에서 구할 수 있다고 대답했다고(1월 20일) 하고 1월 24일에는 필리핀 마닐라에서 수상용 비행기와 육상용 비행기를 구입할 수 있다는 답신이 왔다. 그러나 마닐라에서 구입할 비행기는 비행 거리의 한계가 있었던 것 같다. 2월 25일자 일기에 150마일 이상 더 비행할 수 없는 것을 확인하고 차후 더 알아보고 추진하겠다고 보류했던 것으로 보인다.

도산은 비행기 구입과 동시에 조종사를 구하려고 여러 채널을 통해 탐색했던 것 같다. 2월 1일 러시아의 포타프 장군을 만난 것도 러시아 비행사 초빙문제와 관련이 있는 것으로 보인다. 비행사 초빙 문제가 구체화된 것은 2월 초였다. 도산은 2월 2일 황진남의 통역으로 미국인 비행사 에드맨을 만나 우리를 위해 일해 줄 것을 요청하였고 에드맨은 2월 8일 승낙한 것으로 알려졌다.

도산이 비행기 구입 자금을 천도교 측에 요청하였다는 사실은 2월 17일자 일기에 나타나 있다. 최동오(崔東旿)가 찾아와 '선생이 요청한 20만 원은 가능하지만 그로 인해 국내외에서 야기될 강력한 반격에 부딪치게 될 것'이라고 했다.

도산은 비행기를 이용하여 전국적인 독립운동을 전개하려 했던 것이다. 그러나 도산의 비행기 구입 구상은 무산되고 말았다. 거기에는 여러 가시 이유가 있었지만 중요한 문제는 자금이었다. 도산은 비행기 구입자금을 천도교 측에 요청하였지만 천도교 측에서도 자금 마련이 간단치 않았던 것이다. 20만 원의 자금은 마련할 수 있다고 하였지만(2월 19일자), 국내의 천도교의 실상은 그렇지 못했다.

비행기 구입자금을 대주었다는 사실이 알려지면 국내에서 천도교 전파 활동이 어렵다는 것이었다. 5월 11일자 일기에 나타난 것을 보면 '천도교가 자금을 대주었다는 것이 드러나면 천도교는 설 자리를 잃게 될 희생이 따른다. 그러므로 대신에 천도교측 인사들은 도산에게 비행기 구입자금 마련을 위한 방안으로 특수은행이나 회사를 설립하여 주를 발행하여 자금을 마련하자는 제의였다. 그러나 그 방법은 '국민을 속이는 것이므로' 그렇게 할 수 없다고 그 제안을 거부했다.

도산 일기에 나타난 또 다른 내용은 이승만 대통령과 국무총리 이
동휘(李東輝) 관계를 비롯한 임시정부의 운영과 관련한 내용이다.
1919년 9월 11일 통합 임시정부가 출범하면서 대통령에 이승만, 국
무총리에 이동휘가 각각 선임되었다. 그러나 이승만과 이동휘의 관
계는 원만하지 못하였다. 정치적 이념이나 독립운동 노선에도 큰 차
이가 있을 뿐더러 이승만의 '집정관총재' 명칭과 공채(公債)표 발행을
둘러싼 재정권 문제 등으로 인해 대립과 갈등을 겪은 것이다. 이들
의 갈등관계는 1920년 5월에 심각한 상태를 맞게 되었다.

이동휘는 5월 13일 자기는 이박사와 일을 같이할 수 없으니 대통
령을 갈아 없이 하자고 주장하다가 14일에는 대통령을 없애든지 아
니면 자신이 물러나겠다고 발표했다. 그리고 대통령 없이 차장(次長)
들이 운영하자고 강력하게 주장했고 그 태도에 동조하는 측에서는
이승만의 출척문제가 제기되어 불신임안을 제출하자는 단계에 이르
렀다. 그러나 도산은 이에 적극 반대했다.

5월 15일자 일기에 도산이 반대한 내용이 상세하게 서술되어 있
다. 도산은 김철(金澈)의 집에서 차장(次長)들이 모여 이승만 출척을
논의하는 자리에 찾아가 출척을 반대한다는 의사를 밝혔다. 도산이
반대하는 이유는 4가지가 있었다.

첫째 차장들은 이승만의 선불선(善不善)에 대하여 잘 알고 있지만
국민들은 잘 알고 있지 못하다는 점.

둘째 대통령을 불신임한다면 일본이 좋아서 국내외적으로 악선전
을 할 것이라는 점.

셋째 정부에 대하여 악감정을 가지고 있는 자들이 상해에서 대통

령 자리를 두고 관직 싸움을 한다고 동포들에게 선전하며 공격할 위험이 있는 점.

넷째 대통령을 타도한다고 하여도 이승만은 한성에서 조직된 임시정부의 대통령으로 활동할 것이라는 점이다.

그렇게 되면 결국 정부는 두 개가 되고 우리의 독립운동은 결렬되고 말 위험이 있다는 이유를 들고 있다.

이러한 움직임에 대해 정부 각원들도 동조하였던 것 같다. 5월 20일자 일기에 이동녕, 이시영이 찾아와 차장들이 요구하는 것을 조건대로 할 뜻이 있다는 것을 밝히고 자기들 두 사람은 사직하겠다는 의사를 밝혔다.

당시 임시정부는 국무총리 이동휘와 법무총장 신규식, 내무총장 이동녕, 재무총장 이시영, 노동국총판 안창호만이 내가로 취임하여 활동하고 있었던 상황을 감안한다면 정부구성원 대다수가 이승만의 축출을 요구하고 나섰다고 볼 수 있다. 그러나 도산은 이에 반대하였다. 이동녕, 이시영에게 '만약 우리가 물러나면 정부 존재는 없어질 것이니 어찌 되었건 고수해야 할 것이오'라고 소신을 밝히고 5월 일기에 보면 도산이 차장들을 일일이 찾아다니며 대통령 불신임안 제출을 만류한 내용이 곳곳에 보인다.

1920년 4월 21일 시국수습을 논의하기 위해 이동녕, 이시영과 만났을 때 이들로부터 자기를 비난하는 내용을 소상하게 기록해 놓았다. 이동녕은 '도산이 러시아에 있을 때 서도청년들을 모아 놓고 기호(畿湖) 사람들을 다 함몰시켜 달라고 기도까지 하였고 유치한 노래도 불렀다'는 소문을 이야기하고 있다. 이동녕은 이러한 말은 믿지 않는다고 하였다. 그러면서도 도산이 서도에 돌아다니며 연설하기를 '너희는 언제까지 기호사람에게 천대를 받고 살 것이냐. 분하지도 않으냐? 이때 일어나서 기호인을 엎어놓지 못하면 피도 없는 인간이다.'라고 지방색에 불을 질렀다고 하면서 '그런 연고로 도산은 대한민족중 지방열창조자(地方熱創造者)란 이름을 면하지 못할 것이다.'라고 했고 같은 자리에 있던 이시영도 이에 동조하였다고 했다.

도산은 '지방열 창조자'라는 비난을 받으면서 이러한 비난에 대해 '세상 사람들이 다 그렇게 생각하면 누명을 벗기 어렵다. 하지만 그보다 기소로운 일은 없다'고 하면서 '비겁하게 변명하지는 않겠다. 나는 소년 적부터 지방열이라는 것은 생각지도 않았지만 말도 하지 않았다. 나한테 지방열의 죄를 씌우려는 그 이유도 내가 모르는 바 아니다.'라고 하면서 '소위 지도자라고 하는 자들의 속을 들여다보면 입으론 일본을 배척하고 우리나라의 독립을 주장하는 척하지만 사실 속으로는 무력하고 가련한 처지에서 자기들끼리만 챙기고 몸을 사리다가 누군가가 행동하려 하면 싸움에 나서서 작전계획이나 하려고 든다.'

도산에 대한 비난은 지방열에만 그친 것이 아니었던 것 같다. 5월 14일 일기에 담화한 내용이 기록되어 있는데, 그 중에 '도산이 흥사단을 조직하여 안팎으로 선전하며 장차 대통령이 되려고 꾀한다'고 한 것으로 미루어 보아 그것을 짐작케 한다.

도산이 대통령을 꿈꾸고 있다는 현순의 말에 도산은 '누구든지 나라를 독립시킬 수 있다면 그보다 좋은 일은 없다.'고 하면서 '나는 지금 갈 길이 망연하여 개인적 장래문제는 생각할 여지가 없다'고 피력하였다. 당시 현순은 미국에 있던 이승만과 매우 밀접한 관계에 있었다. 이런 점을 감안하면 도산은 여러 세력들에게 비난과 오해를 받고 있었던 것 같다.

일기에는 흥사단과 관련된 내용들도 많이 나타난다. 도산은 1920년 1월 미주에 있는 흥사단원 박선(朴宣)과 김항작(金恒作)을 상해로 오게 해 흥사단 원동지부(遠東支部) 조직에 착수한 것으로 알려져 있다. 이후 도산의 주요한 활동의 하나는 상해를 중심으로 흥사단의 조직과 세력을 확대하는 일이었다. 도산은 많은 사람들을 접촉하면서 흥사단의 조직의 취지를 설명하고 단원 가입을 권유하였다. 특히 '김연실(金蓮實)여사가 방문함에 흥사단의 목적과 방침을 설명하고 여성계의 개혁에 희생해 달라(1920년 1월 15일자)는 구체적 내용을 김건형(金健亨)군을 통하여 설명하게 하였다(2월 20). 그리고 정애경(鄭愛卿), 오남희(吳南熙) 김연실(金蓮實) 등이 방문하자 여자들 가운데 흥사단 단원이 될 만한 자격이 있는 사람을 소개해 달라고 부탁도 하였다.

상해뿐만 아니라 국내에도 흥사단을 조직하려고 하였던 것 같다. 5월 21일자 일기에 '박선군이 내방하여 일본으로 들어가 단우를 모집할 방책을 토의한 것'과 그가 우리나라로 떠날 때 단소에서 송별회를 열었다는 것에서 짐작할 수 있다. 박선은 미국에서 상해로 와 흥사단원동부지회를 위해 활동한 인물이다.

도산은 흥사단 단우가 입단할 때 철저하게 문답식을 행하여 합격한 자에 한하여 입단을 허락했다. 박현환(朴賢煥)군이 흥사단 본부에 와서 문답식을 행한 결과 자격이 충분하다고 인정하여 입단을 허락했다. 그리고 1920년 2월 14일 상해에서 처음으로 유일(劉日) 주요환(朱耀煥) 김홍서(金弘敍) 김홍제(金興齊) 김현환(朴賢煥) 등 5명의 입단식을 행하였다. 이후에 이광수, 안정근, 유상규, 김공집, 송정도, 김세창, 이석, 전재순, 오익은, 차군상 등 많은 인물이 입단하였다.

당시 이광수가 귀국하려 하자 '귀국은 일제에 항복하는 것과 같다'고 강력히 반대하였다는 기록이 있고 이외에도 임시정부 인사문제, 임시정부와 서간도, 국내, 미국과의 관계, 프랑스 당국과의 관계, 상해에서 활동한 인물들의 동향과 생활이 일기에 수록되어 있음이 밝혀졌다.

현재까지 임시정부에서 활동한 인물 중에 일기로라도 문서가 남아 있는 것이 없고 오직 도산의 일기가 유일한 것으로 1920년부터 1921년까지 8개월 정도 도산의 일기는 임시정부 초창기 자료로 매우 역사적 가치가 있다고 할 수 있다.

## 수양동우회와 안창호

수양동우회(修養同友會)는 일제강점기 조선에 결성된 교육, 계몽, 사회운동 단체이다. 흥사단의 자매단체이며 안창호, 이광수, 주요한, 주요섭, 김동원 등에 의해 결성되었다.

1926년 1월 흥사단의 조선지부격인 수양동맹회와 동우구락부가 통합되어 출범하였고, 1937년 수양동우회 사건 이후 1938년 대규모로 체포, 구속되어 해체되었다. 수양동우회는 국내의 지식인들에게도 자극을 주어 흥업구락부, 청구구락부 등의 청년 단체들과 기독교 계열 단체인 적극 신앙단의 조직에 영향을 주었다.

1937년 6월 6일부터 8월 10일까지 경성지회 회원 및 경기도지회 회원 55명, 11월 평양선천지회 회원 93명, 1938년 3월 안악지회원 33명 등 총 183명이 체포되어 강제 해산되었다. 이 중 41명이 기소되고 나머지는 불기소상태로 재판을 받다가 세상을 떠났다.

한말의 독립운동가, 사상가. 독립협회(獨立協會), 신민회(新民會), 흥사단(興士團) 등에서 활발하게 독립운동활동을 하였다. 1962년 건국훈장 대한민국장이 추서되었다.

## 활동 일화

도산이 상경한 후 2년간 학생 겸 집장으로 활동한 구제학당(일명 원두우학당(元杜尤學堂), 민노아학당(閔老雅學堂), 영신학교(永信學校), Boys School of Korea)에 관한 보고서이다. 이 가운데 도산과 직간접으로 관련된 부분을 발췌한 것이다. 이 자료는 당시 구세학당의 책임자였던 미국인 선교사 미국인 민노아가 미국선교 본부에 보낸 선교보고서 내용이다 (Reports and Letter from Korea Mission, PCUSA, 1884-1900 한국기독교역사연구소 소장 자료). 그러나 오래된 영문 수필본이라 판독에 어려움이 있어 가능한 부분만 판독하여 활자화하여 첨부하였다. 1895년 10월 보고서와 1896년도 보고서 내용 가운데 도산에 관한 구체적인 내용이 담겨 있다.

1895년도 보고서 내용중 도산이 새해를 맞이해 옷 수선을 위한 명목으로 3엔을 밀러 교장에게 빌린 일이 있었는데 그 후 새 옷이 보이지 않고 일감을 달라고 요청하기에 속임수인가 의심이 들어 "옷 수선을 위해 3엔을 오래 전에 빌려갔는데 그 돈이 어디 갔느냐?"고 물으니 "저는 그 돈을 갚을 일거리를 찾고 있는데 당신이 요구하면 어제든지 돌려줄 수 있도록 상자 속에 넣어두었습니다."라는 대답을 듣고 그를 잘못 판단했음을 깨닫고 눈물이 났다는 내용이 있어 도산의 정직성과 근면성의 단면을 확인할 수 있다.

더욱 주목되는 내용은 1896년 10월 보고서에서이다. 즉 이 보고서에 도산이 구학당에서 접장(tutor)으로 활동한 구체적인 내용 일부가 담겨 있다. 그동안 도산이 구세학당의 학생 겸 접장으로 활동했다고 전해 오기는 했으나 이를 증명해주는 실증적 원사료가 없었다는 점에서 이 자료는 매우 귀중한 자료가 아닐 수 없다.

1896년 10월에 작성된 이 보고서 내용 가운데 평양에서 온 소년 안창호(Our Pyeong Yang boy, An Chang Ho)는 전에 있던 점장(영길이, Yen Kill)보다 훨씬 훌륭하였다. 실제로 학당은 광양에서 온 소년의 열정과 활력 덕분에 새로운 단체가 된 것 같다.

도산 안창호는 자기 주위에서 가장 훌륭한 학생들을 끌어 모아 열정과 활력을 불어넣고자 노력하고 있다는 내용이 담겨 있다. 비록 간단한 내용이지만 이를 통해 도산은 18세의 어린 나이에 이미 집장의 역할을 훌륭하게 수행할 만큼 지도자의 면모를 갖추고 있었음을 엿볼 수 있다. 그러나 뒤의 내용을 보면 너무 어린 나이에 집장이 되자 상급반 학생중 일부가 자존심을 내세워 도산의 말을 듣지 않으므로 그가 많이 실망했다는 내용도 있다.

이밖에도 당시 구세학당 학생 수가 50명 정도였고 이중 출석은 35명 내지 40명 정도였으며 교육과목은 성경을 비롯한 산수, 지리, 음악, 생물 등 근대적 학문을 수학하였다. 그 외에 습작을 위한 종이 충당을 위해 본국에서 신문지를 송부해 왔으며 신문지에 습작한 학생들의 글씨와 작품을 본국으로 보내어 모금을 위한 전시회도 개최하였으며 당시 학당에서 목총을 들고 군사훈련도 실시했다는 내용이 있다. 청일전쟁 중이라 교회 소속 학당에서도 이와 같은 훈련을 한 것으로 보인다. 그러나 역시 기독교 기관이라 국왕을 호위하는 병사들에게 500부 정도의 전도지 소책자를 배포했다는 등 기독교와 관련된 내용이다.

외국인 선교사가 운영하는 구세학당에서 2년간 생활함으로써 1890년대 도산의 활동과 행적은 기독교와 관련된 것이 주를 이룬다.

이밖에 독립운동 활동과 관련된 자료 1점을 첨부했는데 1896년 4월 독립협회가 조직된 후 독립협회에 가담한 도산은 1898년 평양 쾌재정에서 개최된 만민공동회에서 행한 이른바 쾌재정연설은 전설처럼 내려오고 있다. 그러나 이에 대한 원자료는 현재 찾을 수가 없다. 따라서 여기서는 신한민보(1919년 5월 1일자)에 나오는 회고록 일부를 제시하는데 그친다.

## 구국계몽기 국내외 활동

1902년(24) 9월 이혜련과 결혼하고 그 해 10월 미국 샌프란시스코에 도착한 도산의 초기 미주활동은 공립협회를 중심으로 전개되었다. 미주 정착 1년만인 1903년 9월 캘리포니아 주 로스앤젤레스 근교인 강변(리버사이드)으로 옮긴 도산은 그 지역 한인동포의 단결과 계몽을 목적으로 한인친목회를 조직하였다. 그리고 한인친목회를 확대 발전시켜 1905년 4월 5일 공립협회를 창립하여 초대회장에 피선 되었고 그 해 11월 공립협회 회관을 설립하고 이어 11월 20일 한글판 「공립신문」을 발행하였다. 18명의 한인노동자를 중심으로 공립협회 를 창립한 후 야학을 통한 계몽활동을 시작하였다. 미국 사회에서 한인들에 대한 신용을 두텁게 하기 위한 생활지도와 계몽운동에 주 력하였던 것이다. 이를 위해 도산은 한인들이 거주하는 지역을 수시 로 순방하면서 그들의 어려운 사정을 위문하는 한편 '귤 하나 정성껏 따는 것이 곧 나라를 위하는 것'이라는 식으로 성실과 정직을 강조하 였다. 이러한 노력의 결과 미국 사회에 한인들에 대한 인식이 좋아 졌고 따라서 자연 공립협회의 위상이 한인사회는 물론 미국 사회에 까지 높아갔다.

1905년 11월 을사늑약 체결 이후 어느 날 철도부설 일터에서 한 인 피살사건이 발생했다. 그런데 이 사건 담당자인 미국인은 사건 전말을 일본 영사관에 보내려 했다. 을사늑약의 외교관이 일본에 넘 어갔기 때문이었다.

그러나 이에 대해 도산이 강력하게 항의하여 공립협회 총회장 앞 으로 보고토록 주장하여 이를 관철시켰다. 이로써 이후 공립협회는 사실상 한인사회를 대표하는 영사관의 기능을 발휘하게 되었다. 이 밖에도 1906년 4월에 샌프란시스코에서 발생한 대지진으로 공립협 회 회관이 불타고 동포 24명이 죽는 등 큰 재해를 당했을 때 본국에 서 구휼금 4천 환을 일본 영사관을 통해 보내온 일이 있었다. 그러 나 이 구휼금 문제에 대해서도 공립협회는 '우리가 곤경에 빠진 때를 기회 삼아 구휼금으로 은혜를 베풀고 우리의 마음을 사는 것이니 우 리가 굶어서 죽을지언정 일본 영사의 간섭은 받지 않아야 한다는 입장을 표명하며 구휼금을 거절함으로써 민족의 자존심을 지켜 공립협회의 위상과 신뢰감이 더욱 높아졌다.

도산이 유명한 연설가라는 사실은 잘 알려진 사실이다. 연설가 웅변가로서의 도산의 면모는 이미 1980년대 말 독립협회 시절부터였다. 1897년 평양에서 개최된 만민공동회 때 한 이른바 쾌재정 연설은 지금까지도 전설처럼 전해오고 있다. 그가 귀국한 1907년 2월에는 매달 1회 중 강연 및 연설회가 있었던 셈이 되나 8,9,10월 3개월 간에는 연설회가 없었다. 이는 그 해 8월 군대해산과 정미7조약의 강제 체결에 분노한 한인들에 의한 무장의병이 전국적으로 궐기하는 등 정치, 사회적 이유로 열리지 못했던 것으로 이해된다. 그리고 나머지 7회는 1908년에 5회와 1909년 1월의 2회 등 총17회의 연설회가 있었던 것으로 나타난다.

한편 도산 연설회는 주최 측이 따로 있어 초청 연설회 형식으로 진행되었으며 이중 합동연설회가 도산만의 단독 연설회가 9회에 이르고 있다. 도산연설회를 주최한 기관과 단체는 학교가 가장 많았고 이밖에 대한협회, 서북청년친목회, YMCA 그리고 대중이 대거 모이는 운동회 때는 특별연사로 초빙되었다. 그리고 합동연설회 때 도산과 함께 연사로 초빙되었던 인사로는 최광옥(崔光玉:안악면려학회 대표) 노백린(盧伯麟:서우학회 대표), 강윤희(姜允熙:한북학회 대표), 정운복(鄭雲復:서북학회 대표), 유길준(兪吉濬:흥사단 임원), 윤치호(尹致昊:대성학교 교장) 등 당대 한국사회를 대표한 지사들이 총망라되었다. 한편 연설회를 개최한 지역으로는 서울이 12회로 단연 높고 다음으로 평양에서 4회 그리고 개성과 평북 안주에서 각 1회씩 열렸다. 이 점은 신민회 조직이 서울과 평양을 비롯한 서북지방으로 국한되었던 점과 관련성이 있다고 본다.

이밖에 또 하나 확인되는 것은 도산의 국내 활동이 사실상 1909년 1월 14일 청년회관(YMCA)에서 전도(前途)와 희망이라는 연설을 마지막으로 끝났다. 다시 말해 도산이 1910년 4월 망명길에 오르기 1년 전에 이미 그의 국내활동이 일제로부터 봉쇄되었던 것이다.

국내에서 도산의 첫 연설회는 1907년 3월 1일 12시 남문 밖 한양학교에서 개최되었다. 이날 도산의 첫 귀국 연설회 소식은 그 해 2월 25일자 「대한매일신보」에 연설회 광고 같은 기사로 실렸다. 도산의 첫 귀국 연설회는 박식웅변가로 알려진 도산이 귀국했다는 소식을 들은 한양학교측이 먼저 알고 초청하여 개최되었다. 그리고 이날의 도산 귀국 첫 연설회는 연합집회적인 성격이었다.

이렇게 시작된 도산의 대중 계몽연설회는 이후 서울과 평양을 오가며 진행되었으나 그 연설의 구체적인 내용은 전해지지 않는다. 단지 단편적인 연설요지만 확인되는데 이에 따르면 도산의 연설은 주최 참석한 대상을 고려한 계몽적인 내용이 주를 이루었던 것 같다.

예컨대 1907년 3월 11일 평양에서의 첫 연회에서 이날 집회가 평양사범강습소 개교식이었다는 점을 고려해 의무교육실시에 대한 필요성을 역설한 것이며 이어 서울 균명학교에서 행한 연설에서도 애국사상 고취의 한 방안으로 매일 아침 공부하기 시작 전에 국기에 대한 예배와 애국가를 부를 것을 제의했다. 말하자면 도산은 주최측과 청중의 성격에 따라 이에 필요한 긴요하고도 계몽적인 연설을 했던 것이다. 이렇게 볼 때 같은 해 4월 개성군 연합운동회에서의

연설과 7월 평양 여자교육연구회 주최 연설에서 역시 체육의 중요성
과 여성 교육의 필요성을 강조했다.

한편 일반 대중을 상대로 한 연설에서는 실생활과 관련 깊은, 즉
상업육성, 가옥개량, 운동장 설치, 모범농장 설립, 학도의 해외 파견
그리고 의무교육 실시 등에 대해 역설하였다. 이 같은 내용은 이후
도산의 연설 때면 자주 거론되었던 단골메뉴였다. 한편 이와 같은
실생활과 직접 관련된 도산의 연설에 대한 일반 대중들은 이렇게 많
은 사람들이 모인 가운데 평양에서 그러한 일들이 실현된다면 전국
적인 모범이 될 것이라는 큰 반향을 일으켰고 이후 도산의 연설회에
는 수천의 무리가 구름같이 모여들었던 것이다.

1907년 4월 27일 개성 만월대에서 개최되었던 군민연합운동회
연설회에는 2천여 명이 모였으며, 그 해 7월 8일 평양 연설회에는
학생, 교인, 일반 군민 등 3천여 명이 넘는 청중들이 도산의 연설을
듣기 위해 몰려들었다.

이같이 도산 연설회에 수많은 사람들이 운집했다는 사실은 그만큼
그의 연설이 일반 대중들에게 호소력이 있었으며 그들의 정치, 사회
적 정서를 대변해 주었기 때문이었던 것이다. 뿐만 아니라 그의 연
설은 웅대하고도 광범위했으며 물줄기가 뻗어 올라 산같이 솟아나듯
힘이 넘치는 점에서 청중을 사로잡았던 것이다. 도산의 연설은 서두
부터 독특했다고 한다. 흔히 연설 서두는 친애하는 동포 여러분, 혹
은 2천만 동포 여러분으로 시작하는데 첫 마디가 "대한의 남자 여자
여!"로 시작하는가 하면 앞서 나온 연사의 연설이 약해서 청중이 심
드렁해진 듯하면 연단에 나서자마자 "아! 여러분 어떤 사람은 대포와

검으로 나랏일을 하고 어떤 사람은 문필과 입으로 나랏일을 하지만 여기 오신 여러분은 다 이제 귀로 나랏일을 하십시다!"로 가라앉은 분위기를 바꾸기도 했다.

일본인 형사가 도산의 연설 내용을 필기하면서 그냥 눈물을 줄줄 흘리고 울며 '선생의 연설에 감동해 선생의 명령만 있다면 나를 버리고 복종하는 것을 영광으로 생각하겠다.'는 등 도산의 연설에 얽힌 일화가 많다.

한편 도산의 연설은 시작했다 하면 적어도 2시간 이상 계속되었던 것 같다. 1908년 2월 8일 대한협회에서 주최한 연설에서 3시간 50분 동안 쉬지 않고 연설했으며 신병으로 고통을 겪으면서도 연설을 한 열정적 인물이었으며 그의 연설이 밝혀진 것은 4회 정도이다.

1907년 6월 7일 서울 'YMCA'에서 행한 연설 제목은 '미국인은 우리 한국인을 어떻게 보는가?'

1908년 2월 8일 대한협회 주최에서 한 연제 '우리나라 지방 현실과 미래', 그리고 대성학교 개교식에서의 '학교의 현실과 미래는 어떻게 될 것인가?'

1909년 1월 14일 서울 청년회관(YMCA)에서 가진 연설 제목 '앞으로 나갈 길과 희망(前途와 希望)'이 도산의 마지막 연설이었다.

이상과 같은 제목으로 보아 당시 도산 연설의 주된 내용은 '현 세계의 상황과 향후 한국의 미래'에 관한 연설이었음을 짐작케 한다. 한편 연설의 구체적인 내용은 1907년 5월 12일 서울에서 삼선평(三仙坪)에서 행한 연설과 같은 해 12월 8일 서북학생친목회 주최 연설에 그 요지가 잘 담겨 있다.

당시 도산의 사관이 잘 드러나 있는 이 연설에서 도산은 병력은 물론 군함, 대포 하나 없는 현실을 바라볼 때 '개전'이란 가당치 않다는 일부 패배주의적 여론에 대해 강한 반론을 펼쳤다. 즉 명치유신 이후 야만 미개국에서 벗어나 노일전쟁을 승리로 이끈 일본의 예를 들어 '금일 당장부터를 개전사(開戰事)' 준비를 강력하게 제창했던 것이다. 이밖에도 도산은 이즈음 한인 사회에 패배주의적인 절망병이 퍼지고 있는 점과 항간에 떠도는 '계룡산 진인 출몰'에 대한 허무맹랑한 기대 등에 대해 강한 경계심을 피력하기도 하였다.

또한 외국의 도움이나 원조를 기대해서는 안 되며 이는 오히려 그들의 폭력을 불러들일 뿐이니 실로 경계하고 두려워해야 할 일임을 깨우치고 있다. 따라서 '오직 용왕맹진(勇往猛進)의 힘을 키워 장래 타국과 맞싸울 준비를 해 언제든지 앞질러 선전포고를 하여 태극 국기를 세계만방에 게양할 것'을 백두산과 구월산의 정기를 타고 난 서북 삼도의 청년학도들에게 역설했던 것이다.

한편 도산은 당시 풍미했던 사회진화론에 기초한 세계열강의 제국주의 침략시대로 인식하고 있었다. 즉 우승열패와 약육강식의 논리에 따라 강국이 약소국을 마구 침략 병탄하는 제국주의 시대로 비교적 정확하게 인식하고 있음을 볼 수 있다.

귀국 후 도산의 활동은 연설, 계몽활동 외에 교육, 경제, 사회활동이 동시에 진행되었다. 앞서의 연설 계몽활동은 교육, 경제활동을 위한 수단이었다. 1907년 2월 22일 귀국한 도산은 그 다음날 「황성신문사」와 「대한매일신보사」를 각각 방문하여 미주 동포 의연금 조로 35원과 국채보상금 조로 35원을 전달하였다. 이어 안창호 '기명광고', '특별광고' 형식을 빌려 미주독립협회와 공립신보의 활동상을 홍보하기도 하였다.

한편 당시 발간되고 있던 「가정잡지」(사장 柳日宣, 편집발행인:신채호(申采浩), 교보원 주시경(周時經)의 찬성원으로 장지연(張志淵), 전덕기(全德基) 정운복, 이동휘(李東輝), 최광옥, 양기탁(梁起鐸) 등과 함께 참여하고 있다. 이들 대부분이 신민회 간부라는 점에 유념할 때 이때 이미 신민회 조직이 은밀하게 추진되었던 것으로 보인다. 이밖에도 일본 유학생을 중심으로 결성된 대한학회 발기인으로 김규식, 남궁억, 유동설, 이갑, 이동휘, 이상재, 이시영 등과 함께 참여하였으며, 보성전문학교에서 개최된 동지에 유길준, 이상재 등과 함께 고문으로 추대되기도 하였다.

이상과 같은 활동을 통해 인맥과 기맥을 형성한 도산은 교육계에 완전한 모범학교를 건립키 위하여 전심전력하며 중학교를 설립할 목적으로 대성중학교를 위해 도산의 표면적인 활동은 온통 대성학교를 설립하는데 투신하고 있음을 볼 수 있다.

1908년 7월 이후 「대한매일신보」와 「황성신문」에는 대성학교 설립과 관련된 기사와 광고, 즉 찬성원권고서, 학생 모집광고와 시험과목 등에 관한 안내 광고가 연일 실렸다.

한편 같은 해 8월부터는 평양산동기회사에 관한 기사와 회사 주주 모집 광고가 역시 위의 두 신문의 지면을 채웠다. 총자본금 6만 원에 한 주당 50원으로 하여 1천 2백주를 모집한다는 광고가 여러 차례 실렸다. 익히 알려진 대로 도산이 귀국한 목적은 비밀결사 신민회 조직 외에 교육입국과 식산산업의 개발에 있었다.

바로 이 목적을 도산은 귀국과 동시에 대성학교와 자기 회사 설립 운동으로 실현했던 것이다. 그러나 이렇듯 전민족의 호응 속에 문을 연 민족학교인 대성학교는 이른바 일장기 게양 거부사건으로 문을 닫아야 하는 위기를 맞았다.

1909년 2월 황제(순종)와 통감 이등박문이 서북지방을 순시하는 이른바 어순행서순(御巡行西巡)이 있었다. 따라서 서북지방의 모든 학교 학생들은 환영식에 일장기와 태극기를 교차하여 들고 나오라는 지시가 내려졌다. 그런데 대성학교가 선봉에 서서 이를 거부하였던 것이다. 이 일로 도산은 평양 경찰서에 불려가 이를 행하지 않음은 역민이며 배일주의자라고 문책을 당했다. 그러나 도산은 일본기와 태극기 교차의 부당성을 조목조목 밝혔던 것이다.

즉 '어순행에 동행한 이동통감은 일본의 신하에 불과하다. 그런 인물을 위해 한 나라 국기를 게양하는 것은 임금에 대한 신민(臣民)으로서 충성이 아니다'라는 정론을 당당하게 주장했던 것이다. 결국 이 사건으로 대성학교는 폐교되었고 이후 도산에 대한 일정의 감시가 강화되었다.

그 이후 도산 뒤에는 늘 일정이 따라붙어 감시와 미행을 했던 것이다. 여기에 마침 그해 10월 26일 안중근 의사의 이등박문 격살사건이 터지자 일제 측은 기다렸다는 듯이 도산을 체포 구금하였던 것이다. 즉 평양에서 체포되어 서울 용산 헌병대로 압송된 도산은 그곳에서 40여 일간의 취조 끝에 일단 무혐의로 그 해 12월 31일 석방되었다.

그러나 석방 후 20일 만에 조사할 사건이 미진하다는 이유로

1910년 1월 9일 재구속되었다. 이는 당시 안중근 의사 사건이 알려지면서 안 의사의 변론을 위해 안병찬(安秉瓚) 변호사 등이 일정 압력에도 불구하고 여순으로 떠나는 등 이 사건을 계기로 항일운동이 고양될 조짐이 보이자 일제측은 국내 반일인사들에 대한 경계강화를 하게 되었다.

이때 도산 외에도 이갑, 이종호, 김명준 등이 재수감된 것은 그러한 이유에서였다.

1910년 2월 20일 재수감에서 풀려난 도산은 그 달 24일 저녁 서우학회가 주최한 위로회에 이갑 등 수삼 동지들과 함께 참석했으며 이어 3월 6일 서북학생친목회 주최의 위로회가 또 한 번 있었다. 자료상 국내에서의 도산의 행적은 이 이상 찾아볼 수 없다.

도산이 1910년 4월 중국으로 망명길에 올랐기 때문이다. 국내에서의 도산의 공식적인 활동은 앞서 언급한 바와 같이 1909년 1월 14일 청년회관(YMCA)에서의 연설을 끝으로 더 이상 찾아볼 수 없다.

이후 그의 거동이 자유스럽지 못했던 것이다. 일제 당국의 미행과 이어 구속되는 몸이 되었기 때문이다. 무슨 이유로 이때부터 도산에 대한 일제 측의 경계가 강화되었을까? 이는 우선 도산에 대한 대중적 인기와 지명도가 날로 높아가고 있었던 점도 한 이유였던 것 같다.

한번은 이런 해프닝도 있었다. 광양에 사는 안덕두(安德斗)라는 자가 자신이 평양대성학교 교장 안창호 씨의 친아들이라고 자칭하고 다녔다. 평소 도산을 존경하던 사람이 그 말을 듣고 그를 극진히 환대하였는데 후일 알고 보니 그 자는 술과 여색에 미친 자로 여기저기 술집마다 외상을 깔고 밥값도 내지 않고 도주했다. 이 촌극이 미주에서 도산의 활동을 비난하는 글이 「제국신문」에 실린 일도 있었다. 그러나 이는 곧 사실이 아님이 밝혀져 정정 기사가 실리는 해프닝도 있었다.

## 신민회의 자료와 증언

신민회는 1907년 4월 도산이 국내로 귀국한 지 2개월 만에 결성한 비밀결사이다. 익히 알려진 대로 신민회 결성은 극히 비밀스럽게 추진되었기 때문에 그 실체가 좀처럼 밝혀지지 않았다. 이 같은 성격으로 신민회의 실체를 밝혀주는 원사료는 별반 없는 실정이다. 신민회의 존재가 세상에 알려진 것이 일제가 국권을 강점한 직후(1911) 반일세력을 단숨에 제거하기 위해 조작 날조한 '105인사건'을 통해서였다는 사실은 이를 잘 말해 준다. '105인사건'을 일명 '신민회사건'이라 지칭하는 것도 이러한 연유에서이다.

이처럼 신민회의 실체가 105인사건과 관련 피의자들의 취조 과정에서 드러났기 때문에 신민회와 관련된 자료는 일제 측 자료에 크게 의존되어 있다. 그러나 일제 측이 주장하는 신민회 조직과 규모 등에는 지나치게 과장 왜곡된 부분이 많을 뿐만 아니라 그 분량도 대단히 방대하여 모든 것을 수록하기에는 한계가 있다. 여기서는 비교적 객관적 자료로 판단되는 것만을 제한적으로 수록하였다.

'신민회 관련 자료' 편에는 신민회 창립 목적과 이념을 밝혀주는 대한신민회의 구성과 '대한신민회통용장정' 및 대한신민화를 비롯해 '서북학회 조직록'과 '청년학우회취지서' 그리고 '105인사건'에 관한 자료 2점이다. 하나는 애국당을 박멸하는 계책, 「신한민보」(별보).

1912. 7. 15이고 다른 하나는 '105인사건' 공판록(경성지방법원 판결문)으로 공판기록이 있을 뿐이다.

대한신민회의 구성에는 안창호를 비롯해 국내 감독장(양기탁, 임개정, 이동휘, 이종호 이갑) 10명과 총감(전덕기), 경찰원(이동관) 등 임원 명단과 신민회 창립 목적이 실려 있다. 즉 '동회의 목적은 우리 한국의 부패한 사상과 관습을 혁신하며 낡은 제도를 고쳐 국민의식을 새롭게 유신하며 쇠퇴한 산업을 개량하여 유신한 국민이 통일 연합하여 자유문명국을 이루려 함'이라고 되어 있다.

여기서 보듯 신민회는 새로운 나라 곧 '유신한 자유문명국가 건설'을 목표로 삼고 있어 공화주의를 지향했음을 보여준다. 대한신민회 통용장정에는 신민회의 희망과 위치(1장), 목적과 방법(2장) 신민회 역원의 직무(3장), 역원의 선거 및 임기(4장), 연합기관조직과 교통(5장), 입회식과 회원의 책임(6장), 재정관리(7장), 구호와 시벌(8장), 의회 그리고 부칙으로 되어 있는데 이중 제2장(목적과 방법) 1절(신민회 목적)과 2절(실행방법에 관한 10조의 내용 즉 인민의 정신을 경성하기 위해 신문잡지 발행과 인재양성을 위한 교육사업 및 실업육성에 대한 구체적인 실행방법이 들어 있다.

대한신민회취지서는 신민회 창립 취지를 설명한 내용으로 당시 도산을 비롯한 민족 운동가들의 시대인식을 전해주는 귀중한 자료에 해당한다. '부패한 구습을 개혁하고 진실한 기풍을 양성하려면 불가불 뜻있는 청년의 일대정신단(一大精神團)을 조직하여'로 시작되는 청년과 청년회는 1909년 8월 17일 발기인 윤치호(한영서원장 대성학교 교사), 장응진(張膺震:대성학교 총교사), 최남선(소년지 주필), 최광옥(숭실학교 교장), 박중화(보성학교 교장) 5인 등 교육 일선의 지도자들이 중심이 되어 결성했다. 이후 청년학우회는 서울, 평양, 의주, 안주 등 전국에 지방연회를 조직하여 청년회의 강령 정신 곧 무실, 역행, 자강, 충실, 근면, 정제, 용감 정신에 따라 덕육(德育), 체육(體育), 지육(智育) 등 3육을 교육지표로 삼아 청년들에게 애국정신을 고취시켰던 것이다.

이런 지향 목표가 자유 문명한 새로운 나라 건설이었다는 점에서 청년층 교육을 위한 청년학우회가 차지하는 비중은 매우 높았다. 청년학우회 지도부 임원 명단에 도산의 이름은 보이지 않으나 사실상 이 조직을 결성하고 지도부를 규합하는 이면에 도산이 산파 역할을 했음은 물론이다.

'105인사건'에 도산이 직접 연루되지는 않았다. 이 사건이 있기 전 도산은 이미 중국으로 망명길에 올랐기 때문이다. 그러나 이 사건 공판기록 가운데 도산에 대한 언급이 여러 곳에 나타난다. '애국당을 박멸하는 계획'은 '왜 독부는 한국의 애국당을 박멸코자 하는 간계를 추출하여 소위 총독을 암살하려는 음모가 있다고 전국 지사를 일망타진'하려는 의도에서 '105인사건'을 조작했음을 밝히며 조선총독부 검사의 기소장 내용을 요약하였다. 본래 기소장 내용이 대단히 복잡하고 방대한 분량이었던 점을 감안할 때 이를 지면 한 장에 일목요연하게 요약 정리해 놓아 사건 개요 이해에 큰 도움을 준다. 105인사건 판결문에는 안창호의 이름이 11번 언급되고 있다. 사건 피의자들의 진술 속에 언급되고 있는 도산에 관한 내용은 신민회 창립 관련, 이등박문 암살 관련, 사내총독 암살을 위한 무기 보관 관련 그리고 동경에 건너가 일본 요로 대관을 암살하려 했다는 등 사실 무근의 내용이 실려 있다. 이러한 단편적인 사실만으로도 105인사건이 강압적인 고문에 강제된 피의자들의 허위자백에 근거한 조작사건임을 확인할 수 있다.

도산의 비서역 정영도(鄭英道) 증언록엔 이렇게 기술되어 있다.

정영도는 흥사단 단원(단원번호 27)으로 1907년 도산이 귀국한 후 줄곧 도산 옆에 있으면서 비서 역을 맡아보았던 사람이기에 그의 증언은 자료적 가치가 있다고 판단되고, 실제 그의 증언록 내용을 검토할 동안 도산과 관련된 주목할 만한 내용이 적지 않아 자료 편에 실었다. 그러나 증언 내용이 반세기가 지난 시점의 회고담이라 연도와 날짜와 인명 일부 내용에 착오가 있어 주의를 요한다.

이 언록은 도산이 이등박문 포살사건(1909. 10. 26)의 연루 혐의로 일본헌병(용산)에 구류되었던 시기부터 1911년 말 뉴욕에 도착하기까지 만 2년간의 도산의 행적을 매우 소상하게 전해주고 있다. 증언은 내용 몇 부분으로 나누어져 있는데 첫째 이등포살사건으로 도산이 평양 대성학교에서 피체되어 용산 헌병대에 압송되어 감옥에서 고초 당하던 내용과 둘째 감옥에서 풀려나와 중국으로 망명하는 과정에 있었던 상세한 내용, 셋째 청도회담에 대한 내용, 넷째 해삼위 회담 결과에 대한 내용과 마지막으로 청도→ 해삼위→ 반→ 치타→ 모스코바→ 세인트 페테스부르크→ 베르린→ 런던을 경유하여 뉴욕에 도착하기까지의 행적이 비교적 상세하게 기술되어 있다.

이상의 회고담 형식으로 도산의 행적(1909-1911)을 담고 있는 이 증언의 내용 중 흥미로운 내용 몇 가지를 추려보면 다음과 같다.

우선 용산 헌병대에 구류되어 있는 동안 두 번씩이나 탈출할 수 있었지만 도산이 이에 동의하지 않아 좌절되었다는 내용과 지루한 심문에 항거하기 위해 자살소동을 벌여 일정을 당황케 한 일, 그리고 소년시절 서당에서 함께 공부한 손위 친구였던 필대은(畢大殷)의 부인이 3개월간 매일 사식을 제공했다는 사실이며, 이때 사식을 넣던 그곳이 동지들과의 통신수단이 되었다는 내용이며, 중국 망명길에 잠시 머문 섬에서 소경을 불러 점을 보았다는 일화, 굴 따는 아낙네들에게 두 배의 값을 주며 굴을 산 일화 등 도산의 인간적인 면을 보여주는 흥미로운 내용이 있다.

그러나 이 중에는 이러한 가벼운 일화 외에도 그동안 도산의 중국 망명 행적에 관해 별로 알려지지 않았던 내용들이 사실적으로 술회되어 있어 주목된다. 특히 서경조(徐景祚) 목사와 그의 백형 서상륜(徐相崙)의 도움으로 망명길에 올랐다는 내용, 그리고 봉밀산 연해주 실사와 연해주 망명후 이름을 안광택(安廣宅)으로 가명을 썼던 여유, 청도 해삼위에서의 기호파와 서도파간에 있었던 일에 대한 증언 등이 담겨 있어 가치를 더해준다.

일제 측 비밀 보고 자료에 따르면 도산이 1907년 3월 귀국 후 1911년까지 도산의 동정에 관해 비밀보고가 있다. 이 보고서에는 도산 개인의 동정에 관한 내용 외에도 도산이 접촉한 인사들과 단체의 성격, 당시 서울, 평양 등 주요 도시의 민심과 여론의 동향 및 경제적 상황, 그리고 당시 반일 집단으로 지목받고 있던 기독교의 종합적인 동정 등에 관한 내용이 있다. 특히 외국 선교사들의 동정과 반응에 대한 상세한 내용 등도 담겨 있다.

먼저 통감부문서에 수록된 도산 개인의 동정에 관한 내용을 보면 평양에서의 연설회를 열고 서교도(기독교도)와 노동자 300여 명을 선동하여 일본인 상점을 닫게 하는 반일운동을 벌인다는 내용을 비롯해 미주 공립협회 지원금 모금운동, 병을 칭하여 청국 연대로 도항하려 한다는 보고자, 황제(순종) 순행 때 평양에서 일본기 교차 게양 반대를 위해 이갑, 유동열 등과 함께 다화회(茶話會)를 개최했다는 보고, 이갑과 함께 평양, 용천, 숙천 등을 순회하고 있다는 보고, 진명여학교 졸업식에서 행한 연설, 한국군부 학부 폐지설 및 이갑, 안창호의 행동. 유동렬과 동반 도미설에 관한 보고, 청년유지회 조직과 교육보급을 위한 유세계획에 관한 보고 등 도산의 동정에 관한 상세한 내용이 담겨 있다.

둘째는 도산의 동정과 관련된 민심 동향에 관한 비밀보고 내용이다. 황제의 순행에 대한 각 지방 민심상황 보고, 통감연설에 대한 민심 의향보고, 황제 서순에 대한 일반민의 반응보고, 경성정계의 현정 등이 이에 해당된다.

셋째는 도산과 관련된 외국인(선교사)과 종교계(기독교)의 동향에 대한 내용이 적지 않다. 재미한인의 동태보고를 시작으로 야소교 한인의 배일행동에 관한 보고, 안창호 체포 후 선교사의 반응에 관한 보고자료 등이 이에 해당된다. 그리고 안중근 의사의 이등포살사건과 도산과 관련된 보고 문건이 상당량을 차지하고 있다.

일본사(日本史)에도 도산의 동정에 관한 상당한 내용이 있는데 이중 1911년도까지로 제한하여 수록하였다. 이 시기 도산에 관한 일제측 비밀보고 문건은 '조선인의 동정'과 '조선인에 관한 정보 보고'서에 들어 있는데 이중 도산 개인에 관한 보고 문건으로는 1910년 8월 도산이 지부(芝罘)에 도착했다는 보고 자료를 비롯해 블라디보스토크에서의 도산과 배일조선인에 관한 동정의 회견 문건, 이갑과 이상설의 회견, 그리고 봉밀산에서의 활동 즉 토지매입과 독립운동기지 건설 등에 관한 동정 등을 상세하게 확인할 수 있다.

따라서 1910년 4월 중국으로 망명한 이후 1911년 한 해 동안 노령지역 일대에서 활동한 도산의 행적을 정리하는 단서를 제공해 주고 있다. 이밖에 앞의 자료 성격과 다르지만 편의상 1910년도 일제 측 자료를 첨부하였다.

## 대한인국민회

대한인국민회는 1908년 3월 장인환, 전명운 의사의 스티븐스 저격사건을 계기로 그동안 미주 여러 지역에 분산되어 있던 한인단체들의 통합논의가 활발하게 진행되어 1909년 2월 1일 미주의 독립협회와 하와이의 한인합성협회를 통합하여 국민회의를 결성하였고 1910년 대한인국민회로 재편되었다.

교육과 실업을 진작하며 자유와 평등을 제창하여 동포의 영예를 증진케 하며 조국의 독립을 광복케 함을 목적으로 결성된 대한인국민회의 조직은 중앙에 중앙총회를 두고 그 산하에 북미, 하와이, 멕시코, 시베리아, 만주에 지방총회를 설치하였으며, 그 지방총회 아래 다시 116개의 지방회가 설립된 방대한 조직체였다. 뿐만 아니라 이러한 해외 한인사회와 단체 대부분을 아우르는 해외 가정부(假政府), 곧 망명정부 성격이었기 때문에 이와 관련된 문건과 자료는 대단히 방대하다.

1909년 2월 1일 국민회 창립 때 제정된 국민회 장정과 이후 대한인국민회로 개편된 후 안창호가 중앙총회장에 취임한 후에 조직을 확대시키면서 제정된 대한인국민회헌장과 관련된 자료를 수집 정리하였다. 9장 79조로 제정된 대한인국민회헌장은 이후 몇 차에 걸쳐 개정되었으나 대체로 1장 총칙, 2장 중앙총회, 3장 지방총회, 5장 임원의 권한, 6장 선거 및 임기, 7장 입회 및 퇴회, 8장 재정, 9장 벌칙으로 되어 있다.

8장으로 되어 있는 '클레몬트 학생 양성규칙'은 학생의 자격과 기숙비, 기상 취침시간을 규정하고 있다. 특히 8장에 매주 토론회 오후 학문상 긴요한 문제를 놓고 토론회를 개최하고 있는 것이 주목된다.

## 대한민국 임시정부

1910년대 미국에서 대한인국민회와 흥사단을 조직하여 활동하던 안창호는 1919년 5월 중국 상해로 이동하였다. 1919년 4월 상해에서 수립된 대한민국 임시정부의 내무총장으로 부임한 것이다. 당시 국무총리 이승만은 미국에 있었다. 안창호는 국무총리 대리를 겸하면서 초창기 임시정부의 조직과 활동기반을 마련하는데 주도적인 역할을 수행하였다. 이후 1921년 5월 노동국총판 사임을 계기로 임시정부를 떠나 활동하기도 하였지만, 1932년 4월 일제경찰에 체포되어 국내로 압송될 때까지 임시정부와 직간접적으로 연계하여 활동하고 있었다.

첫째는 안창호가 3·1운동 직후 민족의 주요 지도자로 부각된 안창호는 3·1운동을 계기로 국내외에서 수립된 여러 임시정부의 주요 각원으로 선임되었다는 것을 1919년 4월 5일자 「신한민보」에 게재된 '대한국임시정부 내각이 조직됨'을 비롯하여 여러 언론매체에서 그러한 사실을 알려주었다. 3·1운동이 확산되어 가던 1919년 3월과 4월에 국내외 각지에서 8개의 임시정부가 수립된 것으로 알려져 있다. 이 중 정부의 조직 및 각원 명단을 발표한 것이 6개 처인데, 안창호는 6개 임시정부의 각원명단에 모두 이름이 올라 있다. 6개 임시정부에서 모두 각원으로 선출된 것은 안창호와 이승만뿐이었다.

둘째는 임시정부의 실질적인 책임자로서 수립 직후 임시정부의 운영과 활동방향에 관한 것들이다. 안창호는 1919년 5월 25일 홍콩을 거쳐 상해에 도착한 후 북경로 예배당에서 대한 사람은 대한을 위하여 일해야 하고, 대한민족 전체가 단합하여 정부를 영광스럽게 만들자는 취지의 연설을 하였다. 그리고 6월 28일 내무총장 겸 국무총리 대리에 취임, 임시정부를 이끌어갔다. 내무총장과 국무총리 대리에 취임한 직후인 7월 8일 임시의정원에서 인구조사 재정확보 및 활동방안, 한일관계사의 조사 편찬 등을 주요 내용으로 한 '내무총장 안창호의 시정방침 연설'을 통하여 임시정부의 운영과 활동방안을 천명했다.

1920년 신년축하식에서 행한 '우리 국민이 단정코 실행할 6대사'라는 연설도 역시 같은 맥락이었다. 이는 임시정부가 추진해 나아갈 활동방향을 군사, 외교, 교육, 사법, 재정, 통일 등 6개 사업으로 나누어 독립운동 진행의 구체적 방안을 제시했다.

셋째는 노령, 상해 한성에서 수립된 새 정부의 통합을 추진 실현 하려는 것으로 3·1운동 직후 수립된 임시정부 중에서 실제적인 조직 과 기반을 갖고 있던 정부는 노령의 대한민의회와 상해의 대한민국 임시정부, 그리고 국내의 한성정부였다. 안창호는 노령의 대한국민 의회 측과 협의, 새 정부의 통합을 추진해 나아갔다. 통합방안은 상 해와 노령의 임시정부가 국내에서 3도 대표가 참여한 가운데 국민대 회를 통해 수립한 한성정부를 중심으로 통합을 이루자는 것이었다.

안창호는 통합 안으로 '임시정부개조 및 임시헌법개정'을 임시의정 원에 제출하였고, 8월 21일부터 의정원 회의에서 이 문제가 집중적 으로 다루어졌다. 임시정부개조안에 대한 설명과 '안대리총리등단(安 代理總理登壇)' 등에서와 같이 안창호는 이 안을 중심으로 의정원 의원 들을 실득해 나아갔다. 상해와 노령의 임시정부는 한성정부의 법통 과 조직을 계승한다는 원칙하에 통합을 이루기로 하고 한성정부의 집정관총재를 대통령으로 개칭한다는데 합의하였다.

정부의 통합과 함께 임시정부의 헌법을 개정하는 작업도 추진해 나아갔다. 안창호는 임시정부개조안과 더불어 임시헌법개정안을 의 정원에 재출하였고, 의정원에서는 여러 차례 토의를 거쳐 '헌법초안 토의, 헌법초안 재독, 헌법안 삼독' 등으로 헌법을 개정하였다. 그리 고 9월 11일 '대한민국임시헌법'의 개정공포와 아울러 대통령 이승 만, 국무총리 이동휘를 중심으로 한 정부의 각원을 선출하였다. 안창 호는 노동국총판에 선임되었다. 한성정부의 노동국총판을 그대로 계 승한 것이었다.

이로써 노령, 상해, 한성에서 수립된 새 임시정부가 1919년 9월

11일 하나로 통합, 대한민국임시정부가 새로이 발족되었다.

그러나 노령의 대한국민의회가 통합방법에 대해 불만을 갖게 되면서, '국민의회사건'이 일어났다. 대한국민의회는 한성정부를 승인 봉대한다는 원칙하에 상해의 임시의정원과 대한국민의회를 동시에 해산하는 것으로 알고 통합에 참여하였는데, 상해의 임시의정원은 해산하지 않고 그대로 존속시켰다는 것이다. 이를 문제 삼아 대한국민의회는 봉대가 아니라 개조의 형식으로 통합을 추진하였다며 해산을 철회하였다.

안창호는 1920년 3월 임시의정원에서 이에 대해 해명했다. 안창호는 이를 통해 대한국민의회와의 타협 과정을 소개하는 한편, 이승만을 대통령으로 할 수밖에 없었던 사정을 설명했다. 그러자니 개조를 하게 되었다고 설명하는데 그것을 '안총판의 국민의회사건전말 연설'이라 한다.

안창호가 임시정부에서 활동한 자료는 이렇다. 1919년 6월 내무총장 겸 국무총리 대리에 취임한 이래 1921년 5월 노동국총판을 사임할 때까지 임시정부의 조직과 운영을 비롯하여 여러 활동을 계획하고 추진하였다. 국내와의 연계를 위해 연통제와 교통국을 설치 운영한 것이 그 하나다. 내무총장에 취임한 안창호는 임시정부의 기반을 국내에 두기 위한 방안으로 내무부와 교통부 관할 하에 연통교통국을 설치하였다. 국무원령 제1호로 발표한 '임시연통제'와 국무원령 제2호로 발표한 '임시지방교통사무국장정'이 그것이다. 연통제와 교통국을 설치한 안창호는 국내로 특파원을 파견하여 이들로 하여금 국내에 연통부와 교통국의 조직망을 건설하고 운영하도록 하였다.

안창호가 계획 추진한 또 다른 활동은 국내에 대한 정보활동이었다. 통합정부가 성립된 이후 새로운 활동방향을 모색할 때, 안창호는 국민을 임시정부로 통일 집중시키기 위한 방안으로 선진기관의 조직을 주장하였다. 1920년 1월 19일 국무회의에서는 내부선전기관과 외부선전기관을 조직하기로 결정하고, 선전 위원장으로 안창호를 선출하였다. 외부선전기관은 외교적 선전활동을 위한 것이고 내부선전기관은 국내를 대상으로 한 일종의 정보기구를 말하는 것이었다.

선전기관의 설치와 운영에 관한 일체의 업무는 안창호가 맡았다. 안창호는 한편으로 선전대원을 모집하고 다른 한편으로는 전기관의 조직과 활동에 필요한 제반 규정을 마련하면서 선전부 조직에 착수하였다. 이러한 과정은 도산일기에 잘 나타나 있다. 두 달여 만에 선전기관 절차에 대한 규정 및 활동 방향 등이 마련되었다. 선전기관의 명칭은 지방선전부로 결정하였다.

1920년 3월 10일에 공포된 '지방선전부규정', '선전대의 설치규정', '선전대의 복무규정'이 바로 그것이다. 지방정부는 일종의 정보기구이다. 그 규정에 '내외에 있는 국민에 대한 선전사무를 강구 집행하는 비밀기관'이라는 것과 더불어 선전대의 설치 목적이나 선전원 복무규정 등을 보면 지방선전부는 국내에 대한 정보활동을 목적으로 설치한 것임을 알 수 있다.

안창호는 내무총장으로 있을 때 이미 비밀리에 국내로 특파원들을 파견하여 여러 정보활동을 전개하고 있었다. 특파원들에게는 국내에서 수행할 특수한 임무가 부여되었고, 특파원과 안창호 사이에는 이들만의 약속으로 비밀 통신연락 방법을 정해 놓기도 하였다. '안창호의 통신요령', '이강(李堈)공 전하의 경성 탈출사건'과 '부정승려(不逞僧侶)검거의 건' 등은 특파원들의 활동을 알려주는 사례이다.

특파원들은 각종 정보수집과 국내 유력인사들의 탈출을 비롯하여 1919년 10월 31일 일왕의 생일을 계기로 국내에서 제2차 독립시위운동 추진, 국내의 비밀결사들과의 연계활동 등 다양한 정보활동을 전개하고 있었다.

지방선전부는 이러한 특파원의 활동을 계승 발전시킨 것이라고 할 수 있다. 당시 안창호는 노동국총판이었지만 이는 사실상 이름만 있는 한 부서에 지나지 않았다. 임시정부에서는 안창호에게 국내를 대상으로 한 정보활동을 맡도록 하였고, 안창호는 노동국총판으로서 지방선전부를 설립 운영하는 정보활동에 주력하고 있었다. 지방선전부를 임시정부의 정보기구로 본다면, 안창호는 정보기구의 설립자라고 할 수 있다. 이에 대해서는 더 많은 자료들을 발굴하여 연구를 더욱 진전시킬 필요가 있다.

내무총장으로서의 활동을 살필 수 있는 자료로는 '내무부경과상황보고서'가 있다. 1920년 12월 대통령 이승만이 상해에 부임하였을 때, 당시 내무총장 이동영이 대통령에게 임시정부 수립 후 내무부의 활동을 요약 정리하여 보고한 것이다. 명의는 이동영으로 되어 있지만, 내용은 안창호 내무총장 시절의 활동과 관련한 것들이 많아 내무총장 안창호의 활동과 역할을 이해하는데 중요한 자료가 된다.

1919년 11월 및 12월의 '국무회의안'도 마찬가지다. 이는 임시정부 국무회의록이지만, 당시 안창호는 노동국총판으로 국무회의에 참여하고 있어, 그의 역할을 빼놓을 수 없는 것이다.

안창호는 1926년 5월 8일 국무령(國務領)에 선임되었다. 임시정부
는 대통령 이승만을 탄핵한 이후 1925년 4월 7일 개헌을 통해 대통
령제를 폐지하고 국무령제를 채택하였다. 안창호는 이상룡과 양기탁
에 이어 국무령으로 선임되었다. 당시 안창호는 미주지역을 순방하
고 중국으로 돌아오는 중이었다. 그러나 5월 16일 상해에 도착한 안
창호는 국무령에 취임하지 않았다.

미주순방을 마치고 상해에 돌아온 안창호는 임시정부를 유지할 수
있는 방안을 마련하였다. 1926년 7월 28일 삼일당에서 열린 연설회
에서 '독립운동을 계속하자'고(신한민보, 1926년 7월 15일자)하면서 임시
정부경제후원회를 발기한 것이다. 임시정부의 재정난을 해결할 수
있는 재정확보 방안을 마련하여 임시정부를 유지하고, 이를 중심으
로 독립운동을 계속 전개하자는 취지였다. 그리고 7월 19일 임시정
부 경제후원회 창립총회를 개최하고, 자신이 집행위원장을 맡았다

각종 행사에서 안창호는 글보다는 연설로 유명했다. 그는 임시정
부에서 활동하는 중에도 자신의 견해나 시정방침 · 활동방향 등을 연
설을 통해 피력하였다. 상해에 도착한 직후인 1919년 6월 14일 북
경로 예배당에서 행한 '안총장의 연설'을 비롯하여, 1920년 1월 신년
축하식에서 행한 '우리 국민이 단정코 행할 6대사', '안총판의 국민의
회사건전말연설', '전도방침에 대하여' 등 많은 연설을 하였는데 이러
한 연설은 그의 활동을 이해하는 데에 더 없는 귀중한 자료이다.

일제는 여러 통로를 통해 한국독립운동에 대한 정보를 수집하여
보고했는데 그 중에서도 고경(高警)과 조특보(朝特報)로 고경은 조선총
독부 경무국장이 고등경찰을 통해 수집한 정보를 보고한 것이고 조

특보는 조선군 참모부에서 육군대신과 각지 총영사가 외무대신에게 보고하기도 했다.

일제의 정보 수집은 각 기관의 다방면에 걸쳐 있었다. 독립운동단체의 조직 및 활동을 비롯하여 독립운동자들의 개별 동향과 사상까지 세밀하게 수사하고 있었다. 안창호는 일제의 추적 대상의 주요 인물이었기 때문에 그의 행적이나 활동상황이 곳곳에 남아 있어서 그 활동 내역을 이해하는데 주요한 참고자료가 된다.

## 국민대표회의

안창호는 1921년 5월 11일 임시정부 노동국총판을 사임하고 임시정부의 공식적인 직위에서 벗어났다. 이후 안창호는 그의 표현과 같이 평민으로서 국민대표회의를 추진하였다. 그 결과 1923년 1월부터 6월까지 상해에서 국내외 독립운동 단체 대표자 140여 명이 참여한 가운데 국민대표회의가 개최되었다. 안창호가 국민대표회의 준비에 착수한 것은 노동국총판을 사임하기 이전이었다.

1921년 3월 15일 여운형 등과 현재의 임시정부로서는 국민대업을 이룰 수 없다는 인식하에 각지 대표들을 모아 국민대표 회의를 개최하는데 합의하고 5명의 위원으로 국민대표회 준비촉진회를 결성했다.

안창호는 노동국총판을 사임하면서 국민대표회의 준비를 적극적으로 추진하기 시작했다. 1921년 5월 12일 여운형과 함께 독립운동의 진행 대책과 시국문제의 해결방안이라는 주제로 연설회를 가졌다. 이 연설회에서 안창호는 민으로서 일하는 것이 독립운동에 더 유익

할까 하여 임시정부를 나왔다면서 과거의 독립운동이 계통 없이 진행되었음을 반성하고 공론을 세워 일치 협동할 길을 찾아야 한다고 강조하며 국내외 독립운동 지도자들이 한 자리에 모여 국민대표회의를 개최하자고 제안했다.

안창호는 상해에서 국민 대표회 개최의 필요성을 강조하는 연설회를 계속하였다. 제1차 연설회에 이어 5월 19일 국민 대표회 촉진의 제2회 연설회를 개최했다(독립신문, 1921년 5월 21일자). 3백여 명이 집결한 가운데 연사로 나선 안창호는 '그 명칭이야 어쨌든 간에 원근 각지에 있는 우리 인민의 내표자들이 한 사리에 모여서 서로 의사를 이해하며 감정을 융화하고 전진의 대방침을 세우며 국민의 큰 공론을 세워 보자'고 하면서 국민 대표회 개최의 필요성을 또다시 강조하였다.(도산 선생의 연설) 각지의 대표자들이 한곳에 모여 공론을 수립하고 독립운동의 대방침을 세우자는 것이었다.

그 연설회가 끝난 직후 조직위원 20명을 선정하여 국민대표회기성회를 조직하고 국민대표회의 개최를 준비하기 위한 기구를 발족시켰다. 이후 안창호는 북경, 천진 등지를 순행하였는데 북경에는 이미 이승만 대통령에 반대하는 세력들이 결집하여 군사통일촉성회를 결성하고 국민 대표회 소집을 주장하고 있었다.

안창호는 이들을 만나 국민회의 소집문제를 논의하였다. 이로써 독립운동전선에 국민대표회의를 소집하는 문제가 큰 문제로 대두되었다. 국민대표회의 소집에 대한 여론이 각지로 확산되어 가면서 1921년 6월 6일 안창호 자신이 임시 주석이 되어 '국민 대표회 기성회 제1회총회를 개최하였다. 이 총회에서 기성회 간장(簡章)을 통과

시킴과 더불어 국민대표회의 소집에 대한 제반 사항을 결정하고 그
해 11월에 국민대표회의를 개최하기로 하였다.

　　그러나 국민대표회의 소집문제는 순조롭게 진행되지 못하였다. 국
민대표회의 소집에 대해 이승만 중심의 대통령제 고수를 주장하며
이에 반대하는 세력이 나타난 것이다. 이로써 국민대표회의 소집을
주장하는 세력과 이승만 옹호 세력간에 갈등이 빚어졌다. 국민회의
경과와 협성회의 대책과 '재상해부정선언의 분쟁' 등은 이러한 실상
을 잘 보여주고 있다. 이러한 가운데 안창호는 국민대표회의 소집을
추진해 나갔다. 국민 대표회와 안창호의 태도는 그러한 단면을 이해
할 수 있는 자료이다.

　　1922년에 들어와서도 안창호는 연설회를 개최하며 국민대표회의
를 추진하였다. 4월 6일 개최한 연설회를 통해 그는 국민 대표회는
지도력을 상실한 임시정부를 죽이려는 것이 아니라 다시 살리기 위
하여 개최하는 것임을 강조하면서 힘과 재정을 한곳으로 집중하고
조직적 통일을 이루어 독립운동을 적극적으로 진행해야 함을 역설하
였다. 이러한 가운데 임시의정원에서도 국민 대표회 개최를 요구하
는 인민청원안이 통과되었고, 1922년 4월 20일 국민대표회주비회
총회가 개최되어 회의 개최에 대한 구체안을 마련하고 9월에 개최하
기로 하였다.

　　국민대표회의 개최는 몇 차례 연기를 거듭하다가 1923년 1월 3일
상해에 있는 예배당에서 개최되었다. 안창호는 미주 대한인국민회
대표 자격으로 참가하였고, 임시의장으로 선출되어 회의규정을 비롯
하여 각지 대표들의 자격문제를 토론하는 등 정식회의를 준비하였

다. 그러나 정식회의가 개최되기 전부터 참가 대표들 사이에 임시정부 문제를 둘러싸고 이견이 나타났다. 임시정부를 개조하여 독립운동을 수행하자는 견해 '개조파'와 임시정부를 폐지하고 새로운 기구를 설립하자는 견해 '창조파'로 대립되었고, 임시정부의 현상을 그대로 유지하자는 세력도 있었다. 이러한 견해 차이로 국민대표회의는 원만하게 진행되지 못하였고, 그해 6월초까지 회의를 거듭하다가 결국 결렬되고 말았다. 미주 대한인국민회 대표로 참가하였던 안창호는 1923년 1월 10일 열린 제3차 회의에서 자격문제에 대한 시비에 휘말렸다.

미주 대한인국민회가 위임통치를 청원한 단체이고, 안창호가 당시 의장이었으며 국민대표회의에 참가하는 것이 옳지 않다는 대표 자격 반대 의견서가 제출된 것이다. 이로써 안창호는 대표자격에 대한 문제로 논란을 겪었지만, 표결 결과 안창호의 대표 자격은 인정되었다.

안창호는 '개조파' 입장에 있었지만, 어떻게 해서든지 공론을 모으려고 노력하였다. '창조'와 '개조', 그리고 임시정부를 유지하자는 세력으로 나뉘어 서로의 입장을 강경하게 내세움으로써 회의가 어렵자, 안창호는 독립운동 단체의 통합적 기관으로서의 조직을 제안하기도 하였다.

국민대표회의를 준비해온 안창호는 이 기회에 독립운동의 새로운 방안을 마련하고자 하였고, 그 의지 또한 강하였다.

1923년 6월 14일 일제의 정보자료 '국민대표회경과에 관한 건'에 대한 안창호는 임시의정원과 국민대표회의 합동으로 헌법을 제정하고 기관을 조직한 뒤, 종전의 헌법과 기관을 '일시 폐지하면 어떻겠는가'라는 제안을 한 것으로 나타나 있다. '개조'의 입장에서 한발 물러선 것이었다. 그러나 임시정부 측에서 이 안에 찬동하지 않았다. '창조' 세력도 독자적으로 헌법안을 가결하여 통과시키고, 이에 의해 국민위원회에 토대를 둔 정부를 선포하였다. 이로써 6개월에 걸친 국민대표회의는 완전히 결렬되고 말았다.

## 미주순방

안창호는 1924년 11월 22일 상해를 떠나 미국으로 향했다. 이후 1926년 5월 16일 상해로 다시 돌아올 때까지 그는 약 1년 반 동안 미국 각지를 순방하며 활동하였다. 안창호가 미국에서 활동하는 동안 대한인국민회의 기관지 역할을 하던 「신한민보」는 그의 일거수 일투족을 보도하고 있었다. 이러한 자료들을 한데 묶어 미주순방이라 하였고, 모두 55건을 수록하였다.

안창호가 미국에서 한 활동은 크게 두 가지였다. 하나는 미국 각지역의 교포들을 순방한 것으로 안창호는 하와이를 거쳐 1924년 12월 16일 샌프란시스코에 도착하였다. 이후 그는 '북방순행 길'에 나섰다.(안 도산의 북방순행 신한민보 1925년 2월 5일자) 이를 통해 안창호는 덴버, 시카고, 필라델피아, 뉴욕, 뉴헤븐, 보스톤, 플라우버, 다뉴브, 사우스벤, 디트로이트, 캔사스, 워밍헴 등지의 교포 사회를 순방했다. 그가 스타튼 사크라토 등지의 교포사회를 순방한 사실을 보도하고 있다.

그리고 로스앤젤레스에서는 서재필 박사를 만나기도 하였다. 안창호는 동부지방 순방 중 서재필 박사가 태평양 청년대회에 참가하는

데 문제가 있음을 알고 흥사단과 국민회에서 경비를 모금하도록 요
청한 일도 있었다. 그리고 서재필 박사가 로스앤젤레스에 온다는 소
식을 듣고는 그를 맞이하기 위해 동부지역 순방을 중단하고 로스앤
젤레스로 와 서재필를 만났다.

또 하나의 활동은 연설이었다. 안창호는 미주 각지를 순방하면서
각지의 교포들을 대상으로 연설을 행하였다. 연설 내용은 지역이나
대상에 따라 다양했다. 미국에 도착한 직후에는 주로 독립운동과 관
련된 내용의 연설이었다.

1925년 12월 25일자 안 도산의 연설에는 '임시정부는 피로 세운
정부이며 우리 국민된 자가 받을 의무가 있다'고 하면서, 미주동포들
이 인두세 1원씩을 내어 임시정부를 유지하자고 하였다. 그리고 그
동안의 독립운동이 철저한 계획과 준비 없이 전개되었다고 하면서,
계획과 준비를 강조하는 내용도 많았다.

이승만과의 관계를 밝히는 내용의 연설도 적지 않았다. 특히 안창
호는 동부지방을 순방하면서, 이승만과 불화한다는 비판을 많이 받
았던 것 같다. 그는 시카고에서 행한 '시카고 한인에게 하신 안도산
의 연설'에서 자신과 이승만의 관계에 대해 소상하게 설명하고 있다.
잘 알려져 있듯이, 이승만은 1925년 3월 상해의 임시의정원에서 대
통령직을 탄핵 당하였다. 이로 인해 미주교포들 상당수가 안창호와
이승만의 관계에 대해 여러 오해를 갖고 있었던 것 같고, 안창호는
이 문제에 대해 해명하였던 것이다. 이러한 연설 내용은 임시정부를
비롯하여 안창호와 이승만의 관계를 이해하는데 중요한 단서가 된
다.

또한 미주지역에서 전도활동을 한 내용도 보이고 있다. 1925년 2월 1일 샌프란시스코 한인예배당에서 '만일 덮어놓고 죄를 회개해야만 된다 하면 무엇이 죄인지 알기 어렵다'고 하면서 남의 명예를 손상하는 죄, 남의 재산을 빼앗는 죄, 남의 권리를 무시하는 죄, 남의 명예를 훼손하는 죄, 남의 기쁨을 빼앗는 죄를 회개하라고 하였다. 안창호는 기독교 신자로 알려져 있다. 그렇지만 안창호와 관련된 자료들 중에서 그가 기독교 신자임을 알 수 있는 자료는 많치 않다.

안창호는 미주순방을 마치고 1926년 5월 16일 다시 상해로 돌아왔다. 그가 도착하기 직전인 5월 8일 임시의정원에서는 안창호를 선임하였다. 그러나 안창호는 국무령에 취임하지 않았다. 그리고 상해를 중심으로 연설회를 개최하면서 임시정부 유지와 '대혁명당'의 조직을 촉구하였다.

이를 계기로 1920년대 중반 이후 국내외 독립운동전선에는 전민족이 대동단결하여 민족유일당을 조직하자는 유일당 운동이 거세게 일어났다.

안창호는 효율적인 독립운동을 위해 정당의 필요성을 주장하고, 또 독립운동세력을 하나로 통합하기 위한 방안으로 '대독립당'의 조직을 일찍부터 제안하고 있었다. 이러한 안창호가 전 국민이 대동단결한 대 '혁명당' 조직을 적극적으로 추진하기 시작한 것은 미주 순방을 마치고 돌아온 직후부터였다. 1926년 7월 8일 상해의 삼일당에서 개최한 연설회가 바로 그러한 시도였다. 이 연설에서 안창호는 자신이 생각하는 혁명의 의의와 종류, 혁명운동의 정의를 규정하면서 '우리의 혁명은 민족혁명'이라고 하였다. 민족혁명은 일본의 압박

하에 있는 현상을 바꾸어 세우기 위한 것이고, 민족독립을 가져올
수 있는 길이 민족혁명이라는 설명이었다.

이러한 규정하에 안창호는 독립후에 세울 국체, 정체 문제로 주의
와 노선을 달리하며 분열하지 말고 민족혁명이라는 공통분모로 합치
자고 하면서 민족혁명을 위한 기구로 '대혁명당'을 조직하자고 주장
하였다.

## 일제에 피체

1932년 4월 29일 상해의 홍구공원에서 거행된 일인의 천장 및 상
해전승기념 축하식장에 윤봉길 의사가 폭탄을 투척하여, 시라카와
대장을 비롯한 일본군 수뇌부들을 폭살시킨 홍구공원 의거가 일어났
다. 이 사건 직후 일본경찰은 불란서경찰과 함께 불란서조계에 들어
와 한인들을 체포하였다.

안창호는 사건 당일인 4월 29일 오후 피체되어 5월 30일 국내로
압송되었다. 안창호의 피해사실은 4월 30일부터 각 신문에 보도되기
시작하였다. 상해에서 발간되던 중국의 4월 30일자로 '법대포한교
(조선독립위원 안창호(法大捕韓僑(朝鮮獨立委員 安昌浩)와 '일방작탄안후
포한국혁명령수안창호(一方炸彈案後 捕韓國革命領袖安昌鎬)'란 제하로 각각
안창호의 피체사실을 보도, 안창호가 체포되었음을 세상에 알렸다.
이후 국내에서는 「동아일보」가 5월 1일자로 상해 사건 직후 안창호
피체(上海事件直後安昌浩被逮)라고 안창호의 체포사실을 보도하였다.

미주에서 발간되던 「신한민보」에서는 5월 5일자로 안창호씨가 피
체되고 기타 두령도라고 피체 사실을 보도하였다.

안창호의 피체는 미국 정부와 그의 아들 필립에게도 알려졌다.

5월 6일과 11일자로 재상해 미국영사관에서 안창호가 체포된 사실을 미국무부에 전문으로 보고한 것이다. 그리고 상해 주재 미국영사 Cunningham은 미국에 있는 안창호의 아들 필립에게도 이 사실을 알렸다. 5월 10일 필립에게 보낸 전보가 그것이다. 이후에도 필립에게는 안창호의 소식이 여러 차례 전해지고 있는데, 소식을 전하는 전문은 김평윤 앞으로 보내졌다. 정확히 확인되지는 않지만, 김평윤은 흥사단원이었던 것 같고 필립이 김평윤의 집에 살고 있었던 것으로 보인다.

안창호가 체포된 후 그를 구하기 위한 노력이 다각적으로 추진되었다. 「상해시보」에 보이는 안창호증입중국적(安昌鎬曾入中國籍) 5월 3일자와 정치범지인도문제(政治犯之引渡問題) 5월 6일자 보도가 그 하나다. 이는 안창호가 중국 국적이라는 것과 정치범임을 내세우며 안창호의 석방을 종용한 것이다. 안창호와 동서지간이었던 김창세 박사도 그의 석방을 위해 많은 노력을 기울이고 있었다.

또 흥사단에서도 미국인 변호사를 선임하여 안창호의 석방을 위해 노력하고 있었다. 상해에서 안필립에게 보낸 전보에는 조상섭이 기금을 모집하여 미국인 변호사 Allman을 선임하였다는 내용이 있다. 미국인 변호사 올만은 안창호가 중국 국적이라는 것을 이유로 들어 안창호의 보석을 위해 활동하였다.

5월 28일 상해에서 김평윤에게 보낸 전보와 올만이 직접 작성한 Memorandom re Ahn Chang Ho에 올만의 활동사실이 나타난다. 올만은 안창호와 만나 중국 국적을 취득한 사실을 확인하고, 일본이 1923년에 일방적으로 한인의 중국국적을 정지시켰지만 이는 불법이라는 주장을 펴면서 안창호의 보석을 강변하였다.

미주의 한인교포들도 안창호의 석방을 위해 다각적인 노력을 기울이고 있었다. 미주의 교포들은 상해 사변별보(도산 안창호 선생의 사변별보)를 작성하여 안창호의 피체사실을 소상하게 알리는 한편, '원동사변림시위원회'(「신한민보」 1932년 6월 2.16. 23일자)를 조직하여 안창호의 구명활동을 전개하였다.

그리고 대한인국민회에서는 미국무부에 공문을 보내거나 불란서 정부에 탄원서를 제출하기도 하였다. 5월 31일 대한인국민회에시 미국무부에 보낸 공문과 'A Petition to the Government of the Republic of France from the Korean Commission in Washington' 등이 그러한 문건이다.

거기에는 안창호의 피체와 관련한 증언 두 가지를 수록하였다.

하나는 1966년 7월 '기러기' 24호에 게재된 '윤봉길 의사와 도산 선생'(상해에서 한교(韓僑) 망명생활 윤의사 사건에서 도산 선생이 체포되기까지)이라는 글이다. 증언자는 김효숙이다. 그는 김붕준(金朋濬)의 여식으로 보강리(寶康里) 65호에 살았고, 안창호의 피체사실을 가장 먼저 알고 각처에 이 사실을 전하였다고 한다.

안창호의 피체상황에 대해 '암암리에 밀파형사대가 불란서조계로 잠입했다. 하오 5시경에 노비로(露飛路) 보강리 54호 민단장 이유필(현 동국대학교 이만영 교수 부친) 집을 암행했다. 이유필은 미리 피신하고 없었다. 그때 도산 안창호 선생께서는 이승만과 청소년단지도조직관계로 만나기로 한 약속이 있었고 또 꼭 일러둘 용건도 있어서 잠깐 만나고 피신하려는 생각으로 보강리 54호에 들렸다가 공교롭게 밀파한 일형사에게 꼼짝없이 체포되고 말았다.

이때 그의 오빠 김덕목(金德穆)도 체포되었다고 하면서, 안창호를 비롯한 당시 한인들의 체포상황을 비교적 소상하게 술회하였다.

또 하나는 당시 상해 한국 소년동맹회 부위원장이었다고 하는 배준철의 회고이다.

그는 1931년 5월부터 상해에 살고 있었다고 하면서, 1996년 8월에 도산의 피체상황과 관련된 증언을 적어 '도산아카데미연구원'으로 보내왔다. 홍구공원에서 폭탄사건이 일어난 것을 9시라고 하는 등, 시간적인 착오는 보이지만, 도산의 피체와 관련하여 상세한 내용을 서술하고 있다. 이에 의하면 상해 한국 소년동맹회에서는 매년 5월 첫 주일을 어린이날로 정하고 체육대회를 행하였는데, 도산은 그에 필요한 경비 5원을 주겠다고 약속하였고 4월 29일 소년동맹회 회장인 이만영에게 이를 전달하기 위해 이유필의 집에 갔다가 피체되었다는 것이다.

그리고 도산의 피체 경위에 대해서도 다음과 같이 밝히고 있다. 이유필이 자기에게 도산을 찾아가 피신하도록 연락을 부탁하였다고 하면서 자기가 자전거를 빌려 가지고 도산의 집에 갔으나 도산은 이미 약속한 돈을 주기 위해 집을 떠났다고 하였다.

그는 되돌아와 보강리 입구에서 도산을 기다렸지만, 도산은 조상섭의 집에 들렀다가 뒷문으로 나와 이유필의 집으로 들어감으로써 만나지 못하였다는 것이다. 그는 이러한 상황을 설명하면서, 당시 도산과 길이 엇갈린 과정을 약도로 그려 놓기도 했다.

# 도산 안창호 전기

이 책을 쓰게 된 동기는 도산 안창호 선생의 비서를 지내고 항일 투사로서 이름 없이 빛도 없이 활약하신 구익균 나의 스승님을 추억하며 그 활약하신 업적을 기리고자 일대기를 수록하려는 데 있었다. 그런데 정리하다 보니 도산 안창호 선생의 활약상을 떠나서는 구익균 스승님의 업적이 빛나지도 않고 의미가 감소되는 감이 있었다. 그리하여 안창호 활약상을 찾다가 각계의 여러분들이 도산 안창호 전기를 펴내신 것을 발견했다.

특히 필자의 눈에 띈 것은 대한 기독교 계명협회가 1967년도에 발행한 그의 전기 요약 기사였다. 당시 기독교 계명협회 회장이셨던 심재원 장로님은 본인과 깊은 인연이 있는 분으로 장로님이 평택대학교 도서관장으로 계실 때 본인과 친분이 있었는데 도산 안창호에 관한 전기와 작품들을 파악하다가 전영택 목사님의 전기 요약 대목이 있어서 전기 요약을 간단히 소개한다.

## 1. 전영택 편 「도산 안창호 선생」(대한 기독교 계명협회, 1967)

이 전기는 소설가 전영택 목사님이 우리나라 청소년 학생들을 위해서 도산 안창호 선생의 일생 활동을 알기 쉽게 풀어 쓴 책이다.

① 동포애에 불타는

② 청소년 시절

③ 점진학교를 세우다

④ 미국에서의 생활

⑤ 신민회

⑥ 대성학교

⑦ 청년학우회 조직

⑧ 망명길에 오르다

⑨ 두 번째 미국서의 생활

⑩ 흥사단을 조직

⑪ 상하이 임시정부

⑫ 다시 미국으로

⑬ 원수의 손에 잡히다

⑭ 송태산장에서

⑮ 또다시 잡힌 몸으로

⑯ 도산 선생의 남긴 말들 등으로 구성되어 있다.

앞에서 수차례 도산 안창호 활약상이 언급되어 있으므로 세세한 기록을 올리면 오히려 옥상가옥이 될까 싶어 그 요지만 기록으로 남긴다.

전기를 쓰신 전영택 목사님은 1894년 평양 출신으로 도산이 설립한 대성학교에서 3년간 수학한 도산의 제자이다. 그는 일본으로 건너가 대학 문학부를 졸업하고 1919년 28독립선언에 참가했으며, 그 후 미국 유학을 거친 작가로, 화수분(1925), 소(1950), 크리스마스 전야의 풍경(1960) 등을 비롯한 다수의 작품을 남겼다.

그는 작가의 유장하고 진지한 필치로 학생들을 위하여 도산 안창호 선생의 전기를 매우 알기 쉽고 재미있게 풀어쓰고 학생 어린이들을 위하여 삽화도 넣은 책을 펴냈다. 독자들이 읽어보면 금방 알겠지만 이렇게 쉽게 풀어쓰면서도 한마디 한 문장을 꼼꼼히 다듬고 또 다듬어서 정성을 기울인 어린이 학생을 위한 전기도 드물 것이라고 생각된다.

## 2. 곽림대의 「안도산」(1968)

이 전기는 도산의 미주에서의 흥사단 동지인 곽림대가 지은 도산 안창호 선생의 전기이다. 원문 영인본과 한자 정리 분을 함께 수록하였다.

이 전기는 곽림대가 춘원 이광수의 「도산 안창호」에서 빠뜨린 것들과 자세하게 설명되어 있지 않다고 생각되는 부분들을 중심으로 보충한 도산 안창호의 전기이다. 그러므로 저서에서 이 전기가 완전한 안창호전이 되지는 못할 것이지만 후일에 완전한 도산전기를 집필할 문사들이 요구하는 자료를 제공하는 것이라고 스스로 밝히고 있다.

그러나 이 전기에 실려 있는 기사의 90%는 저자가 관찰하고 함께 일하면서 직접 도산에게서 들은 이야기를 적은 것으로 결코 허황된 추측이나 풍문에 의한 것이 아님을 강조하였다. 또한 이 전기에 자신의 이름이 종종 나오는 것도 함께 일할 때 들은 이야기를 중심으로 집필하다 보니 그렇게 된 것이었다고 설명했다.

이 전기 역시 도산의 활동 요지는 전영택 목사가 집필한 요지와 대동소이하여 생략한다. 이 전기의 맨 끝에는 '경애하는 이욱군(利郁君)'이라는 표제로 곽림대가 장리욱에게 보낸 편지가 1통 수록되어 있다. 그 내용을 보면 곽림대가 이 전기를 쓴 후 출판을 목적으로 원고를 장리욱에게 보냈고 장리욱이 이를 읽어 본 후 의문이 가는 부분을 질문한 것이 있다. 이 질문은 독자들도 기이 알 수 있는 질문이므로 요점만 간단히 정리하면 이렇다.

1. 이등의 초대와 경상 대연설에서 도산이 대학교 대표로 평양의 일본인 경시와 논쟁을 했다고 그 내용까지 썼는데 어떻게 이것을 알고 기록했는가 하는 질문에 대한 답변이다. 그가 선천 가는 길에 평양에 들렀을 때 여관 주인의 이야기를 들은 것이라고 해명했는데, 이러한 소문을 전기에 넣을 수 있겠는가 하고 장리욱 등 서울의 도산기념사업회 인사들은 생각했던 것으로 보인다.

다음은 '이등의 초대와 경성대연설'에서 이등박문의 초대로 도산이 일주일간이나 통감부 안에 체류하면서 이등의 회유를 간곡하게 물리치자 이등박문이 서울 종로에 도산의 경성대연회를 개최해주어 10만 명의 시민들 앞에서 열변을 토한 것으로 기록했는데 이것이 과연 사실인지를 장리욱이 질문한 것이었다. 곽림대는 이에 대하여 장부와 장부, 영웅과 영웅 사이에서는 서로 초대하여 며칠씩 재우면서 상대방 인격을 시험하는 일이 종종 있는 일이니 소견만 가진 사람은 이해 못하는 것이라고 대답했으며 그 사실 여부에 대해서는 그 연설을 실제로 들었다는 여운형에게 물어보라고 응수하였다.

그러나 이것은 성실한 답변과 해명이 되지 않음은 물론이다. 도산이 1907년 귀국 후에 이등박문의 초대로 일주일이나 통감부 또는 이등의 숙소에 함께 묵은 적이 없었다. 또한 도산이 귀국 후 여러 곳에서 강연을 했으나 이등박문이 종로에 도산의 대연설회를 개최해 준 일도 없었고, 물론 10만 시민이 참석한 일도 없었다. 당시 서울 인구가 20만 명이 채 안 되던 시대이며, 종로에는 10만 명이 모일 수 있는 공간도 없었고, 도대체 이등박문이 도산의 서울 대인성회를 개최해 준 적이 없었다. 곽림대가 당시 떠돌던 유언비어 또는 풍문을 수록했다가 장리욱의 날카로운 질문을 받은 것이었다.

다음은 '경찰피수 해외망명'에서, 안중근 의사가 도산을 찾아와서 "나는 국적 중에서 어느 한 놈을 없이 히기로 결심하였는데 누가 나의 목적물이 될 만한 가치가 있는가"의 요지로 질문하자, 도산은 "군은 과연 기회를 만나서 이등박문이 한국에서 성공하고 다시 중국을 한국과 같이 만들기 위하여 수일 후에 할빈을 경유하여 북경으로 향할 터인즉 이것이 좋은 기회가 아닌가"고 이등박문의 처단을 시사했으며, 안중근 의사는 이 말을 듣고 매우 흥분하여 "나는 이등박문과 빈에서 만나기로 약속되었소."라고 말하고 작별했다는 것이다. 장리욱은 이 부분을 믿지 않고 곽림대에게 질문한 것이었다. 곽림대는 이에 대해 이 담화는 도산이 곽림대에게 친히 전하여 준 이야기라고 응답했다.

그러나 1909년 10월 26일 안중근이 이등방문 처단 의거가 있기 전에 안중근은 1908년 1월 이후 도산 안창호를 만난 일이 없다. 안중근은 노령 연해주로 망명하여 의병부대 조직과 「대동공보사」 연주 지국장을 맡고 있었으며, 국내에 들어와 안도산과 면담할 기회가 없었다. 그러므로 곽림대의 이 부분 기록은 사실이라고 보기는 어렵다.

그러나 곽림대는 장리욱 등의 도산기념사업회측 질문에 상당히 불
쾌했던 것으로 보인다. 그는 도산이 뉴욕에서 곽림대와 작별할 때
해방운동의 최후방은 2종이 있다고 말했는데, 그 1은 관계단절책이
요, 그 2는 파괴적이라고 말했으며, 도산은 파괴책 중에는 살육, 방
화, 파괴가 포함된 방책이요 도산 자신은 원래 1914년부터 우리의
해방운동은 아일랜드 해방운동 방책을 쓰자고 주장했으므로 이 기회
에 파괴 책을 먼저 쓰는 것이 좋다고 주장했었다고 곽림대에게 말해
주었다고 설명했다.

곽림대는 지금 국내에 있는 여러 흥사단 동지들 중에 도산을 인도
의 간디 같은 인물로 만들기로 생각하는 이가 있는 줄 알지만은 곽
림대의 부탁은 도산을 간디 같은 인물로 만들지 말아달라는 것이라
고 강조하였다. 곽림대는 도산이 삼군(三軍)을 몰고 나가서 일본을 향
하여 전쟁할 것을 꿈꾸었고, 워싱턴과 링컨과 같이 reason을 위하
여 일하려고 한 인물임을 잊어서는 안 된다고 지적하였다.

곽림대의 이러한 해명은 장리욱 등 국내 관련자들에게는 받아들여
진 것 같지 않다. 곽림대의 '안도산'은 부분적으로 기러기에 연재되었
으나, 결국 활자로 간행되지 못하였다.

곽림대의 이 안도산 전기는 이밖에도 너무 많이 당시에 돌아다니
던 풍문을 수록하여 사실과의 거리가 있는 것이 있다. 그러나 정사
로서의 전기는 될 수 없을지라도 이면사를 아는 데는 큰 도움이 되
는 이야기가 많으며, 정사에서는 쓰지 못한 중요한 정보와 자료들도
많으므로 도산의 특이한 전기의 하나로 반드시 읽어 둘 필요가 있는
자료라고 보아야 할 것이다.

## 한승인, 민족의 빛 도산 안창호, 1980

이 전기는 흥사단 단원이며 수양동우회 회원으로 도산의 직접적
지도를 받은 바 있는 한승인이 새로운 문제의식으로 집필한 안도산
전기이다.

저자는 미국 컬럼비아 대학교 한국부 도서관에서 도산에 관한 책
을 수십 권 읽을 기회를 가졌는데, 읽으면 읽을수록 도산이 위대한
인물임을 절감하게 되었다. 당시 한국은 눈부신 경제성장은 하고 있
었지만 고귀한 인간의 기본권 자유권이 말살되고 국민들의 정신은
썩어가고 있다고 생각되었다. 뿐만 아니라 당시 미국에서는 미국 관
리들을 매수한 한국의 뇌물사건이 폭로되어 한국이 전 세계에 '코리
아게이트' 운운하는 조소거리가 되어 있었다. 이에 저자는 도산 안창
호의 사상과 정신을 오늘에 되살려 민족개조, 정신개조의 모범을 삼
으려는 계몽과 교육의 문제의식으로 새로이 안도산 전기를 쓰게 되
었다고 밝히고 있다.

이 저자는 이러한 문제의식 때문에 편년체 전기 집필방식을 취하
지 않고 주제별 집필을 더 중시하였다. 도입부분은 먼저 저자가 수
양동우회 사건으로 서대문형무소에 수감되어 있을 때 1938년 3월
어느 날 한국인 간수로부터 '안창호 선생이 돌아가셨습니다'라는 소
식을 전해들은 때부터 시작되고 있다.

이어서 도산의 선천적 혜택(천부적 장점)으로서 ① 늠름한 체격과 성
실한 성품과 탁월한 두뇌 ② 외유내강 ③ 대웅변가로서의 도산 ④
하늘이 준 정직성 ⑤ 인자한 마음 등을 지적해서 설명하였다.

저자는 이어서 출생, 고향, 가계 등의 고식적 전기 집필 방식을 취하지 않고 바로 16세에 큰 뜻을 품고 상경했다고 기술했다. 이 전기는 도산의 모든 활동을 자세히 서술하면서 매 시기, 매 항목마다 도산으로부터 독자와 국민들이 배워야 할 모범을 부각시켜 강조하고 있는 것이 특징이다.

이 전기의 끝 부분에는 저자가 '송태산장'에서 도산을 모셔 돌봐드리면서 배운 몇 가지 교훈으로서 ① 비방보다 충고  ② 고결  ③ 정좌와 명상  ④ 예의와 겸손  ⑤ 유정  ⑥ 제1은 나라 위함  ⑦ 세심 등을 들었다.

또한 도산이 남긴 유훈 제14장을 여러 가지로 정리하여 소개하고, 도산이 동포들에게 부탁한 경륜으로 ① 주민의 책임  ② 협동생활  ③ 지도자의 후원  ④ 착실주의  ⑤ 실천주의  ⑥ 공적 사업과 사적 사업의 충실  ⑦ 헌신적 정신과 희생적 정신의 배양  ⑧ 청년의 용기  ⑨ 정의돈수 등을 들었다.

이 전기의 맨 끝에는 부록에 해당되는 것으로 흥사단 단우 15명의 간담회고담을 수록하고, '도산이 살아 계시다면'이라는 제목 아래 ① 민주주의의 신봉자 ② 고결한 인격자 ③ 말보다 실천에 힘쓰는 위인으로서의 도산의 가르침과 모범을 충실히 배울 것을 강조하고 있다.

도산 안창호의 전기에 대해서는 이밖에도 여러 종이 있다.

## 도산 안창호가 아내에게
# 옥중편지

내가 만일 죽지 않고 나가게 되면 내가 나가서 주선하는 것이 나을까 함이외다. 나의 나갈 형기가 1936년 11월 6일인즉 앞으로 3년 5개월이 남았나이다. 3년 시간이 잠깐 갈 터이니 기다림이 좋을까 합니다.

집안 생활에 대하여는 본래도 곤란한데 지금 특별히 불경기의 시기에 처하여 여북 곤란하리오. 그러나 이것도 필생을 받아오는 바 견디는 힘이 다른 사람보다 나을 것입니다. 다만 주의할 것은 필영이를 제한 외에 네 아이는 무엇을 하든지 거리에 나가 신문지를 팔더라도 죄다 일 전씩의 벌이라도 버는 일을 실행하고 이 불경기시기를 이용하여 절용을 공부하게 하소서.

필립이가 장사를 못하고 남에게 고용하는 바에 할 수 있으면 그곳 포드 자동차 회사에 상당한 잡(Job)을 얻어서 일하는 것이 좋을 듯합니다. 이것은 장래에 동양으로 건너와 살 경우에는 동양에 있는 그 회사의 일을 얻어가지고 와서 살기에 용이할까 함이외다. 그의 외삼촌 두성군은 매일 5원씩 받고 그 포드(Ford) 회사에서 일하므로 돈을 저축하면서 잘 지냅니다.

윤진오군이 필립과 같이 무슨 영업을 하기 위하여 자본을 보내고자 하였는데 그것을 시행하지 못한 것이 미안합니다. 그러나 지금 미국 돈과 동양 돈이 엄청나게 가계가 되는 때에 있어서 동양에 있던 돈을 미국으로 가져가면 여간한 큰 손실이 아니니 그 돈은 아주 없어진 셈 치고 기다려서 미국과 동양에 경제유통의 형세가 원상태로 된 뒤에 이러나저러나 하여야 하겠고 또 그 돈에 대하여는 추호도 염려하지 마시오.

필선의 수학을 원조하신 단소 여러분께 감사한 뜻을 대신 말씀하시고 저금동맹을 다시 실행하기로 힘쓰기를 원한다고 하소서. 나중으로 당신께 다시 고하옵는 말씀은 인생이란 것이 본래 장생불사하는 것이 아니고 누구나 한번 낳다가 한번 죽는 바요, 또 사는 동안이 매우 짧은 것입니다. 내가 당신이 다 인생의 하나로서 세상에 있는 동안 잘 지냈거나 못 지냈거나 삶의 시간이 다 지나가고 이제 남은 것이 많지 못합니다.

이 위에도 말하였거니와 나는 나의 지나간 역사의 그릇된 자취를 더듬어보고 양심에 책망을 받음으로 비상한 고통을 때때로 받았습니다. 그러나 그것이 다 지나갔으니 후회막급으로 생각하여도 별 도리가 없습니다. 그런즉 지나간 모든 것은 다 끊어 보내어 버리고 오직 남아있는 짧은 시간을 어떻게 보낼까 함이외다.

옛날 그릇된 자취를 다시 아니 밟겠다는 결심은 물론이지마는 새로 밟아갈 것이 무엇일까 함이외다. 아무 별것이 없고 오직 사랑뿐입니다. 사랑, 이것이 인생의 밟아나갈 최고 진리입니다. 인생의 모든 행복은 인류의 화평에서 나오고 화평은 사랑에서 나오는 때문입니다. 우리가 실제로 경험하여 본 바 어떤 가정이나 그 가족들이 서로 사랑하면 화목하고 화목한 가정은 행복한 가정입니다. 그와 같이 사랑이 있는 사회는 화평의 행복을 누립니다. '사랑'을 최고 진리로 믿고 사랑을 실행하는 사람의 사랑으로 인하여 가정이나 사회에 화평의 행복이 촉진된 것은 물론이거니와 가정보다 먼저 사회보다 먼저 사랑을 믿고 사랑을 품고 사랑을 행하는 그 사람 자신의 마음이 비상한 화평 중에 있으므로 남이 헤아리지 못할 무상한 행복을 받을 것입니다. 그런즉 내나 당신이 앞에 남아 있는 시간에 우리 몸이 어떤 곳 어떤 경우에 있든지 우리의 마음이 완전히 화평에 이르도록 '사랑'을 믿고 행하옵시다. 내가 이처럼 고요한 곳에 있어서 여러가지로 생각하던 결과 오직 '사랑'을 공부할 생각이 많아지는 동시에 이것을 당신에게 선물로 줄 마음이 있어서 '사랑' 두 글자를 보내오니 당신은 당신의 사랑하는 남편이 옥중에서 보내는 선물을 받으소서. 이것을 받아가지고 우선 집안 자녀들을 평일보다 특별히 사랑하는 화평의 기분으로 대하여 삼촌댁과 사촌 집 친족들이며 그밖에 친구들한테 평시 감정을 쓸어버리고 오직 사랑으로 대하기를 시험하소서. 효과가 곧 날 것입니다. 그리하여서 어떤 사람에게든지 자비의 정신을 품고 대하기를 공부하여 보소서. 말이 너무 길어짐으로 그만 그칩니다. 아이들한테도 자주 편지하고자 하나 형편이 허락지 않습니다. 아이들 보고 싶은 마음은 평시보다 더욱 간절합니다. 그 중에 필영이 생각이 더 많습니다.

1936. 6. 1. 당신의 남편

(추신: 수산이가 이선생께 편지한 말을 듣고 기뻐하였다고 하시오)

# 항산恒山 구익균具益均

성 명 : 구익균(具益均)
출　　생 : 1908년 2월 18일
사　　망 : 2013년 4월 8일
아　　호 : 恒山
출 생 지 : 평안북도 용천
주요수상 : 1983년 건국훈장 대통령표창
　　　　　 1990년 건국훈장 애국장,
자　　녀 : 아들 구행웅, 딸 구옥란, 구혜란
활　　동 : 통일사회당 재정위원장, 한국독립당

# 105년을 간추릴 수 있다면

구 혜 란

(구익균 막내 여식)

우리가 살아가고 있는 이 시대는 오래 전부터 우리 눈에 보이는 이 세상과 새로운 문명, 즉 컴퓨터와 인터넷으로 생긴 '가상 세상' (VIRTUAL WORLD)이 있다. 본인은 모든 것을 앞서 가시던 아버지가 '가상 세상'을 보지 못하시는 것이 안타까운 마음에서 이 자료집을 시작하였고, 그것이 발전하여 아버지의 105세 생일 선물로 준비한 것이 결국은 이 자료집의 근원이 되었다. 그리하여 아버지의 성함으로 검색을 하다 보니 나도 모르게 생각하지 않은 많은 자료를 얻게 되었다.

그 자료를 정리하다 보니 105년이라는 한 세기가 넘는 그 시간을 조금이나마 들여다볼 수 있는 기회가 생기게 되었다. 아버지의 자서전인 「새 역사의 여명에서」를 읽고 몰랐던 아버지의 살아오신 날들을 알게 되었듯이, 이번에 이것을 정리하면서 많은 것들을 발견하게 되었다.

이제는 다른 나라에서 살아온 시간이 더 길며, 또한 역사공부를 한 전문인이 아닌 나로서 아버지에 대한 이 자료를 통해 대한민국의 변천사의 일부분을 보는 것 같은 기분이 든다.

또한 이번에 아버지의 자료를 정리하면서 도산 안창호 선생님에 대한 자료들을 접할 기회가 많았다. 그로 인해 아버지가 도산 안창호 선생님의 사진을 항상 가지고 계시며, 요즈음 거의 하루에 한 번씩은 큰 소리를 내시며 노래조로 부르시는 것이 이것을 정리하다 보니 그것이 도산 안창호 선생님이 지으신 '거국가'인 것을 알게 되었다. 이제는 기억력도 희미해지실 연세이지만 도산 선생님과 같이 하신 대공주의에 대해 이야기하실 때는 젊었을 때의 혈기를 다시 불러일으키시며 끊임없이 말씀하시는 것을 볼 수 있었다. 이런 일들을 통하여 아버지가 평생 그분을 존경하시는 이유를 충분히 이해할 수 있었다. 나 또한 이것을 준비하는 동안 그분의 옥중 편지를 인터넷에서 우연히 찾아 이것을 혼자만 읽기에는 너무 아까워 여러 지인들에게 이메일을 보냈다.

얼마 전 아버지가 가시고 싶은 곳들을 말씀하셨다. 그곳들은 친할머니 묘소 즉 아버지의 어머님과 2010년 신문 인터뷰에 '노수경이를 가장 사랑했어요.'라고 하신. 그리고 사후에 합장하시기를 원하신 우리 어머니의 묘소, 아버지의 인생에서 가장 많은 가르침을 주시며 아마 유일하게 존경하시던 도산 안창호 선생님의 묘소가 있는 도산공원과 그 젊은 혈기에 상하이 교민들의 안전한 귀국을 위해 물심양면으로 뛰실 때의 아버지의 그 혈기를 믿어 주시던 백범 김구 선생님의 묘소 즉 백범 김구 기념관이었다.

어느 날 약간 추운 날씨였던 작년 11월에 이 딸이 아버지와 데이트를 하기로 작정하고 도산공원을 방문하기로 하였다. 도산공원으로 모시고 갈 계획으로 약간의 사전 답사를 이미 하였다. 지금 아버지

가 휠체어를 타고 계시므로 서울에 많은 곳들이 휠체어로 들어갈 수
없는 곳이 많아 되도록이면 모시기 전에 답사를 해보곤 한다.

　도산묘지 앞은 계단이 있었으나 다행히 옆에 있는 잔디는 경사로
되어 있어 묘지 앞에까지 모시고 갈 수 있었다. 아버지는 거기서 '저
구군 왔어요.'라는 말씀과 함께 경례를 하시고 시간을 좀 보내시고
난 후 도산기념관으로 자리를 옮겼다. 거기서 무슨 생각을 하셨을까
는 아직도 의문점이다. 나로서는 첫 방문이므로 하나하나 진열품을
보다 보니 진열대 안의 한 서류에서 공평사의 단원 이름들 중 아버
지의 이름을 찾아볼 수 있었다. 이 사료집에도 같은 자료가 첨부되
어 있다. 내가 어릴 때 아버지가 독립운동에 참여하신 일들에 대해
별로 얘기를 들어본 적이 없었다고 기억을 하지만, 아니면 말씀을
하셨어도 별로 관심이 없었을 수도 있었겠구나 하는 생각을 하면서,
어렴풋이 알고 있는 나로서는 이것은 새로운 발견일 수밖에 없었다.

　도산 기념관을 돌아보고 난 후 그 날 백범기념관의 폐장시간을 알
아보니 시간상 충분할 것 같아 사전답사 준비는 못하였지만 백범 김
구기념관으로 이동하였다. 아버지는 백범 김구기념관을 여러 번 가
셨으나 나로서는 처음으로 가보는 것이었다. 처음으로 두 분의 기념
관을 방문해 보니 두 분 기념관의 규모에는 많은 차이가 있었다. 역
사에 짧은 지식을 가진 나로서는 의구심이 생겼다. 또한 백범 김구
기념관에 전시되어 있는 여러 장의 단체 사진들에는 사진 속에서 그
대로 길거리에 걸어 나오셔도 손색이 없으신 듯한. 또한 어느 인터
넷 사이트에서 본, 멋쟁이 독립운동가로 뽑히신 이유를 증명하듯이,
항상 단정한 차림으로 맨 앞줄 정중앙에 앉아 계신 도산 안창호 선

생님을 찾아볼 수 있었다. 나는 이 사진들을 찍을 그 당시를 상상해 보며, 그 사진 속에 계신 많은 독립 운동가들이 도산 안창호 선생님께 맨 앞줄 정중앙에 앉으실 것을 권유하셨을 것이라고 짐작하게 되었다.

두 기념관의 규모 차이가 두 분의 업적을 근거로 한 게 아니라, 대한민국 경제 성장 시기의 차이에서 비롯된 것이라 생각해 본다. 왜냐하면 그 두 기념관은 같은 시대에 시공된 것이 아닌 것을 깨닫게 되었기 때문이다. 하나 '도산 안창호 선생님의 초상화가 5만 원 권지폐에 들어가야 한다.'하신 아버지가 인터뷰에서 말씀하신 뜻을 이해하게 되었다.

그날은 휠체어 타신 아버지가 백범 김구 선생님의 묘소는 직접 가실 수 없어서 기념관에서 묘지가 보이는 창문에서 참배하시는 것으로 만족하고 돌아오게 되었다.

이 자료들을 찾다 보니 아버지가 그 두 곳을 찾아뵙고 싶으신 이유며, 또한 두 분과 아버지의 관계를 더 잘 알게 되었다.

또 이 자료 정리는 아버지가 말씀하시던 것들 중에 일부분을 검증하는 역할도 있었다. 인성학교에 대해 검색해 보았을 때, 일본 강점시대의 인성학교 폐지 전의 아버지가 가르친 기록을 찾아볼 수 없었다. 그러나 아버지에 대해 검색을 해보니 그 중 국사편찬위원회·한국사 데이터베이스에 대한민국 임시정부 자료집 중에 문서제목이 '74 상해한문'이며, 발송일이 1932년 10월 26일 보고서를 보면 '구익균 씨는 인성학교의 명예교수로서 국어와 이과를 교수하였다는 자료를 보게 되었다. 다만 내가 찾아본 인터넷에 누군가가 인성학교에 대한 자료를 조사한 것이 미흡한 것이라는 것을 깨닫게 되었다.

또한 인성학교는 1935년에 폐지된 것으로 기록되어 있고, 해방 후에 인성학교를 재건하신 일들에 대한 자료는 아직 인터넷에서 찾아볼 수가 없었다. 그러나 다시 인성학교를 재건한 후에 아버지의 제자 분들께서는 생존해 계셔서 그들을 통하여 알게 되었고 여기 그 당시의 사진이 수록되어 있다. 오래된 모든 자료들이 누락 없이 다 인터넷에 있는 것은 아닐 것이다.

또한, 중국에 계실 동안 아버지가 하신 일들을 다른 분들을 위해 하신 일들이 그분들의 기록에서 간접적으로 추측할 수 있는 경우를 많이 찾아볼 수 있었다.

그 외에 공훈전자사료관에서 찾은 포상자 공적조서에 보면 아버지의 독립운동기간이 2년이라 적혀 있다. 아직 이 자료들을 세세히 분석할 만한 시간도 연구할만한 상황도 아니다. 하나 이 자료들을 모으면서 눈에 띄어 보게 된 자료 몇 개를 분석해 보니 이 2년이라는 기간이 무엇을 의미하는지에 대해 궁금해졌다. 여기에 있는 자료 중에 국사편찬위원회-한국사 데이터베이스에 대한민국 임시정부 자료집 중에 문서제목이 '한인 독립운동자의 테러단 훈련의견 보고'이며, 발송일이 1933년 9월 20일인 이 보고서에는 아래와 같이 기재되었다.

> (6) 또 9월 4일 독립운동단의 의경대장 朴昌世 집에서 압수한 廣州東山中大藝學院 구익균이 6월 19일자와 6월 21일자로 박창세에게 보낸 통신문서에 위 인물을 양성하고 있는 사실을 엿볼 수 있다.

그리고 아버지가 피체된 기사의 날짜는 1935년 6월 9일 동아일보

기사에 있다. 포상자 공적조서에 보여진 독립운동 기간으로 이 2년이라는 것은 어느 시기를 간주한 것인지? 아니면 그 후 1935년 6월 9일 피체된 후의 옥고시간을 간주한 것인지? 그렇다면 그 옥고 전후에 여러 가지 하신 일들은 거기에 포함이 안 되는 것인지를 누구에게 물어봐야 할지 알고 싶어진다. 하지만 그 당시 아버지는 여러 일을 하시면서 어떻게 평가 받으실지에 대해 전혀 생각조차 못하시며 한국독립당이 후원하는 중산대학 학생들의 끼니 굶는 것을 걱정하시며 그 당시에 20일이 걸리는 광동과 상해를 왕복하셨을 것이다.

아버지가 귀국 전에 상해에서 많은 교민들의 귀국을 위해 도우신 일 등 여러 가지 서술하기에는 길어서, 지금 마무리 작업을 하는 나로서는 많은 의구심들을 갖는다. 또한 항상 말씀하시는 '오도일이관지(吾道一以貫之)'에 담긴 뜻을 대한민국 근대사를 열심히 탐구하시는 누군가에게 새로운 도전으로 남겨 놓아야 할 것 같다.

아버지의 105년의 인생이 이 '가상 세상(VIRTUAL WORLD)'에 존재하신다는 것을 아버지에게 알리고 싶은 마음에서 비롯된 시작이 많은 시간 투자와 함께 이렇게 두꺼운 자료집이 될 줄을 전혀 생각을 못하였다. 또한, 이 자료집은 어떤 영리 목적을 위한 것이 아니라 어느 분이 이것을 궁금해 하며 읽기를 원하게 될지도 모르는 상태이다. 또한, 앞으로 이 자료집이 어느 분이 이사 갈 때 어느 한 구석에서 발견되게 될 것인지, 아니면 어느 분의 손에서 여기저기 밑줄을 긋고 여러 가지 주석들이 빼곡하게 쓰여 있는 소중한 자료집이 될지는 전혀 알 수 없다. 지금은 아버지를 제외하고 어느 분들이 읽어 보기를 모르는 상태이다. 적어도 아버지를 비롯하여 이 세상에 존재하게 된 후손들이 구익균의 업적과 일생을 조금이나마 기억해 볼 수 있는 기회가 될 것이다.

이 자료집이 어떤 용도로 쓰일지는 지금 내가 정할 수 없는 것이지만, 특히 모든 일들이 생기는 이유는 그 다음 일이 일어나기 위한 전주곡이라고 믿고 있는 나로서는 이것을 준비하면서 이 과정이 앞으로 나의 삶에 어떤 영향을 미칠지가 궁금할 뿐이다.

아버지의 105세 생신은 이미 지나셨으나 이제라도 이 자료집 선물을 드리게 되었다. 이 자료집을 마감하면서 많은 아쉬움이 있다. 아직 이것이 완성되었다고 생각지 않으니, 나로서는 계속 진행 중의 이 자료집에 종지부를 찍어야 하기 때문이다. 아버지가 좀 더 정신력이 좋으셨을 때 이것을 보셨다면 아마 자세한 설명들이 더 붙었을 텐데 하는 생각이 든다. 독립운동에 연루되어 있는 자손 분들이나, 아버지의 고증이 필요하신 분들, 아버지의 기억 속에 남아 있는 그 많은 분들 중에 진실을 알고 싶어 하시는 분들이 방문하셔서 질문을 하시면, 실타래의 끝자락이 한 가닥의 끄나풀로 계속 연결되어 동아줄처럼 이야기를 하실 그 때를 기다려 볼 수밖에 없다.

다만 그 기간들이 많이 남아 있지 않다는 것은 부인할 수 없는 사실이며, 앞으로 그 좋은 기억들과 냉철하셨던 인지력을 지키실 수 있는 기적이 없을까 하며, 그러나 지금으로서는 이 자료 수집을 끝내는 일이 내가 할 수 있는 최선인 것 같다.

# 항산 구익균 애국지사의 경력

구익균 애국지사는 1908년 2월 18일(음력) 평북 용천군 외하면 인봉동에서 출생.

13세까지 조부님께 한학과 산수를 배우고 신의주 고보 시절 항일지 「신우(新友)」 편집장으로 활동하다 일경에 피체됨(1928년). 신의주 고등보통학교 졸업 후, 신의주 고보 학생 시위사건으로 중국 상해로 망명(1929년)함.

도산 안창호 선생의 비서 역임(1929-1932년), 흥사단 입단(1930년)과 함께 대독립당 비밀정당 창당 준비위원이 되어 도산 안창호 선생의 지시로 1930년 대독립당 결성 준비를 하였다. 대독립당 창당 조직원은 이동녕(임정국무령), 김두봉(한글학자), 조성환(임정 군무부장), 김원봉(의열단장), 최동오(만주 조선혁명당), 구익균, 신영삼, 신국권, 김기승 등 20여 명이었다. 이들은 이념과 지역적 분파를 초월하고 순수한 애국 정신에 투철한 독립 운동가들만 엄선하였다.

상해 중국 공학대학부 정경학부 졸업(1933년), 중국 광동 중산대학 조교로 부임(1933년), 한국독립당 광동 광서성서 학생 지도책으로 1935년 상해에서 일경에게 피체되어 신의주로 압송되었으며, 신의주 지방법원에서 '치안유지법위반'이라는 죄목으로 징역 2년형을 받았으며 1936년 2월 평양 복심법원에서 징역 2년에 집행유예 4년이 확정될 때까지 옥고를 치렀다.

1937년 다시 체포되어 부산으로 압송되었다가 석방됨(一事不在理原則에 의함), 1943년 상해에서 독립운동과 활동을 재개했으며, 1944년 중국 서주 헌병대에 피체, 신의주로 압송되었다가 평양 헌병대에서 석방되었다.

1945년 8월 15일~18일경 박용철과 함께 미군 비행기를 타고 중국 중경에 도착하여 김구 임정 주석으로부터 '상해 교민 통치권 위임장'을 받았다.

1945년 상해 한국교민협회 상무이사와 회장에 선임되었으며, 상해 인성학교를 재건 후 학감을 맡았고 광복 후 1947년 7월까지 상해 교민단장으로 재직하면서 상해에 몰려온 교민 3,000여 명(탈출 학도병과 미탈출 학도병, 일반 서민 포함)을 주선하여 한국으로 귀국시켰다. 이때 충당된 60만 불은 구익균 개인의 자금으로 부담했다.

1947년 7월에 귀국하여 통일독립촉진회 상임위원이 되어 김구 주석, 김규식과 함께 2년간 통일독립촉진회를 혼자 운영하였고 1952년 진보당을 창당할 때 비공식적으로 재정을 지원하여 조직운영에 비밀리에 참여했다.

1960년에 사회대중당 재정위원장과 통일사회당 재정위원장을 역임하여 재정과 인사권을 전담했다. 1961년 5.16군사혁명 후 박정희에 의해 '용공인사'로 피체되어 1년간 옥고를 치렀다.

1964년 대일굴욕외교 반대 범국민투쟁과 월남파병 반대운동에 참가했으며, 1967년 통일사회당을 재건, 대중당과 합당으로 사무총장에 재임하면서 1967년 총선거를 치렀다. 1967년 세운상가 아파트

'주민자치회'를 구성하여 1972년 9월에 아파트 주민 자치권을 확보
하였으며, 국내에서 처음으로 '아파트 자치운영세칙'을 수립하고 아
파트 주민회보를 처음으로 발간하였다.

1968년 고분자화학공업주식회사 대표이사를 역임했으며, 1980년
민주사회당 고문을 지냈고 1982년에 자녀의 초청으로 미국에 이주
하고 1983년 대통령 표창을 받았다.


1990년 건국훈장 애족장을 수여 받음. 1991년 8월 15일 뉴욕에
서 코리아 영세중립화통일추진본부 상임 공동대표를 역임했으며
1994년 「새역사의 여명에 서서」라는 회고록을 발간했다.

2005년 가을에 귀국하여 2006년 11월 9일 도산 안창호 혁명사상
연구원을 창립하여 이사장에 취임하였다.

# 항산의 독립 운동사

1919년 3.1운동 당시 자신이 경영하는 보신학교 비밀실에서 태극기를 만들고 3월 10일 교정에서 보신학생과 기독교인 및 주민 수백명이 모여 독립 만세를 외치며 시위운동을 벌이다가 일본 헌병대와 경찰대의 출동으로 다수의 사상자를 내고 일부 교인들이 투옥되었으며, 이때 중경상자들을 일일이 치료하여 주었다.

6.25전쟁 때는 청진지방에서 월남한 피란민의 곤궁한 생활상을 듣고 구호금을 보내주기도 했다.

지사는 1928년 신의주 고보 4학년에 재직중 항일 잡지 「新友」의 편집자로서 검거되어 기소유예 처분을 받았으며 동교를 중심으로 각 군단위로 유학생을 조직하여 연합회를 조직, 일제의 노예교육반대, 일제 통치안 반대운동을 전개하였다.

이 사건은 1929년 지사가 중국으로 망명한 후에 70여 명의 학생이 검거되었으나 지사는 체포되지 않았다. 1929년 상해 흥사단에 입단하여 독립운동등과 상해 출입 한국인을 조사하여 독립운동에 참가시키는 운동을 계속하는 한편 한인유학생회 집행위원으로 항일독립운동에 종사하였다.

1930년 한국독립당 기본조직위원으로 조직 확대 운동을 하였으며 1933년 동 당과 중국 광동정부와의 협약에 의하여 한국 유학생을 광동중산대학과 광동군관학교에 수용하기로 하였다.

지사는 한국독립당 비밀 당원으로 광동 유학생 감독지도의 책임자로 임명되어 광동중산대학 조교수를 겸직하고 있었다. 1935년 상해에서 일경에 체포되어 신의주로 압송, 징역 2년에 집행유예 4년을 언도받았다.

1937년 정순갑 동지를 의열단장 김원동에게 소개한 관계로 다시 체포되어 부산으로 압송되었으나 3주만에 일사부재리원칙(一事不再理原則)에 의하여 석방되었다.

1944년 중국 서주에서 일군 헌병대에 체포되어 신의주로 압송되었으나 증거불충분으로 석방되었다. 이 사건은 서주에서 학병과 한국인 한국청년들을 후방으로 보내어 임시정부와 연락시키는 것을 감시하고 있던 일본군 헌병대가 지사에게 혐의를 두었던 것이다.

1945년 중국의용군과 성동준(成東準)을 통하여 연락을 취하며 지하운동을 계속하다가 8.15해방을 맞이하였다. 지사는 임시정부로부터 상해교포 보호의 책임을 위임받았다.

## 한국독립운동 유공자 훈장 수여

구익균 지사는 1928년 신의주고보(新義州高普) 재학 당시 잡지 「신우(新友)」 편집인으로 활동하다가 일본 경찰에 구속되기도 함.

1929년 3월, 광주(光州)로 통학하다가 기차 안에서 일본 남학생이 한국 여학생을 희롱한 것이 계기가 되어 광주학생운동이 발생하자, 그는 신의주 고보 비밀결사를 조직하고 학생들이 주동이 된 신의주 학생 의거를 일으킨 후 일본 경찰의 감시를 피해 상해(上海)로 망명하였다. 상해에 망명한 후, 상해 한국 유학생회 간부로 흥사단(興士團)에 가입하여 최용하(崔龍河)와 함께 원동대회(遠東大晦)의 총무부원으로 활동하였으며 1932년 4월에는 원동지부 강연 부의 위원으로 선임되었다.

1933년에는 광동(廣東)의 중산(中山)대학에 근무하면서 한국 독립당에 가입하여 광동의 한국 유학생 지도책으로 활동하였다. 그러나 1935년에 상해에서 일본 경찰에 체포되어 신의주로 압송되었으며, 신의주 지방법원에서 소위 '치안유지법위반'이라는 죄목으로 징역 2년형을 받았으며, 1936년 2월 평양 복심 법원에서 징역 2년에 집행유예 4년이 확정될 때까지 옥고를 치렀다.

정부에서는 그의 공훈을 기리기 위하여 1990년에 건국훈장 애족장(1983년 대통령 표창)을 수여하였다.

주:
일제침략하한국36년사 12권 263면,
한국민족운동사료(중국편)(국회 도서관 763 767 768 825 830면,
조선일보(1930.5,4. 1935.10.29.)
독립운동사자료집(국가보훈처) 14권 908면
독립운동사자료집(국가 보훈처) 별집 3권 142면

# 「기러기」에 수록된 구익균 선생의 문서

출자한국독립운동사 정보시스템 島山先生의 大公主義思想 具益福均(기러기 1980.6)

한일합병 전후기에 있어서의 애국운동은 패망한 이씨왕조를 되찾으려는 양반계층 충의심에 의한 복벽(復辟)운동이 주류를 이루었었다. 의병봉기에 의한 한일운동까지도 그러한 성격의 독립운동이었다.

그러다가 3.1운동을 계기로 이조복벽운동의 성격을 지양하고 민족자주독립을 위한 민주주의 사상으로 지양 발전되었다. 만주를 비롯한 중국 각지에서 망명정객들 가운데서도 복벽주의 사상으로 독립하려는 경향이 있었고 상해 임시정부 요인 중에도 복벽주의사상이 있었으나 대세는 평민주의 민주주의로 발전해 갔는데 특히 도산 안창호 선생이 그 대표자였다. 그 자신은 출신 성분부터가 왕조시대의 양반계층이 아니었다. 앞으로 독립이 되면 군주제도 아닌 민주공화국을 세우려는 것이 임정운동의 목표였던 것이다. 그래서 임정의 대통령으로 이승만을 추대하였다.

도산의 독립운동의 대방략은 게릴라식의 무력정치활동보다도 민족의 실력으로 독립할 수 있는 자격을 기르자는 점진적 민족성 개조운동이었다. 그래서 그런 기초를 구축하는 흥사단 운동을 일으켰던 것이다. 여기서 도산이 주장한 흥사단운동의 중요한 요소인 대공주의(大公主義) 사상에 대하여 내가 아는 바를 증언해 두려고 한다. 왜냐하면 '흥사단 교본' 등 문헌에 반드시 나와 있는 대공주의 이념이나 내용을 아는 원우가 많지 않은 실정이기 때문이다. 도산사상을 연구한 여러 사람들의 글에도 대공주의는 거의 언급되어 있지 않다.

## 도산의 신어(新語) 대공주의

도산이 상해에 있을 때 대공주의라는 새로운 사상과 말을 창조했는데 그 동기와 시대적 배경에 대하여 내가 직접 듣고 본 기억은 다음과 같다. 1917년에 노서아(러시아)에서 적색혁명이 일어난 뒤로 공산주의 또는 사회주의 사상이 세계적으로 유행하였다. 그래서 상해 임시정부 안에도 사회주의자가 공존하는 시대가 되었다.

나도 도산의 제자로서 흥사단에 참여하였으나 당시의 사상은 사회주의에 공명하고 있었다. 도산은 순수한 민족주의자였으나 사회주의를 잘 이해했었고 또 그 사상 중에서 취할 점도 잘 알고 있었다. 그런 도산은 임정을 비롯한 해외 독립운동가들이 민족주의와 사회주의로 분열될 위험을 막기 위해서 독립이라는 공동목적을 위해서 화합하도록 힘썼다. 그뿐 아니라 그는 사회주의의 합리성을 활용할 의도에서 '대공주의'라는 독특한 신어로 표현했었다.

그는 전적으로는 사회주의에 공명하지 않았으나 그가 바라는 삼대평등 강령을 내용으로 한 대공주의 사상을 창안했던 것이다. 즉 민족주의를 구현하려면 정치의 평등, 경제의 평등, 교육의 평등화가 불가결하다고 보았던 것이다.

그래서 도산이 상해에서 흥사단 약법(約法)을 개정할 때 '공대주의'를 삽입하고 특히 사회주의 사상을 대공봉사하는 실천방법으로 구현하라는 분부까지 나에게 하셨다. 도산은 기독교의 독실한 신자였으므로 일종의 기독교사회주의와 같은 뜻으로 대공주의를 발상하였을지도 모른다. 당시 사회주의와 공산주의가 혼동되기도 했으나 국내에서는 마르크스주의에 따른 사상을 과학적 사회주의라고 했는데 그들은 물론 소련을 종주국으로 한 공산당 계열이었다. 그러나 나 같은 사람은 인도주의적 기독교적 사회주의를 따랐던 것이다.

## 조소앙(趙素昻)의 삼균주의(三均主義)

조소앙은 임정요인 중에서 이론가였는데 그 역시 공산주의에 대항하는 삼균주의(三均主義)를 제창하였다. 그의 이 사상은 삼균주의 정립과 이론체계라는 홍선희(洪善憙)의 책에 나타나 있다.

그런데 그의 삼균주의 사상의 발상동기가 도산 선생의 대공주의에서 받은 영향이 아닌가 하는 인상이 깊다. 왜냐하면 그는 도산이 제창한 정치평등, 경제평등, 교육평등의 사상과 내용이 거의 같기 때문이다. 평등은 균등과 같은 뜻이어서 그로 하여금 삼균주의로 체계화시킨 것이 아닐까 상상된다. 그의 삼균주의는 강유위(康有爲)의 이론, 손일선(孫逸仙)의 정책이던 삼민주의의 모방이 아니냐는 말도 있었으나 근본사상은 평등을 극대화시킨 그의 이상으로서 도산 평등사상과 흡사하다.

그래서 나는 감히 도산의 대공주의와 대동소이하다고 생각한다. 도산의 세 가지 평등사상이 집약되어서 대공주의로 조소앙의 균등사상이 확대되어 삼균주의로 발전되었다고 본다.

# 코리아 명시공립 추진본부 The Center for Permanent Korean Neutrality 70 Dahill Road Brooklyn, New York 11218 U.S.A.

## 서울특별시 세종로 1번지 청와대. 노태우 대통령 각하

코리아 영세중립화 추진본부를 대표하여 본인은 1972년 7.4 남북 공동성명 이후 20년에 가까운 우여곡절 끝에 남북정부당국이 '남북 사이의 화해와 불가침 및 교류협력에 관한 공동 합의서'와 '한반도 비핵화에 관한 공동선언' 그리고 '정치군사 교류협력 3개분과위 구성 운영에 관한 합의서'라는 대타협에 도달하고 지난 1992년 2월 19일 제6차 남북 고위급 회담에서 이 역사적인 문서들을 발효시킨데 대하여 우선 경하하며 분단된 민족의 평화적 재통일을 위하여 적극적으로 노력하고 계시는데 대하여 각하의 높은 치적에 경의를 표하는 바입니다.

장구한 역사에 걸쳐 세계에서 드문 단일민족으로 면면히 살아온 우리 민족은 제2차 세계대전 후 미·소에 의하여 국토가 남북으로 분단되고 그 후 미·소 냉전에 휘말려 반세기 가까운 남북분단시대를 겪어 왔습니다. 이 남북분단시대에 우리 민족은 비극적인 동족상잔을 거쳐 대립과 항쟁을 거듭하면서 민족의 역량을 한없이 파괴적으로 낭비하여 왔습니다. 지금 세계 각 민족은 치열한 경쟁 속에 경제발전을 도모하면서 각기 그 민족의 활로를 찾고 있습니다.

우리 민족의 분단 상태는 이대로 지속될 수는 결코 없으며 우리들은 20세기가 끝나기 전에 통일 민족국가를 기필코 실현하여 그것을 틀림없이 우리 후대에 물려주어야 하겠습니다.

분단에 따른 반세기 가까운 남북체제의 이질화로 민족통일의 성취는 대단히 어려운 과제임이 틀림없습니다. 그러나 우리 민족의 통일의지 여하에 따라서는 21세기가 도래하기 전에 현재의 1민족 1국가 2체제를 거쳐 1민족 1국가 1체제로 통일 민족국가를 실현하는 것이 불가능하지 않다고 우리들은 믿고 있습니다.

민족통일은 어디까지나 자주 평화 그리고 민족적 대단결을 통하여 실현되어야 합니다. 그러나 우리들은 또한 우리 조국강토가 처한 특수한 지정학적 위치로 말미암아 우리 민족이 처해온 국제적 환경에 특별히 유의하지 않을 수 없습니다. 코리아반도가 처한 특수한 지정학적 위치로 인하여 우리 조국강토는 유사 이래 끊임없이 주변강대국들의 야망 또는 침략의 대상이 되어 왔습니다.

역사적으로 볼 때 기원전 2세기의 한 시기 7세기의 수와 당, 10세기말에서 12세기 초에 걸친 거란, 13세기에서 15세기에 걸친 몽골, 16세기말의 일본, 17세기 청에 의하여 피해를 받아 왔습니다. 그리고 근현대에 들어와서는 19세기 후반 구한말에 코리아 반도는 중·일·로·미·영·불·독 등 열강의 세력 각축지대가 되다가 드디어

1910년 일제에 의하여 식민지로 강점당하였으며 1945년 2차세계대전후에는 미·소에 의하여 국토가 남북으로 분단되고 그후 미·소냉전의 가장 치열한 각축지대가 되어 왔습니다.

앞으로 우리들은 무엇보다 우리 민족의 주체적 역량으로 외세에 의하여 강요당한 우리 조국의 분단 상태를 금세기가 끝나기 전에 끝장내고 대망의 통일 민족국가를 자주적 평화적으로 실현하며 그것을 어디까지나 우리 민족의 자주적 역량으로 지켜나가야 합니다.

그러나 우리들은 여기에서 또한 코리아 반도가 처한 특수한 지정학적 위치로 말미암아 우리 조국 강토가 또다시 강대국의 야망 또는 침략의 대상이 되는 것을 미연에 방지하기 위한 특별한 대책이 필요하다고 생각합니다. 그러기 위한 최선의 대책이 코리아반도의 영세중립화라고 우리들은 믿고 있으며 이미 뜻을 같이하는 선구자들이 1991년 8월 15일 뉴욕에 보이 코리아 영세중립의 추진본부를 결성하여 그 본부를 유엔본부가 위치하고 있고 지리적으로 우리 운동이 편리한 뉴욕에 두어 우리 조국이 지방의 스위스나 오스트리아와 같은 동양의 영세중립국가가 될 수 있도록 하기 위한 운동을 전개하며 확산하고 있습니다.

코리아반도의 영세중립화는 우리 민족의 통일실현과 더불어 우리 민족이 주도적으로 추진하여야 하나 4대 유관강대국인 미·소·중·일 그리고 가능하다면 유엔의 보장을 받는 것이 또한 대단히 중요하다고 생각됩니다. 이와 같은 국제적 보장은 우리 민족 자주와 결코 배치되지 않으며 오히려 우리 민족의 자주와 가장 국제적 환경을 조성하는 것이 되고 동북아시아 나아가서는 세계평화에 크게 기여할 것으로 생각 됩니다.

 앞으로 머지않아 북남정부 당국의 역사적인 정상회담이 개최되는 것으로 보도되고 있습니다. 이 역사적인 정상회담에서는 우리 민족의 백년대계를 위하여 코리아 영세중립화 문제가 진지하게 다루어지기를 이 건의서를 통하여 우리들은 각하에게 직접 보고하는 바입니다.

 80평생을 통하여 일제 강점기 때는 중국에 망명하여 독립운동에 투신하였고 8.15후 분단시대에는 평화통일운동에 앞장서 온 한 사람으로서 죽기 전에 코리아 임시중립화 문제를 갖고 각하를 직접 찾아 뵈옵고 호소할 수 있는 기회가 주어진다면 저로서는 더없는 영광으로 생각하겠습니다.

1992년 3월 1일

코리아 영세중립화 추진본부
상임공동대표  구 덕 균

# "해외동포 조국통일에 기여 있어야"

"해외동포 조국통일에 기여 있어야"
뉴욕거주 독립유공자 구익균 옹

**뉴욕 거주 독립유공자
구익균 옹**

독립유공자로서 정부의 초청을 받아 8일 한국을 방문, 22일 뉴욕으로 돌아온 구익균 옹 (88세).

"감개무량합니다. 같이 독립운동을 하던 동지들은 이제 늙어서 모두 사망하고 80. 70대 후배들이 남아 있지요. 과거에는 우리 여권을 가지고 해외에 나가 보기를 원했는데 우리 여권으로 해외를 다니니 자유인의 행복을 느낍니다."라고 해방의 감격을 말한다. 1908년 평안북도 용천군 출생으로 상해에서 흥사단에 입단하여 독립운동자 양성에 힘쓰고 해방과 함께 귀국. 조국 건설 운동에 공헌하며 1960년 이후 통일사회당을 재건하고 대중당 사무총장을 맡기도 했다. 1983년 이민하여 뉴욕과 LA, 한국을 수시로 오가며 91년 창립된 코리아 영세 독립화 추진위원회 상임 공동대표로 활약하고 노익장을 과시하고 있는 구옹은 해외교포 700만 명이 우리 민족의 뿌리를 잃지 않고 남북통일에 내가 도울 일이 무엇인가를 생각해야 한다'고 한 마디 남겼다.

글 민명양 기자

사진 이정훈기자

## The Korea Central Daily

# 요즘 젊은이 조국 민족 걱정 안 해요

1996년 3월 2일 (토요일)

인터뷰// 8순

독립유공자 구익균 옹

배기한 기자

뉴욕에 거주하고 있는 독립 유공자 구익균 옹 (88)은 77주년 3.1절을 맞았으나 여전히 착잡한 심정이다.

11세였던 1919년 3월부터 시작해 77년 동안이나 조국의 '완전한 독립'을 간절히 희망해 왔지만 현실은 그렇지 못하기 때문이다.

"걱정스러운 일은 요즈음 젊은이들이 자신의 문제에만 급급할 뿐 조국과 민족의 앞날을 생각하는 마음이 점점 퇴색하고 있다는 것입니다."

평북 용천에서 태어난 그는 소학교에 다닐 때 3.1운동을 맞았다.

"장터에서 시작된 만세운동이 순사들의 총칼에도 아랑곳하지 않고 계속 번져나갔지요. 삼촌과 형들을 따라 이 산 저 산 건너다니면서 만세를 불렀습니다."

어린 나이에 조국과 민족을 알게 됐다는 옹은 이후 신의주고등보통학교에 다니면서 일본 통치 반대운동을 전개하다가 체포되기도 했다. 구옹이 본격적인 항일 독립운동에 가담한 것은 29년 상해 흥사단에 입단하면서부터.

도산 안창호선생의 가르침을 받으며 한국독립당 비밀당원으로 광동군관학교 학생 모집을 담당했다.

"일본 헌병이 전혀 겁나지 않았습니다. 이미 조국의 독립을 위해 몸 바칠 각오가 돼 있었으니까요."

구옹은 결국 35년 상해에서 일본 헌병에게 체포돼 영어의 몸이 되고 말았다.

2년간의 옥살이를 끝낸 구옹은 또다시 상해로 돌아가 임시정부 활동에 몸담았다.

"당시 임정은 미국의 동포들이 1-2달러씩 모금해 보내온 자금으로 버텼습니다. 조국의 광복을 위한 재미 유학생과 동포들의 지원은 실로 대단한 것이었지요."

구옹은 현재 1백만을 넘는 재미 한인들이 과연 조국의 발전을 위해 무엇을 하고 있는지 각자 다시 한 번 생각해 볼 일이라고 강조한다.

구옹은 광복을 맞은 후 줄곧 진보적 혁신계열의 정당에서 정치 활동을 하다가 83년 도미, 90세를 눈앞에 두고 있는 요즘에도 조국의 통일운동에 발 벗고 나서고 있다. 그는 현재 '코리아 영세중립화통일추진본부 상임공동대표로 활동하고 있다.

2002 8.21(수)     대한매일      통일플라자

# 한반도 영세중립 꿈꾸는 老 사상가

## 한평생 독립·통일운동 구익균 翁

"백범이 존경하는 사람은 도산뿐이었어요. 상하이 임시정부의 정책, 활동방향, 경제 등 모든 것의 중심에는 도산 선생이 있었죠."

도산(島山) 안창호(安昌浩) 선생의 비서실장으로서 상하이 임시정부에서 독립운동을 했던 구익균(95)옹은 20일 기자와의 회견에서 그동안 도산 선생이 '온건한 계몽주의자' 정도로 잘못 알려졌다고 말했다.

구옹은 "이상 사회를 꿈꿨던 혁명가 도산 선생은 민족의 독립을 원하는 사람이라면 자유민주주의자는 물론 사회주의자, 테러리스트까지 포괄했던 큰 인품을 갖춘 지도자"라고 말했다.

도산의 사상을 고스란히 체현한 '95세의 노(老) 독립운동가' 구옹이 요즘 열정을 불태우고 있는 활동은 바로 '한반도영세중립의 통일운동'이다.

지난 83년 미국으로 건너간 뒤 91년 뉴욕에서 '코리아 영세중립화 추진본부'를 꾸린 뒤 국제사회에 한반도영세중립국 보장을 촉구하는 활동을 벌였다. 지난해는 한국에서 영세중립통일협의회의 공동대표를 맡는 등 한국과 미국을 오가며 한반도 영세중립화 통일운동을 벌

이고 있다.

현재 스위스, 벨기에, 오스트리아 등이 영세중립국을 표방하고 있다. 한반도 영세중립화는 미·중·일·러 한반도 주변 4강이 한반도 문제에 개입하지 않고 자신들의 이익을 위해 한반도를 이용하지 않음을 의미한다. 또 국제사회는 이를 위해 지구상 마지막 남은 분단국가인 한반도를 영세중립국으로 인정하고 보장해야 한다.

구옹은 이에 앞서 남과 북이 서로의 체제와 이념의 다름을 이해하고 인정하는 분위기를 적극적으로 마련하는 것이 필요하다고 덧붙였다.

그는 "영세중립화가 남과 북이 서로를 이해하고 인정하면서 외국의 도움이나 개입 없이 통일할 수 있는 가장 현실적인 통일의 방법"이라고 역설했다. 구옹은 이어 "한반도가 영세중립국이 되면 남북은 서로의 체제를 인정하면서 외교와 국방을 동시에 추구하는 형태가 된다."고 덧붙였다.

그는 사회주의자도, 자유민주주의자도 아니다. 그저 같은 민족의 북쪽에 사회주의가 있고, 남쪽에 자유민주주의가 존재하고 있음을 인정하며 남북이 평화롭게 함께 어울려 지내며 전쟁과 대결을 거부하기를 바라는 평화주의자일 뿐이다. 이와 더불어 지구상 어디에서도 대결과 전쟁 없이 평화롭게 어울려 지내야 한다는 확신과 철학을 지닌 순수한 평화주의자다.

그는 한반도의 영세중립화 통일운동은 도산 선생의 사상과 맥이 맞닿았다고 주장한다. "도산의 사상을 한 마디로 정리하면 '잃어버린 옛 나라를 찾아서 복스러운 새 나라를 건설하자.'는 것이지요."

"대공주의(大公主義)라고 불렸는데 이건 중국 쑨원(孫文)의 삼민주의 처럼 혼돈된 나라에서 모두가 공생할 수 있는 사상이었어요."

구옹은 "혁명가로서 도산 선생의 사상이 한국내 흥사단의 친일이나 제자 춘원 이광수의 친일 행적 등에 의해 왜곡된 점이 너무 안타깝다."면서 "혁명적 이상사회를 꿈꾸고 이를 체계적으로 정리하려 했던 사상가이자 모든 사람들을 독립 등의 대열에 세우려 노력했던 품위 넓은 혁명가"라고 설명했다.

하지만 사람들은 그를 벌써 잊은 듯 그가 세상을 향해 지르는 외침에도 별 울림이 없다.

하지만 누가 알아주지 않더라도 요즘도 그는 통일에 대한 열정을 불태우고 있다.

한민족이 분단을 극복하고 통일을 이룰 수 있는 방법은 영세중립화밖에 없어요. 미국·중국·일본·러시아 등 주변 4강의 틈바구니에 있는 한반도를 어느 특정 외세가 주도한다면 한반도는 항상 분열과 전쟁의 장으로 전락할 위협에 놓이는 거지요."

◆ 박록삼기자 youngtan@kdaily.com

# 항산 일제항거 '신의주고보 학생사건' 주도
# 안창호·김구선생 모셔······두 차례 옥고도

「페이다에서 태평양에에 알광성된 96세의 구익균옹이 20일」 '한반도 남북평통를 동일운동' 대 역상을 바라
[모습 피력하고 있다.
※김경묵기자 daunso@kdaily.com

## ■ 구익균 옹은 누구?

구익균 옹은 상하이 임시정부 활
동을 생생히 기억하는 마지막 생존
자다. 구옹은 1908년 평북 용천에
서 태어났다. 1928년 신의주고등
보통학교 시절 일제의 식민지 노예
교육을 거부하는 '신의주고보 학생
사건'을 주도했고, 일제의 검거령이
떨어지자 상하이 임시정부로 건너
가 본격적인 독립운동을 벌였다.

상하이 임시정부에서는 안창호 선생이 일제에 검거되기 전까지 비
서실장을 지냈고 백범(白凡) 김구(金九) 선생을 모시는 등 빼앗긴 조국
의 독립을 위해 싸우다 두 차례나 일제에 의해 옥고를 치렀다. 또한
중국 광동 증산(中山)대학에서 조교수를 하며 민족에 힘이 되는 인재
를 양성했다.

구옹은 1945년 해방이 된 뒤 1947년 서울로 들어와 남북이 통일될 수 있는 현실적 방안을 추구하는 활동을 벌이기 시작했다. 하지만 이념과 다른 체제로 갈라진 한반도 현실에서 구옹은 '이방인이자 범법자'일 수밖에 없었다.

광복 이후 영세중립화통일 및 평화를 주된 가치로 하는 혁신정당 운동에 힘쓰다 박정희(朴正熙) 정권에 의해 다시 1년여 동안 옥고를 치르기도 했다. ※ 박록삼 기자

**단재 신채호**
# 도산 안창호 혁명사상연구원 창립식 가져

도산 안창호 혁명사상연구원이 창립되었다. 2006년 11월 9일 오후 3시 종로구 낙원빌딩 1513호에서 도산 안창호 선생을 따르며, 선생의 혁명사상과 대공주의사상을 심도 있게 연구하며 이를 홍보하기 위해 '도산 안창호혁명사상연구원' 창립식이 거행되었다.

도산 안창호 선생은 지난 일제 국권침탈기의 역사적인 순간마다 그리고 상해 임시정부와 독립운동의 활동 과정에서 가장 중요한 역할을 맡았으며, 우리 민족에게 민족 독립과 희망의 등불을 밝혀주셨다.

그러나 오늘날 도산 안창호 선생에 대한 사상과 업적이 제대로 알려지지 않았으며, 또 잘못 알려진 도산 선생의 사상을 바로잡기 위해 본 연구원이 창립되었다.

본 연구원의 창립 목적은 도산 안창호 선생에 대한 깊은 인간적 연구와 그의 혁명사상, 나아가 대공주의사상, 만족 혁명의 단계별 방략과 혁명사상에 대해 심도 있는 조사 및 연구를 하여 도산 선생의 혁명사상을 체계화시키며 도산 선생의 사상을 현대화시켜 현실사회에 적용시키자는 데에 있다.

창립식에는 중국 상해에서 도산 선생의 비서를 3년 반이나 역임하셨던 구익균 선생(99세)과 송주방과 김명수 흥사단 원로 단우, 박광원 통일민주협의회 회장, 강종일 중립화 통일협의회 상임의장, 윤종락㈜배아미 회장, 정병규 흥사단 공의원, 김승균 남북민간교류협의회 이사장, 정남호 평화시민연대 문화위원장, 백일산 안양흥사단 대표, 정원석 남북장애인 교류협의회 회장, 이창걸 국민대연구 교수 외 관련인사 20여 명이 참석하였다. 본 연구원의 이사장에는 구익균 옹이 추대되었다. 원본 기사 보기:이슈아이

NAVER 뉴스

# 도산 추모 참석한 비서실장

## 구익균 선생

NAVER 뉴스                    연료하기  뉴스

도산 추모식에 참석한 비서실장 구익균선생

뉴시스(통신( ) | 기사입력 2007-03-10 12:54 | 최종수정 2007-03-10 12:54

〔서울＝뉴시스〕 도산 안창호 선생 (1878.11.9-1938.3.10) 서거 69주기를 맞는 10일 오전 도산공원에서 열린 추모식에서 도산의 비서실장을 지낸 구익균 선생(오른쪽)이 도움을 받아 도산 묘소에 분향을 하고 있다 .

광주학생운동 당시 구익균 선생은 신의주고보에 재학. 비밀 결사를 조직해 신의주학생의거를 일으킨 인물, 올해로 100세를 맞았다.

*조수정 기자 / 안창호 사진

# 지역 이념 뛰어넘은 도산의 리더십

dongA.com

지역-이념 뛰어넘은 도산의 리더십 간절… 안창호 선생 69주기

〈10일은 도산 안창호 선생 69주기가 되는 날로 흥사단과 도산 안창호 기념사업회 주최로 서울 강남구 도산공원에서 추모행사가 열렸다. 이에 맞춰 1929~1937년 안창호 선생의 비서실장을 지낸 독립유공자 구익균(99) 도산안창호 혁명사상연구원 이사장이 추모사를 보내왔다.〉

## 안창호 선생 69주기

〈10일 도산 안창호 선생 69주기가 되는 날로 흥사단과 도산 안창호기념사업회 주최로 서울 강남구 도산공원에서 행사가 열렸다. 이에 맞춰 1929-1937년 안창호 선생의 비서실장을 지낸 독립유공자 구익균(99) 도산안창호 혁명사상연구원 이사장이 추모사를 보내왔다.〉

최근 미국과 북한의 관계 회복이 한반도와 동북아시아의 평화에 희망을 던져주고 있다. 반면 나라 안으로는 근시안적인 민생경제와 주택정책, 교육정책 등이 서민에게 많은 고통을 안겨주고 있다

서민의 꿈은 작은 주택을 갖고 오순도순 평화롭게 차별 없이 잘살

아 보는 것이다. 국민에게 희망을 불어 넣어 주고 정책을 바르게 행하는 것이 국가의 책무다.

이처럼 국가가 어려울 때 제일 먼저 생각나는 한국의 지도자가 도산 안창호 선생이다. 80년 전 상하이서 선생을 처음 만났다. 선생은 젊은 나를 반기고 당돌한 불평을 모두 들어 주며 패기를 잃지 않도록 용기를 넣어주셨다. 덕분에 선생의 비서가 돼 독립혁명사상을 배울 수 있었다.

오늘날 일부 한국인은 추상적 이념을 나눠 서로 비난하며 갈등을 부추긴다. 친미(親美)다 반미(反美)다 진보다 보수다 하며 서로 자기 주장만 옳다고 하는 모습을 자주 본다.

80년 전 상하이에서 독립혁명을 전개할 때도 비슷한 양태를 봤다. 이때 도산 선생은 미국 교포들이 모금해 준 2만 5000달러를 갖고 상하이에서 임시정부의 기초를 확립하고 독립혁명운동에 전념했다. 그러나 도산 선생의 헌신적인 운동은 분파주의와 지역주의에 매몰된 사람들의 편견과 방해로 좌절을 겪었다.

선생은 일제의 식민통치에서 벗어나 국권을 회복하고 독립전쟁과 학업운동을 인식해 내부에서 민주 사회정책을 펴려 했다. 그래서 도산 선생과 애국지도자들은 지역주의와 문화적 이념주의를 초월한 인사로 비밀조직 대독립당을 구성해 민족의 독립혁명을 달성하고자 했다. 그러나 불행히도 선생이 일본 경찰에 체포돼 한국에 돌아옴으로써 대독립당 조직은 와해되고 말았다.

10일은 선생이 서대문형무소에서 반죽음이 돼 나와 경성대병원에서 순국하신 지 69주년 되는 날이다.

국가가 어려움에 처했을 때 도산 선생처럼 진보와 보수, 민족주의자와 공산주의자를 모두 포용하는 마음 넓은 지도자가 필요하다. 모두가 자신의 이익보다 국가 이익을 우선하는 애국정신을 실천할 때 이 난국을 극복할 수 있다. '잃어버린 옛 나라를 찾아 복스러운 새 나라를 건설하자'는 도산 선생의 유훈이 가슴속 깊이 사무친다.

도산 안창호 혁명사상연구원 이사장
구 익 균

# 100세 맞은 독립운동가 구익균

네이버 뉴스    http://news.naver.com/main/tool/pt

NAVER 뉴스    언론보기 / 닫기

100세 맞은 독립운동가 구익균

新東亞 | 기사입력 2007-05-25 10:06 | 최종수정 2007-05-25 10:06

독립운동가 구익균(具益均) 선생의 100세 생일 축하연이 4월8일 서울 종로구 부암동의 한 음식점에서 열렸다. 1908년 2월 평안북도 태생인 구 선생은 생존한 국내 최장수 독립운동가로 알려져 있다.

1928년 신의주고보에서 발행하던 '신우(新友)'지 편집인으로 활약하던 구 선생은 지역별 학생회 조직을 규합해

독립운동가 구익균(具益均) 선생의 100세 생일 축하연이 4월 8일 서울 종로구 부암동의 한 음식점에서 열렸다. 1908년 2월 평안북도 태생인 구 선생은 생존한 국내 최장수 독립운동가로 알려져 있다.

1928년 신의주고보에서 발행하던 「신우(新友)」지 편집인으로 활약하던 구선생은 지역별 학생회 조직을 규합해 일제통치 및 노예교육 반대운동 등을 주도했다. 1929년에는 본격적 저항시위인 신의주학생의거를 주도한 혐의로 일본 경찰에 체포되기 직전 중국 상하이로 망명했다. 그는 1930년 임시정부에서 도산 안창호 선생의 권유를 받고 흥사단에 가입, 도산의 비서실장으로 일하며 다양한 항일저항운동을 기획, 전파하는 데 앞장섰다. 말 그대로 구국의 일념으로 청춘을 보낸 구선생은 요즘의 한국 현실을 어떻게 생각할까.

"오늘날엔 사람이 없습니다. 인물이 없어요. 대통령감도 없고, 한 마디로 '지도자난'입니다. 겨레의 지도자를 육성코자 흥사단을 세운 안창호 선생이 자꾸 떠올라요."

구 선생은 생일 축하연에서 '고향무정'을 부르는 등 정정함을 과시했다. 총리를 비롯한 일본 정치인들의 망언이 이어지는 시점에 구 선생 같은 '살아 있는 역사'의 존재가 소중하게 다가온다.

글 조인직 기자 i1999@donga.com/ 사진. 박해윤 기자

# 그리운 고향땅 다시 밟을 수 있기를

24 HOUR NEWS CHANNEL ::::: YTN (와이티엔) http://www.ytn.co

**YTN 뉴스 인쇄하기**

그리운 고향땅…다시 밟을 수 있기를

2007-10-01 07:03

내일부터 평양에서 열리는 제2차 남북정상회담을 가장 반기는 사람 가운데 하나가 북한에 고향을 둔 실향민일 것입니다.

이승현 기자가 정상회담에 바라는 실향민들의 바람과 고향에 대한 그리움을 들어봤습니다.

## [리포트]

38선까지 남하한 북한군과 중국군이 총공격을 감행한 지난 1951년 황해도 연백군이 고향인 박이숙 할머니는 난리를 잠시 피하자는 생각에 남으로 남으로 향했습니다. 하지만 벌써 50여년 칠순 노인이 돼버린 할머니는 북녘 고향에 남겨둔 가족을 생각하면 어느새 눈물이 흐릅니다.

## 〔인터뷰:박이숙, 인천시 부평3동〕

"가고 싶은 생각이 너무 많이 간절해서 여기 오니깐 집에 있을 때보다 더 간절해. 바로 앞 비무장 지대가 태어나고 자란 곳인데, 산과 강을 가로지르는 철조망이 원망스럽기만 합니다.

〔인터뷰:박대문, 경기도 파주시 조리읍〕

"남북 정상회담이 잘 돼가지고 우리 이산가족, 물론 실향민들도 자유자재로 왕래할 수 있는 그런 좋은 계기가 됐으면 하는 희망입니다.

남과 북의 관계가 얼어붙고 다시 녹을 때마다 덩달아 가슴 졸여야 했기에, 이번 정상회담에 거는 기대는 남다를 수밖에 없습니다.

〔인터뷰:구익균, 서울 낙원동〕

"통일이 빨리 되도록 하는 계기가 되면 좋겠다고 생각했습니다. 반세기 분단의 아픔과 설움을 고스란히 간직한 실향민들. 정상회담이 통일을 앞당기는 지름길이 되기를 간절히 바라고 있습니다."

# "선생님 저 비서실장입니다"

10일 오전 서울 도 산공원에서 열린 도산 안창호 선생 순국 70 주기 추모식에서 선생 의 비서실장을 지낸 구익균 선생이 100세 의 고령에도 불구하고 관계자들의 부축을 받 으며 헌화 분향한 뒤 자리로 돌아오고 있 다.

(서울=연합뉴스) 도광환 기자

# 공산주의자들 도산 비판하다가도 하숙비 떨어지면 찾아와

구익균씨가 서울 종로구 낙원동 집무실의 도산 안창호 선생 영정 앞에서 선생과의 추억을 회고하고 있다. 올해 만 100세인 그는 보청기를 했을 뿐 정정했고, 80년 전 시1들을 엊그제 일처럼 생생하게 이야기했다.
최순호 기자 choishob@chosun.com
☞ 동영상 chosun.com

구익균 씨가 서울 종로구 낙원동 집무실의 도산 안창호 선생 영정 앞에서 선생과 추억을 회고하고 있다. 올해 만 100세인 그는 보청기를 했을 뿐 정정했고, 30년 전사들을 엊그제 일처럼 생생하게 이야기했다.

동영상 chosum.com

## 도산 안창호는

1878년 평남 강서에서 태어났다. 1897년 독립협회에 가입해 만민공동회 활동을 벌였고, 1907년 항일비밀결사인 신민회를 조직했다. 1913년 미국에서 흥사단을 조직했다. 1919년 3·1운동 직후에는 상하이에서 대한민국 임시정부의 내무총장과 국무총리 대리 등을 지냈다. 독립운동 기지를 마련하기 위한 이상촌 건설을 추진했고, 1932년 윤봉길 의거로 일본 경찰에 체포돼 본국으로 송환됐다. 1935년 가출(假出)했으나 1937년 수양동우회 사건으로 다시 수감됐다. 보석된 지 4개월 만인 1938년 3월 10일 서거했다. 1962년 건국훈장 대한민국장이 추서됐다.

## 구익균 씨는

1908년 평북 용천에서 태어났다. 1928년 신의주에서 독립운동을 벌이다 일경에 체포됐고, 중국 상하이로 망명한 뒤 1929년부터 1932년까지 도산 안창호 선생의 비서실장을 지냈다. 영어·중국어·일본어에 능통해 도산 선생에게 새로운 사상을 전달하는 역할을 맡았다. 1933년 중국 광둥중산대학의 교수로서 혁명 운동가 양성에 힘썼다. 1935년부터 1944년까지 세 차례 일경에 체포당하기도 했다. 광복 뒤에는 진보당·통일사회당 등 정치활동과 무역업을 했다. 1983년 도미했다가 2005년 귀국, 2006년 도산 안창호 혁명사상연구원 이사장에 취임했다.

10일은 독립운동가 도산 안창호(1878-1938) 선생 70주기를 맞는 날이다. 도산 선생의 비서실장을 지낸 독립유공자 구익균(100) 도산 안창호 혁명사상연구원 이사장은 도산과 관련된 이야기들을 마치 어제 일처럼 또렷하게 기억하고 있다. 7일 만난 구 이사장은 "도산은 세간에 알려진 것처럼 온건 성향의 독립운동가가 아니라 적극적인 무장 투쟁론자였다."고 말했다.

– '도산 선생은 혁명사상가였다'고 하시는 이유는 무엇입니까?

"3.1운동 때 다른 사람들은 만세만 부르면 독립이 되는 줄 알았지만, 도산 선생은 10년이고 100년이고 시간이 걸리더라도 완전 독립을 위해서는 모든 설계와 계획을 빠짐없이 해야 한다고 생각해 그걸 실천에 옮겼습니다. 1913년 미국에서 흥사단을 창립할 때 이미 독립혁명방략도를 구상했는데, 그 마지막 단계에서 전체 민중을 총 무장시켜 독립전쟁을 함으로써 독립을 달성할 수 있다고 했어요. 그것은 특수 계급이 아니라 반드시 전체 민족이 함께 혁명 사업을 함으로써 이뤄질 수 있다고 했습니다. 무실역행(務實力行)과 충의용감(忠義勇敢)의 원칙으로 인격을 함양하자는 교육론은 그 전단계의 계획이었습니다. 이렇게 장기 로드맵을 그려놓고 몸소 실천한 정치가는 우리 역사상 찾아보기 어렵습니다."

– 도산은 좌우 통합을 추진한 정치가라고 하셨는데……

"바로 지금 우리에게 필요한 것이 도산의 대공주의(大公主義)사상입니다. 민족 전체의 범국민적인 평등사회를 실천하자는 것이고 사회주의사상 일부까지 포용해 초(超)계급적인 민족주의를 지향하면서 자기 희생정신으로 민족과 인류에게 멸사봉공하는 사상이지요. 정치·경제·교육에서 평등한 사회를 구현해야 한다는 '3평등원칙'이 그 바탕에 깔려 있었습니다."

– 민족주의를 전면에 내세우지는 않았던 것으로 보입니다.

"중국의 삼민주의는 민족주의를 강조하는 것이었지요. 하지만 도산은 우리 민족의 우월성만 주장하다 보면 나폴레옹이나 히틀러처럼 자기 민족이 세계 최고라는 우월감에 빠지게 된다고 우려했습니다. 도산의 민족주의는 어디까지나 민족을 해방하자는 것이지 다른 민족을 짓누르는 게 아니었습니다.

　- 그것을 당시에 어떻게 실천에 옮기셨습니까?

"나는 1929년부터 도산의 지시로 대독당이라는 비밀정당을 추진했지요. 이념과 지역적 분파를 초월하고 순수한 애국정신에 투철한 독립운동가들만 엄선했습니다. 그런데 1932년 윤봉길 의거가 일어난 뒤 도산이 그만 일경에 체포돼 귀국하는 바람에 중단됐지요."

　- 공산주의자든 민족주의자든 모두 포용했다는 겁니까?

"그렇지요. 상하이의 공산주의자들이 도산을 비판하다가도 하숙비가 떨어지면 도산을 찾아왔습니다. 또 오면 시계라도 풀어줬습니다. 구연흠(具然欽) 씨 같은 좌익운동가는 자기 딸의 취직을 도산에게 부탁할 정도였습니다. 도산이 광복 뒤에도 살아계셨더라면 남북 분단은 없었을 것입니다. 당시 국내고 미주고 모든 교포들이 애국금을 보낼 때 도산에게만 보냈어요. 인촌 김성수(金性洙) 씨는 상하이에 오면 누구와도 만나지 않고 도산하고만 만나서 군자금을 전달했습니다. 그만큼 독립운동 세력의 중심인물이었던 것이죠. 도산은 조선일보 사장이던 계초 방응모(方應謨) 씨와도 절친했는데, 계초는 도산을 조선일보의 고위직으로 모시려고 하기도 했습니다."

　- 최근 10만 원 권 지폐 도안에 백범 김구 선생을 넣기로 했습니

다. 도산 선생도 후보로 올라갔지만 탈락했는데요.

"그것은 한 마디로 주객전도지요. 역사를 모르는 사람들이 한 일입
니다. 도산이 상하이 프랑스 조계에 머무르고 있을 때, 백범은 닷새
에 한 번씩 꼭 도산을 찾아와서 앉은 자리에서 냉면을 두 그릇 비우
고 돌아갔습니다. 두 분 다 냉면을 아주 좋아했어요. 도산은 그 자리
에서 백범에게 자금을 제공했지요. 도산이 백범보다 두 살 아래였는
데도 백범은 도산에게 반드시 '선생님'이라 불렀어요. 1932년까지 상
하이에서 독립운동을 이끈 사람은 도산이었습니다. 도산은 윤봉길
의거도 미리 다 알고 있었어요."

 - 요즘 많은 초등학생들이 안창호 선생과 안중근 의사를 구별하지
   못한다고 합니다. 위인전에 등장하는 옛날 분으로만 생각하기
   쉬운데 앞에서 지켜본 도산 선생께서는 실제로 어떤 분이셨습니
   까?"

"참 온화하고 화도 잘 안 내시고 거짓말을 할 줄 모르는 분이셨죠.
이북 출신인데도 사투리는 하나도 안 쓰고 서울말만 썼지요. 밤 10
시에 취침하고 아침 여섯 시면 일어나서 식사를 하고 태극권이나 검
술 운동을 했어요. 그것 말고 취미라고는 꽃 가꾸는 일뿐이었는데,
무더운 여름에 온몸이 땀에 젖도록 꽃에 물을 줬습니다. 술은 1~2
잔 마시고 나면 얼굴이 빨갛게 돼서 많이 하지 못했어요. 다른 사람
과 얘기할 때 항상 담배를 물고 있을 정도로 담배를 많이 피웠는데,
내가 '선생님은 왜 다른 건 다 실천하시면서 담배 끊는 것만은 못 하

십니까?'라고 항상 말해도 끝내 못 끊다가 나중에 감옥에 가서야 끊었지요. 석방된 뒤에는 여러 사람들이 잔칫상을 열어 줘서 과식을 한 탓에 위장병에 걸려 트림을 많이 했습니다."

- 도산 선생은 가족들을 모두 미국에 두고 상하이에서 혼자 지내신 겁니까?

"그렇습니다. 도산은 늘 양복과 넥타이, 중절모를 깨끗하게 차려 입는 멋쟁이셨습니다. 수많은 여성들이 도산을 사모했는데, 어느 날엔 최모라는 신여성이 침실로 몰래 들어와서 도산이 자고 있던 침대에 누웠어요. 그러자 도산은 조용히 '불을 켜라'고 말한 뒤에 '이렇게 나에 대한 열정이 있다면 그것을 독립운동으로 돌려라'고 하고는 돌려보냈어요."

- 새로 취임한 이명박 대통령은 존경하는 인물로 도산 안창호 선생을 꼽았습니다. 대통령에게 하고 싶으신 말씀이 있습니까?

"국민의 경제를 살리는 것도 중요하지만 도산 선생처럼 장기적이고 영속적인 국가의 미래를 치밀하게 설계했으면 하는 바람입니다. 진보적인 요소를 비판만 할 게 아니라 민족과 국가의 이익을 위해서 모두 다 포용할 필요가 있습니다."  유석재 기자

## (YBC연합방송 www.ybotv.net
# 독립운동가 도산 안창호 선생 추모 70주기

독립운동가 도산·안창호 선생 '추도
"공산주의자들, 도산 비판하다가도 하숙비
도산 선생 비서실장 지낸 구익균 옹 현황 분

### 공산주의자들, 도산 비판하다가도 하숙비 떨어지면 찾아와

도산 선생 비서실장 지낸
구익균 옹 헌화 분향

2008 03.26 01:01

대한민국 임시정부 지도자이자 민족계몽운동가로 흥사단을 창립해 자주독립과 국권회복을 위해 헌신한 도산 안창호 선생의 순국 70주기 추모식이 지난 10일 오전 10시 서울 강남구 신사동 도산공원에서 열렸다.

(사)도산안창호선생기념사업회 (회장 백낙환) 주관으로 열리는 이

구익균 옹(100세, 도산 혁명사상 연구원 이사장)

날 추모식은 김양 국가보훈처장을 비롯해 김국주 광복회장, 박인주 흥사단 이사장, 광복회원, 흥사단원, 시민 등 300여 명이 참석했다.

도산 안창호 선생(1878.11. 9-1938 3.10)은 평남 강서에서 출생했으며, 청년시절부터 탁월하고 뛰어난 조직가로서 1989년 독립협회에 가입, 만민공동회를 개최해 자주독립과 국민의 자각을 호소했다.

선생은 1902년 미국으로 건너가 로스앤젤레스에서 한인친목회를 조직하고 회장으로 선출됐으며, 1905년 상부상조와 조국광복을 목적으로 한인친목회를 공립협회로 재창립해 초대회장에 취임, 「공립신보」를 발행했다.

또한 1906년 귀국해 1907년 29세 때 비밀결사조직인 '신민회'를 결성해 구국 운동을 전개했고, 1909년에 '청년학우회'를 조직해 청년운동에 앞장섰다.

특히 1910년 통감부의 도산내각 조직 권유를 일축하고 중국으로 망명했다가 다시 미국으로 돌아가 1912년 샌프란시스코에서 '대한인국민회(Korean National Association)'를 조직해 초대 회장에 취임하고, 1913년에 '흥사단'을 조직해 민족계몽운동과 국권회복 활동을 펼쳤다.

선생은 1919년 2월에 샌프란시스코에서 국민대회를 개최하고 파리강화회의에 국민회 대표 파견 계획을 추진하다가 국내에서 3.1독립운동이 일어난 후 상해에서 대한민국임시정부가 들어서자 임시정부 내무총장 겸 국무총리 서리에 취임해 연통제 실시, 「독립신문」발간 등 독립운동의 방략을 지도했다.

1923년에는 '대독립당'을 결성하고 중국 북만에 독립운동 근거지로서 이상촌 건설 시도, 1924년에는 남경에서 명학원을 설립해 실력배양운동의 기초를 다지는 등 평생을 조국독립에 헌신했다.

1930년에 '동인호조사'(同人互助社)를 조직해 한인들의 협력을 기획하고, 1931년 1월 흥사단 제17회 원동대회를 주재해 대회장으로 선출됐으며, 흥사단보를 발행하는 등 국민의 자질과 청년 인재양성 등 흥사단의 이념 구현에 주력하시다 1937년 6월 수양동우회 사건으로 체포돼 옥고를 치르던 중 병을 얻어 같은 해 12월 보석으로 출옥했으나 건강을 회복하지 못하고 1930년 3월 순국했다.

정부는 공훈을 기려 1962년 건국훈장 대한민국장을 추서했다.

도산 선생의 비서실장을 지낸 독립유공자 구익균(도산 안창호 혁명사상연구원 이사장, 100세)은 이날 노구를 이끌고 헌화하고 분향했다.

구 이사장은 도산과 관련된 이야기들을 마치 어제 일처럼 또렷하게 기억하고 있다. "도산은 세간에 알려진 것처럼 온건 성향의 독립운동가가 아니라 적극적인 무장투쟁론자였다"고 말했다.

박기성 기자

이 기사는 YBC연합방송 인터넷 홈페이지(http://www.ybctvnet)에서 프린트되었습니다.

# 데일리안

## 도산혁명사상연구원 이사장 구익균 선생 안동 방문

최용식 기자(2008.04.27.  22:09:31)

◇ ⓒ 안동시 제공

　도산 안창호 혁명사상연구원 이사장에 취임한 구익균 선생이 안동에 있는 도산서원을 비롯한 안동독립운동기념관, 하회마을 등을 방문했다.

올해 102세의 고령인 선생은 이 날 건강한 모습으로 하회마을 관광을 마친 뒤,

"안동은 오랜 역사도시로 우리나라의 정신적 지주 역할을 할 도시"

라며,

"자손들에게 정신문화를 잘 가르쳐 제 역할을 할 수 있는 도시가 되길 바란다."

고 말했다.

구익균 선생은 1908년 평북 용천에서 태어나 1928년 신의주고보에서 독립운동을 벌이다 일본 경찰에 의해 체포됐다. 이후 중국 상하이로 망명한 뒤 1929년부터 1932년까지 도산 안창호 선생의 비서실장을 지냈다. 광복 후에는 진보당과 통일 사회당 등에서 정치활동을 했으며 1983년 미국으로 떠났다.

## NAVER 뉴스

# 도산 안창호 혁명사상연구원 구익균 이사장
# 안동 방문

애국지사 '구익균 선생' 안동 방문

〔안동=뉴스〕

도산 안창호 혁명사상연구원 구익균(100) 이사장이 독립운동의 발상지인 경북 안동을 방문했다.

구 이사장은 지난 2006년 도산 안창호 혁명사상연구원 이사장에 취임한 애국지사로 26일과 27일 이틀간의 일정으로 수행원 2명과 함께 안동을 찾았다.

안동 독립기념관과 도산서원, 하회마을 등을 둘러본 구 이사장은 "오랜 역사도시인 안동에 와서 보니 우리나라의 정신적 지주 역할을 할 수 있는 도시로 느껴진다."며 "후배들에게 정신문화를 잘 가르쳐서 후배들이 제 역할을 할 수 있는 도시가 됐으면 한다."고 말했다.

고령의 나이에도 불구하고 매우 건강한 모습인 구 이사장은 1908년 평북 용천에서 태어나 1928년 신의주고보에서 독립운동을 벌이다 일경에 체포됐고 중국 상하이로 망명한 뒤 1929년부터 1932년까지 도산 안창호 선생의 비서실장으로 지냈다.

영어, 중국어, 일어에 능통해 도산 선생에게 새로운 사상을 전달하는 역할을 수행한 구 이사장은 1933년 중국 광동 중산대학의 교수로 혁명운동가 양성에 힘쓰기도 했으며 1935년부터 1944년까지 세 차례 일경에 체포당했다.

광복 이후 구 이사장은 진보당, 통일사회당 등 정치활동과 무역업에 종사하다 1983년 도미, 2005년에 귀국했다.

건국 60주년 기획 현대사 증언

# 安昌浩는 上海 임시정부의 '호주머니'였다

오동룡(월간조선 기자)〈gotiat@chosum.com〉

## 100세 맞은 도산 비서실장

지난 3월 10일은 도산 안창호(1878-1938) 선생의 70주기이고, 5월 13일은 홍사단 창립 95주년을 맞는 날이다. 도산 선생의 비서실장을 지낸 독립유공자 구익균(도산 안창호 혁명사상연구원 이사장) 선생을 서울 종로구 낙원동 아파트에서 만났다. 구 선생은 도산과 관련된 이야기들을 막힘없이 이야기했다. 요즘도 오전 6시면 배달된 조간신문의 정치면을 빠짐없이 읽는다고 한다.

구익균 선생은 1908년 평북 용천에서 태어났다. 1928년 신의주고보에서 독립운동을 벌이다 일경에 체포됐다. 중국 상하이(上海)로 망명 한 뒤 1929년부터 1932년까지 3년간 도산의 비서실장을 지냈다. 광복 뒤에는 진보당·통일사회당 등 정치활동과 무역업을 했다. 1983년 도미했다가 2005년 귀국해 2006년 도산 안창호 혁명사상연구원 이사장에 취임했다.

## 島山과의 첫 만남

도산은
계몽운동가라기보다
백범의 무장투쟁을
재정적으로 지원한 독립전쟁론자였다!

구익균 선생이 도산 안창호를 만난 것은 1929년 평안북도 명문 신의주고보 4학년생인 그는 학생회 회지인 신우지(信友誌) 사건으로 체포됐다. 잡지 창간호가 불온 출판물로 규정돼 창간호 편집장이었던 그가 구속된 것이다.

1929년 신의주고보를 졸업하고 경성제대에 지원한 그는 신우지 사건 주모자로 지목돼 낙방의 고배를 마셨다. 후일 사상범이 될 만한 젊은이는 대학진학이 금지되던 시기였다.

구익균 선생은 그해 4월 중국 유학을 떠나기 위해 인천에서 배편으로 다롄(大連)을 거쳐 상하이에 도착했다. 상하이에서 그는 신의주고보 선배인 장죽식(張竹植) 의사의 하숙집에서 머물다 임시정부 국무위원으로 활동하고 있던 김붕준(金朋濬:1888~납북) 선생의 집으로 옮겼다.

구익균이 신의주학생사건 주모자라는 소문이 퍼지자 임시정부 인사들과 500여 명의 동포들은 그를 '소영웅'으로 대접했다고 한다. 그러나 반공주의자인 김붕준 선생은 구익균을 좌익이라며 모질게 구박했다고 한다.

당시 한위건(韓偉健), 구연흠(具然欽), 조봉암(曺奉岩)과 같은 공산주의자들은 말할 것도 없고, 여운형(呂運亨)과 같은 기독교계 좌경 인사까지도 상하이에서는 기피인물이었다고 한다.

"김붕준 선생 댁에 1년간 머물면서 밥 먹을 때마다 이념 문제로 다퉜어요. '소련 놈의 ×으로 만든 놈'이라는 욕설을 하자 김붕준 선생의 따님들이 '도대체 공산주의, 사회주의가 뭐길래 그러시냐'고 아버지를 말렸어요. 당시 임시정부 인사들은 대부분 완고하고 시대에 뒤떨어진 분들이었어요."

크게 낙담해 일본으로 떠날 준비를 하던 구익균을 김붕준 선생은 도산에게 데리고 갔다.

"도산 선생은 초면에 날 반갑게 맞아 주셨어요. 일본에 유학하고 있던 선배들로부터 공산주의 서적을 받아보고 진보사상에 심취했다는 사실, 상하이 독립운동 지도자들에게 실망했다는 것들을 비교적 솔직하게 털어놓았습니다. 선생께서 진노하실 줄 알았는데, 뜻밖에도 '젊은 사람이 의식 있고 똑똑하다'고 말씀하셨습니다.

도산 선생은 그에게 '한국 혁명은 잃어버린 옛 나라를 찾아서(조국광복) 복스러운 새 나라를 건설하자(민주복지사회 건설)는 것'이라며 '독립운동가와 민족주의자들은 잃어버린 옛 나라를 찾는 일에만 열중하는 반면, 사회주의자들은 복스러운 새 나라를 건설하는 데만 주력하고 있다. 잃어버린 옛 나라를 찾는 일이나 복스러운 새 나라를 건설하는 일은 손바닥과 손등의 관계와 마찬가지로 중요하다'고 말했다한다.

1933년 김봉준 선생의 광둥 자택에서 열린 흥사단 원동위원부 창립기념대회. 왼쪽부터 김덕모, 고영선, 김효숙, 김봉준 노영재, 구익균, 김정숙, 양우조 선생.

　"도산 선생은 한국 청년들이 일본의 사회주의 운동에 가담하고, 중국의 국공 합작 전선에서 공산당에 가담했다가 장개석의 쿠데타에 의해 많이 희생당했다고 했어요. 도산 선생은 '우리 자주체 세력을 만들어 독립운동의 역량을 증대해야지, 일본 정권이나 중국 혁명이 우리나라에 도움이 된다고 보기에는 복잡한 요소가 많다고 했습니다."

## 흥사단에 입단

　당시 51세의 도산 안창호는 서른 살이나 차이가 나는 구익균을 흥사단에 들어오라고 했다. 도산은 영어·일본어·중국어에 능통했던 구익균을 비서로 '특채'한 것이다. 당시 흥사단의 사무는 임시정부 국무위원인 차리석(車利錫) 선생이 담당하고 있었다.

1929년 하반기, 도산 선생의 권유로 흥사단에 입단한 구익균 선생은 흥사단 원동위원부 단원 50여 명과 함께 한 달에 두 번씩 월례모임을 갖고 사회주의 연구를 시작했다.

도산 선생은 "복스러운 새 나라를 건설하는 길이 반드시 공산주의여야만 된다는 법도 없다고 하며 '사회주의 가운데 영국의 페이비어니즘(점진적 사회주의)이나 로버트 오언의 유토피아, 신디컬리즘(노동조합주의) 등 여러 가지 가운데 한국에 알맞은 주의와 사상을 흥사단 같은 단체에서 연구해 채택하는 것이 바람직하다"고 했다.

"당시 흥사단 내에서 사회주의에 관한 연구는 내가 책임을 맡았습니다. 일본 서적을 참고해 발표하고 참석자들에게 토론을 붙였습니다. 도산도 앉아서 경청했습니다. 월례회가 끝나면 단우(團友)들이 모여 탁자를 두드리며 흥사단 구호를 복창했어요. 그러는 동안 나도 사회주의자가 됐어요. 연대를 따지면 '프랑크푸르트 선언'보다 20여 년이나 앞섰던 거지요. 흥사단의 사회주의 연구 결실은 무엇보다 도산 선생의 기독교적 인도주의와

1933년 김붕준 선생의 광동 자택에서 열린 흥사단 원동위원부 창립기념대회. 왼쪽부터 김덕모, 고영선, 김효숙, 김붕준, 노영재, 구익균, 김정숙, 양우조 선생.

진보적 정치사회 사상의 영향이 컸습니다."

## 도산은 독립전쟁론자

구익균 선생은 "도산은 온건 성향의 계몽운동가라기보다는 적극적인 무장 투쟁론자였다"고 했다.

– 도산 선생을 '혁명사상가'라고 하는 이유는 무엇입니까?

"도산이 말하는 혁명은 '잃어버린 나라를 찾아서 복스러운 새 나라를 건설하자'는 것입니다. 3.1운동 때 국민들은 만세만 부르면 독립이 되는 줄 알았지만, 도산 선생은 '10년, 100년이고 시간이 걸리더라도 완전 독립을 위해서는 모든 설계와 계획을 빠짐없이 해야 한다'고 생각해 실천에 옮겼습니다. 1913년 미국에서 흥사단을 창립할 때 '독립혁명방략도'를 구상했는데, 그 마지막 단계에서 전체 민중을 무장시켜 독립전쟁을 함으로써 독립을 달성할 수 있다고 했어요. 그 것은 특수 계급이 아니라 반드시 전체 민족이 함께 혁명사업을 함으로써 이뤄질 수 있다고 했습니다. '실무역행'과 '충의용감'의 원칙으로 인격을 함양하자는 교육론은 그 전단계의 계획이었습니다. 이렇게 장기 로드맵을 그려놓고 몸소 실천한 정치가는 우리 역사상 찾아보기 어렵습니다."

– 도산은 좌우 통합을 추진한 정치가로 알려졌습니다.

"지금 우리에게 필요한 것이 도산의 대공주의(大公主義) 사상입니다. 도산 안창호 선생이 이를 제창한 것은 1928년경이었어요. 민족 전체의 범국민적 평등사회를 실천하자는 것이었습니다. 사회주의 사상

일부까지 포용해 초계급적인 민족주의를 지향하면서 자기 희생정신
으로 민족과 인류에게 멸사봉공하는 사상이지요. 정치·경제·교육에
서 평등한 사회를 구현해야 한다는 '3평등 원칙'이 바탕에 깔려 있었
습니다."

– 도산의 대공주의는 민족주의를 전면에 내세운 손문(孫文)의 삼민
주의와 차이가 있습니까?

"중국의 삼민주의는 민족주의를 강조하는 것이었지요. 도산은 우
리 민족의 우월성만 주장하다 보면 나폴레옹이나 히틀러처럼 자기
민족이 세계 최고라는 우월감에 빠지게 된다고 우려했습니다. 도산
의 민족주의는 민족 독립이지 다른 민족을 짓누르는 게 아니었습니
다."

## 독립운동, 통일전선 형성에 앞장

3·1운동 직후 현순(玄楯: 임정의 주미전권대사) 목사의 연락을 받고 도산
이 상하이에 도착한 것이 1919년 5월 25일이었다. 안창호 선생은
상하이에 머무는 동안 3·1운동의 결실인 상해 임시정부를 명실상부
한 해외 망명정부로 육성하면서 해외 동포사회와 국내를 임시정부의
통솔 아래 결집시키고자 노력했다. 처음 도산은 임시정부 내무총장
과 국무총리 서리로 정부 초창기의 조직과 운영을 총지휘했다.

"과거 신민회 미주지역에서 '대한인국민회'를 조직 육성했던 탁월
한 지도력을 임시정부에서도 발휘했습니다. 도산은 임시정부 내무부
주관 아래 연통(聯通)제를 세워 국내 비밀행정조직을 확장해 나갔습

上海 임시정부 이승만 대통령 환영회에서. 도산 안창호 선생(오른쪽에서 네 번째)과 이승만 박사(가운데).

니다.

구익군 선생은 도산 선생이 여운형과 만주지역 대표 김동삼의 적극적인 지지를 받아 '국민대표회'에 참가한 120명의 대표들로부터 '독립운동은 단체와 이념을 초월해 선행돼야 한다는 것을 확인한 것은 독립운동사에서 큰 의미를 갖는 사건이라'고 했다.

3·1운동 이후 일제는 '문화통치'라는 유화정책으로 한국 지도자들을 유혹했고, 최남선(崔南善), 이광수(李光洙), 최린(崔麟), 박희도(朴熙道) 등 민족주의자들은 독립은 시기상조라며 일본 지배하의 자치와 참정권을 주장했습니다.

1925년 4월 서울에서 홍명회 등이 만든 사회주의 단체인 '화요회'가 주축이 돼 조선공산당이 창당돼 코민테른의 승인을 받으면서 국내 지식인, 노동자, 농민계층에 파죽지세로 확대돼 가고 있었습니다. 한국독립운동이 두 전선에서 협공으로 위기를 맞자 도산 선생은 새로운 진로를 모색했습니다. 나는 1929년부터 도산의 지시로 '대독립당(大獨立黨)'이라는 비밀 정당을 추진했어요. 임시정부를 받쳐주는 조직을 만든 겁니다."

- 대독립당은 왜 비밀 조직으로 갔나요?
"사람들은 자신이 관계하지 않으면 자꾸 나쁘게 이야기하는 법이거든요. 일(日)조차 대독립당 조직을 알지 못했어요. 홍사단에 있는 사람 가운데는 도산과 나밖에 몰라요. 내가 1980년대 후반 흥사단 기관지인 「기러기」에 발표하면서 그 존재가 알려졌습니다."

이때 안창호 선생은 중국의 혁명지도자 손문 삼민주의와 중국혁명의 국공합작 노선을 주시했다고 한다. 그는 '민족', '인권', '민생'의 3대 원칙이 반봉건 반제의 기치를 든 중국혁명노선이 될 뿐만 아니라 같은 역사적 운명에 처한 한국 혁명의 지도이념으로 보았다는 것이다.

– 공산주의자든 민족주의자든 모두 포용했다는 겁니까?
"그렇지요. 상하이의 공산주의자들이 도산을 비판하다가도 하숙비가 떨어지면 도산을 찾아왔습니다. 도산은 그들이 오면 시계라도 풀어 줬습니다. 구연흠 씨 같은 좌익 운동가는 자기 딸을 화신백화점에 취직시켜 달라고 도산에게 부탁할 정도였습니다. 도산이 광복 뒤에 살아계셨더라면 최소한 남북 분단은 없었을 것입니다."

## 당파를 초월한 핵심멤버 20人

1928년 이동녕(李東寧), 김구(金九), 조소앙(趙素昂) 등은 삼평등주의를 기본이념으로 하는 한국독립당을 창당했다. 안창호 선생은 러시아 공산당과 중국 국민당 같은 한국 규모의 한국독립 운동의 핵심조직을 형성해야 한다고 주장하면서 한국독립당으로부터 대독립당 조직을 위임받고 그 조직에 착수했다.

"도산은 임시정부를 뒷받침하고 있던 김구 선생 중심의 한국독립당을 지방정당으로 간주했어요. 별도 조직이었던 대독립당은 임시정

부를 명실상부한 전 민족을 대변하는 망명정부가 되도록 뒷받침하려
는 정당조직이었어요."

　구익균 선생은 "도산 선생은 이념과 지역적 분파를 초월하고 순수
한 애국정신에 투철한 독립운동가들만 엄선했다"면서 만주조선혁명
당을 대표하는 최동오(崔洞吾), 국어학자인 김두봉(金枓奉), 임시정부
군무부장 조성환 선생 등이 들어 있었고, 소장파로 신영삼, 신국권,
서예가 김기승 등 20여 명의 핵심 멤버만이 참여했다고 했다.

　"대독립당은 비밀정치 결사로서 민주정치를 내세우고 주권을 되찾
아 새로운 민주사회를 건설한다는 이념을 표방했습니다. 일본의 침
략을 혁명적 수단으로 타도한다는 강력 한민족주의 노선을 채택한
것입니다. 1932년 윤봉길 의거가 있기까지 20여 명의 대독립당 당
원들은 흥사단 원동위원부 사무실에서 일주일에 한 번씩 비밀회의를
가졌어요. 후에 대독립당은 중국 정부의 지원을 받기 위해 항일의
의미를 넣은 '대일전선 통일동맹'이라는 명칭을 사용했습니다."

## 이상촌 건설비 5만달러 마련한 安昌浩

　- 도산 선생의 이상촌 건설은 구체적으로 어떤 내용입니까?

　"안창호 선생은 자신의 대공주의에 입각한 모범사회로 '로버트 오
언'의 이상촌을 건설하려는 노력을
게을리 하지 않았습니다. 그에게
이상촌 건설은 독립된 한국의 복스
러운 사회를 독립운동기간 중에 꾸
며 보는 '실험'이었습니다. 상하이

안창호 선생(왼쪽)은 중국內 한인 대규모 이주와 독립운동 거점 마련을 위해 필
리핀 루손섬 바귀오 지역을 답사했다.

근방의 지강(濟鋼)이나 만주 지린(吉林)에 광활한 땅을 마련해 실향민을 모아 논과 밭을 갈아 농사를 짓고, 어린이들과 청장년들에게 민족교육을 베풀고 군사 훈련을 시키며 독립운동의 기지로 발전시키려는 꿈을 갖고 계셨습니다."

‒ 이상촌 건설을 위해 필요한 재원은 어떻게 마련했나요?

"1924년 12월 16일부터 1926년 4월까지 미국에 다시 건너가 이상촌을 세울 기금을 미주동포들에게 호소해 5만 달러를 거뒀습니다. 도산 선생이 1927년 2월 만주 지린에 간 것도 이상촌을 세울 만한 땅을 둘러보려는 목적이었습니다. 그곳에는 항일독립운동을 펼치는 단체들이 집중돼 있었어요. 그런데 1927년 2월 '지린사태'가 터졌어요. 500명 가량의 한인들에게 연설하던 도산 선생이 중국인 경찰에 체포됐습니다. 3주 만에 석방됐지만 지린지역의 한인과 중국인들의 갈등을 한눈에 알 수 있는 사건이었습니다."

1938년 사망 직전 흥상 제작 조각가와 포즈 취한 도산 안창호 선생.

### '安昌浩, 尹奉吉의거 미리 알고 있었다.'

1932년 4월 29일, 상하이 홍커우(虹口)공원에서 윤봉길 의사가 의거를 하던 시각, 구익균 선생은 흥사단 원동위원부에 나가 있었다. 상하이에 건너가 도산 선생을 만난 뒤로는 강연 준비, 대독립당 창당준비위원 등을 맡아 바쁜 나날을 보내고 있었다고 한다.

– 도산 선생은 사전에 윤봉길 의사의 의거를 알지 못했나요?

"뭔가 아시는 눈치였어요. 그날도 평소와 다름없이 흥사단 단소에 나아가 안창호 선생과 긴 책상을 사이에 두고 마주앉았어요. 정오쯤 되자 '소식이 왜 없는지 모르겠다'고 하세요. 점심 약속을 기다리시는 줄 알았어요.

정오가 지나면서 선생님이 초조해하기 시작했습니다. 선생님께 '손님을 기다리시는 겁니까?'라고 여쭸더니 '손님을 기다리는 것이 아니라 무슨 일이 있을 것이라 해서 기다리고 있네.'라며 '잠시 바깥에 나갔다 오겠다고 했어요. 그때가 12시 30분경이었어요.' 그때 홍커우 공원은 尹奉吉 의사가 사열대를 향해 던진 도시락 폭탄이 폭발해 아수라장이 돼 있었다. 폭탄 투척으로 일본군 상하이 파견군사령관 시라카와 요시노리(白川義則) 대장 등 많은 일본 군인들과 정치인들이 즉사했다.

1937년 11월10일 서대문형무소에 수감됐을 때 촬영한 도산 안창호. 도산은 병보석으로 출감 후 1938년 3월10일 순국했다.

– 왜 사전에 미리 피하지 않으셨나요?

프랑스 조계(租界)라는 치외법권 지역에 계셨기 때문에 피할 필요가 없었어요. 도산 선생은 시간이 되어도 거사 소식이 없자 당시 상하이 한인 거류민 단장이었던 이유필(李裕弼) 씨 집에 갔던 겁니다. 도산은 상하이 보광리에서 중국산 호외(號外)를 하나 받아들고, 이유필의 장남 이만영(李晚榮 : 우석대 총장 역임)군을 격려하러 갔답니다.

'인성학교' 부설 청소년단원인 이만영 군에게 약속한 격려금을 주고 이유필 선생 부인이 대접하는 차를 마시고 있다가 갑자기 들이닥친 일본 경찰에 체포되고 말았어요.

구익균 씨는 일경이 배후를 묻자 체포된 의사는 '거류민단장'이라고 답했다. 윤의사는 백범이 며칠 전에 민단장 자리에서 물러나고 이유필 씨가 새로 민단장이 된 사실을 몰랐던 것이라며 의사의 진술을 받아 낸 일본경찰은 거류민단장 이유필 씨 집으로 들이닥쳐 안창호라는 예상 밖의 대어를 낚았던 것이라고 했다.

✪ 1932년 4월 윤봉길 의거에 연루돼 체포됐다가 1935년 기출옥한 도산(가운데) 선생과 여운형(왼쪽), 조만식(오른쪽) 선생.
✪ 1935년 대전 감옥에서 출감하는 도산 선생. 왼쪽엔 여운형, 그 뒤로 일본 순경이 뒤를 따르고 있다.

## 백범, 도산을 '형님'이라 호칭

구익균 선생은 도산 선생을 모시는 3년 동안 도산과 백범이 얼마나 가깝게 지냈는지를 목격했다고 했다.

"백범 김구는 도산 안창호 선생이 조직한 신민회의 일원이었고, 상하이에서는 임시정부의 수위라도 하겠다며 도산 선생을 찾아와 간청했습니다. 백범은 광복 후 귀국할 때 공산주의자, 사회주의자 세력을 소

외시켰습니다. 이것이 임시정부 세력이 약화되는 계기가 됐고, 세력
에 패하는 결과를 가져왔습니다.

　– 얼마 전 10만 원권 지폐 도안에 백범 선생을 넣기로 했습니다.
도산 선생도 후보로 올라갔지만 탈락했는데요.
　"그것은 한마디로 역사를 모르는 사람들이 한 일입니다. 도산이 상
하이 프랑스 조계에 머무르고 있을 때, 백범은 닷새에 한 번씩 꼭 도
산을 찾아와서 앉은 자리에서 냉면을 두 그릇 비우고 돌아갔습니다.
두 분 다 냉면을 아주 좋아 했어요.
　도산은 그 자리에서 백범에게 군자금을 제공했지요. 도산이 백범
보다 두 살 아래였는데도 백범은 도산에게 반드시 '선생님'이라 불렀
고, 도산은 '백범'이라고 불렀어요. 백범은 내게도 '선생'이라고 했어
요. 1932년까지 상하이에서 독립운동을 이끈 사람은 도산이었습니
다.

　–그럼 백범의 특무공작도 안창호 선생께서 개입한 겁니까?
　"백범의 특무공작은 도산 선생의 재정적인 지원을 받았어요. 미국
동포들이나 중국에 들른 국내 인사들은 도산 선생을 신뢰해서 그를
통해 독립운동 자금을 대주었어요. 상해 임정이 출범하면서 애국금
2만 5,000달러를 가져와 살림을 마련한 것도 도산 선생이었습니다.
　도산이야말로 임시정부의 '호주머니'였습니다. 한 예로 유럽을 순
방한 뒤 귀국길에 상하이에 들른 인촌 김성수는 도산을 찾아 인성학
교에 기부금을 전달했는데, 그 자리에서 독립운동을 지원하는 기금

을 내놓았을 것으로 짐작할 수 있어요.ᅳ

## 도산, 노사문제를 해결하다

- 윤봉길 의사와 도산 선생은 언제 만났나요?

"윤봉길 의사는 박진(일명 찰리박)이란 사람이 운영하는 양말공장에서 일했어요. 임금체불이 발생하자 윤봉길은 백범을 찾아 하소연했고, 백범은 임시정부 노동총판인 도산 선생에게 윤봉길 의사를 데리고 간 겁니다. 도산이 화해를 시키자 의사는 그의 인품에 감복했고, 흥사단 행사에 서너 차례 나왔어요. 나도 강직한 성품의 윤봉길 의사와 의열단(義烈團), 문제로 숙의했습니다. 말하자면 도산이 대한민국 최초의 노사관계 해결사지요 허허."

## 도산 구출운동

안창호 선생이 일본경찰에 체포되자 상하이의 흥사단 멤버들과 교포들이 흥사단에 모여들었다.

"나는 그날 아침에 선생님과 나누었던 이야기를 낱낱이 들려주었어요. 바로 그 정보가 일본 영사관에 들어갔어요. 도산이 사전에 윤봉길 의사의 거사에 대해 공모한 것 아니냐고 일본 영사관에서 추궁이 들어왔습니다. 도산 선생은 이 일로 매우 난처해졌고, 그 뒤로 이 일에 대해 일절 입을 다물었습니다."

구익균 선생은 도산이 잡혀간 뒤 구출운동을 시도했다고 한다. 일본영사관 경찰서에서 조사를 받고 있는 도산이 치과치료(치과의사 이무상)를 받기 위해 건물을 나온다는 사실을 알아낸 것이다.

일본영사관 별관 구치소에서 맞은편 건물로 이동하는 틈을 이용해 탈출시키려는 계획이었다. 구익균 선생은 양애삼(梁愛三)씨를 통해 도산을 치과까지 모시던 모씨와 내통하는 데 성공했다.

"전(田)씨가 도산 선생에게 탈출 계획을 알리자 '잡히면 망신하니 그럴 수 없다'라고 말씀하셨답니다. 도산 선생의 부인과 자식들이 미국 국적자여서 변호사를 통해 미국으로 신병 인도를 요구했습니다. 일본영사관은 '조선인호적법'에 따라 일본의 허가 없이는 국외로 나갈 수 없다고 거부해 불발에 그쳤습니다."

임시정부는 최초의 외국인학교인 「인성학교」를 재건했다. 사진은 상하이 인성학교 제2회 졸업 사진. 가운뎃줄 왼쪽 두 번째 구익균, 네 번째 선우혁씨.

도산 선생은 거사 이후 3주 동안 상하이 일본영사관 경찰서에 유치돼 있다가 배편으로 국내로 압송돼 치안유지법 위반으로 4년형을 선고받았다.

김종규 삼성출판사 회장 소장 서첩. 이 서첩에는 계초 방응모 선생과, 안창호 선생의 글이 나란히 실려 있다.

2년 6개월간의 옥고 끝에 1935년 출감한 도산은 1937년 7월 수양동우회 사건으로 다시 150명의 동지들과 함께 검거됐다.

도산은 대전 감옥에서 소화불량과 급성 폐결핵을 얻어 그해 12월 말 보석으로 경성대학병원으로 옮겨 요양하다 이듬해 3월 10일 60세를 일기로 세상을 떠났다.

구익균 선생은 경성대학병원의 도산 선생 치료비는 김성수(金性洙) 선생이 모두 지불했다고 했다.

## 도산을 고문으로 영입하려 한 方應謨

구익균 선생은 "당시 국내외 모든 교포들은 도산에게만 애국금을 보냈다"면서 "김성수는 상하이에 오면 도산하고 만나서 군자금을 전달했다"고 했다.

"그만큼 독립운동 세력의 중심인물이었던 것이죠. 도산은 조선일보 사장이던 계초 방응모 씨와도 절친했는데, 계초는 도산을 조선일보 고문으로 모시려 했습니다."

이승만 박사는 미국 활동을 마치고 중국 상해를 거쳐 1947년 4월 21일 서울로 귀국했다.

"노스웨스트항공편으로 귀국길에 오른 박사가 4월 19일 상하이에 들렀습니다. 이승만 박사는 비서 장기영(張基永)씨를 대동하고 왔습니다. 자그마한 분이 비행기에서 내리는데 위엄과 위신이 없었어요. 개인적으로 이박사를 좋아하지 않았지만 상해 이민단장으로서 그를 영접했습니다. 편협하고 왕자연하는 그의 태도는 물론, 독립운동에서 보였던 그의 철학과 노선에 지지를 보낼 수 없었습니다.

이박사가 광복후 귀국해서 취한 지도이념에 대해 나는 반대 입장이었습니다. 그의 철저한 반소(反蘇). 반공(反共) 노선과 함께 좌우합작운동을 배격하고 남한 단독정부 수립을 주장하고 나선데 대해 나는 일말의 분노를 느끼고 있었습니다."

구익균 선생은 장개석의 요청으로 이승만 박사를 맞이하는 환영위원이 됐다고 한다. 상해 인성학교 교정에서 열린 이승만 박사 환영식에서 선생은 이렇게 환영사를 했다.

"요즘 이승만 박사가 집권하기 위해 갖은 노력을 하고 있다는 국내외 여론이 있습니다. 이박사는 국부(國父)로서 우리나라가 완전한 독립을 하는데 최선의 역할을 다해 주셨으면 하는 바람입니다. 귀국해서 제발 정권을 다투는 일에는 관여하지 않았으면 좋겠습니다."

– 도산과 이승만 박사는 어떤 관계였습니까?

"도산 선생에게 '세상 사람들이 두 분이 패가 다르다고 하는데 사실이냐'고 여쭤보았습니다. 도산 선생은 '나는 이박사를 길거리에서 만나 인사를 나누었을 뿐 대화를 나눈 적도 없다'고 하셔요. 도산 선생은 결코 박사에 대해 나쁜 이야기를 하지 않으셨어요. 다만, 재미

교포들은 박사가 왕족이라며 일을 하지 않고 귀족처럼 지내는 것에 불만을 갖고 있어서, 귤 농장에서 교포 노동자들과 함께 땀을 흘렸던 도산 선생을 더 존경했던 겁니다."

## 규조토 팔아 교민 3000명 뱃삯 마련

1947년 구익균 선생은 망명생활을 정리하고 귀국을 생각하고 있었다. 선생은 백범의 지시로 광복후 2년 동안 상해 교민단장을 역임했다. 그는 상해 임시정부 요인 중 이재(理財)에 밝은 축에 속했다. 그 무렵 한 중국인 무역상으로부터 연마제 흡수제로 쓰이는 규조토(硅藻土) 500톤을 구입해 달라는 요청을 받는다.

"약방을 수소문하다 규조토 물량을 대량으로 확보할 수 있는 곳을 찾아냈어요. 500톤을 구입해 300톤만 처분했는데, 소개비용으로 수표 60만 달러를 받았어요. 나중에 200톤도 처분해서 큰돈을 만졌지요. 꿈인지 생시인지 분간이 안 돼 김기승(金基昇)군을 시켜 은행에서 현금으로 바꾸었습니다. 그 길로 중경에 있던 김구 선생에게 미군 헬기를 타고 날아가니 놀라셨어요. 이렇게 해서 상하이에 몰려든 교민들 3000명의 귀국 뱃삯을 마련했습니다.

## 온화하고 거짓말 할 줄 몰라

- 옆에서 지켜본 도산 선생은 어떤 분이셨습니까?

"온화하고, 화도 잘 안 내시고, 거짓말을 할 줄 모르는 분이셨죠. 이북 출신인데 사투리는 하나도 안 쓰고 서울말만 썼지요. 밤 10시에 취침하고 오전 6시면 일어나서 식사를 하고 태극권이나 검술 운동을 했어요. 그 외에 취미라고는 꽃 가꾸는 일뿐이었는데, 무더운 여름에 온몸이 땀에 젖도록 꽃에 물을 줬습니다. 술은 한두 잔 마시고 나면 얼굴이 빨갛게 돼서 많이 하지 못했어요. 다른 사람과 얘기할 때 항상 담배를 물고 있을 정도로 담배를 많이 피웠습니다. 내가 '선생님은 왜 다른 건 다 실천하면서 담배는 못 끊습니까?'라고 하면 '그렇게 애를 써도 못 끊겠다'고 했습니다. 나중에 감옥에 가서야 끊었지요.

　- 도산 신생은 가족들을 모두 미국에 두고 상하이에서 혼자 지내신 겁니까?

　"그렇습니다. 도산은 늘 양복과 넥타이, 중절모를 깨끗하게 차려입은 멋쟁이였습니다. 수많은 여성들이 도산을 사모했는데, 어느 날 스웨덴에서 유학하고 돌아온 최모라는 신여성이 침실로 몰래 들어와 도산이 자고 있던 침대에 누웠어요. 그러자 도산은 조용히 '불을 켜라'고 말한 뒤에 '이렇게 나에 대한 열정이 있다면 그것을 독립운동으로 돌려라'하고는 돌려보냈어요."

　- 도산 안창호 선생이 애국가를 작사했다는 소문이 있습니다.

1990년 10월 8일, 뉴욕 유엔본부 앞 식당에서 빌리 브란트 전 서독총리(왼쪽 두 번째)와 환담을 나누는 구익균 선생(맨 왼쪽), 권두영 박사·송경희 비서.

　"내가 직접 여쭤

보니 빙긋이 웃으시며 아무 대답을 안 하셨어요. 민영환·김병현·김인식·윤치호 등 애국가 작사자에 대한 논란이 있지만, 내가 여쭤볼 당시 '느낌으로는 도산이 작사했다'는 게 거의 확실해요. 도산은 '거국가(去國歌)'를 짓는 등 노랫말 짓기를 좋아했어요."

## 장년 흥사단으로 성장해야

- 흥사단이 앞으로 어떻게 도산 선생의 혁명사상을 발전시켜야 합니까?"

"현재 흥사단은 20~30대의 '청년흥사단' 수준을 넘지 못하고 있습니다. 흥사단은 30대 이상으로 구성된 '장년흥사단'이 돼야 합니다.

1920년 미국의 도산 안창호 가족들. 왼쪽부터 장녀 수산, 부인 이혜련 여사, 장남 필립, 차녀 수라, 차남 필선.

그래야 '무실역행' '충의용감'이라는 도산사상을 실천할 수 있는 겁니다. 지금껏 흥사단을 출세의 사다리로만 이용한 사람들이 많았던 것이 사실이에요. 도산 선생의 위대한 혁명사상을 후배들이 잇는 길은 이 길밖에 없습니다."

2007년 작고한 수

필가 피천득(皮千得) 선생은 그의 수필 '인연'에서 도산과의 인연을 이렇게 적었다.

〈내가 上海로 유학을 간 동기의 하나는 그분을 뵐 수 있으리라는 기대였었다. 가졌던 큰 기대에 대하여 환멸을 느끼지 않은 경험이 내게 두 번 있다. 한 번은 금강산을 처음 바라봤을 때요, 또 한 번은 도산을 처음 만나 뵌 순간이었다.…(중략)…. 내가 병이 나서 누웠을 때 선생은 나를 실어다 상해 요양원에 입원시키고, 겨울 아침 일찍이 문병을 오시고는 했다. 그런데 나는 선생님 장례에도 참례치 못하였다. 일경의 감시가 무서웠던 것이다. 예수를 모른다고 한 베드로보다도 부끄러운 일이다〉 (인연. 2002년)

도산혁명사상의 권위자인 이창걸(李昌杰) 국민대 교수는 "상해 임시정부를 반석에 올려놓은 지도력, 공산주의와 사회주의를 모두 포용해 대공사상을 편 사실 등은 역사에 결코 묻힐 수 없는 업적"이라고 말했다.

구익균 선생의 마지막 바람은 상하이에 있는 도산 안창호가 살던 흥사단 건물을 인수해 '도산 진흥원'으로 꾸미는 일이다. 그 흥사단 건물은 안창호 선생과 윤봉길 의사가 살았던 건물이다. 상하이 흥사단 건물을 구입한다면 도산의 체취가 살아 숨 쉬는 그곳을 우리 민족이 '자산'으로 가질 수 있을 텐데… 라며 아쉬워했다.

# 한국일보

'사라져 가는 독립유공자들'
"나의 길은 오직 하나" 세월이 가도 푸르른 자부심
도산의 비서실장 출신 첫 번째 소원은 남북통일

서울 종로구 낙원동에 자리한 낙원빌딩. 지은 지 30년이 지난 이 아파트 15층 국내 생존 최고령 독립유공자와 구익균 옹이 산다. 1908년 2월 14일 다음 달이면 101세가 된다.

용천에서 태어난 그는 1929년 신의주에서 독립운동을 벌이다 일경에 체포됐다가 풀려났으며 이듬해 중국 상하이로 망명해 1932년까지 도산 안창호 선생의 비서실장을 지냈다.

27일 구 옹을 찾았을 때 한쪽 벽에 걸린 도산의 영정이 첫눈에 들어왔다. 책장 위에는 '도산 안창호 혁명사상연구원(島山 安昌鎬 革命思想 研究院)이 새긴 목판이 놓여 있었다. 구 옹은 15평짜리 아파트 중 작은 침실이 딸린 방 하나를 얻어 2006년부터 이 연구원을 운명하며 이사장을 맡고 있다. 이 작은 공간이 그의 삶의 터전이자 '도산 정신' 의 명맥을 잇는 둥지인 셈이다.

"민족의 이익을 위해 진보적인 요소도 포용할 필요가 있어 현 정부 는 통일문제에 대해서 지나치게 보수적이야. 6자 회담으로 체면은 유지했는데 그 동안 쌓았던 신뢰관계가 최근 변경으로 돌아갔으니 까……."

취임 1주년이 된 이명박 대통령에 대한 조언을 묻자 3분 가량 생 각에 잠겼던 그는 같은 평안도 사투리로 말문을 열었다.

보청기를 했을 뿐 그 연세가 믿어지지 않을 만큼 정정한 구 옹은 독립 운동 당시 화상은 물론 최근 경제에 대한 견해도 막힘없이 풀 어냈다. 하긴 영어, 중국어, 일본어는 물론 신사상에도 해박해서 스 물한 살에 도산의 비서실장으로 특채됐던 그다.

구 옹은 4시간의 인터뷰 내내 도산의 포용력을 강조했다.

"도산은 민족주의, 공산주의, 사회주의, 무정부주의 이렇게 나누지 않았어. 1930년에 결성한 대독립당도 김원봉, 김두봉 같은 이도 다 포섭했지. 도산은 사람들은 각기 장점이 있으나 쓰일 데가 있다고 했어. 그러면서 김구 선생이 김원봉 등 사회주의자를 광복 이후 귀 국 길에 데려오지 않은 것을 굉장히 아쉬워했지. 그는 이 사건을 계 기로 임정 세력이 반으로 깎이고 친일 세력에게 기회를 주게 된 거 지. 한국 정서에는 백범, 약산 둘 다 있어야 되거든."

상하이 흥사단 시절을 얘기하던 구 옹의 얼굴에 환한 미소가 퍼졌 다. "혜원이라고 있었어. 위혜원, 다른 사람들은 노래만 부르는 그를 '딴따라'라고 외면했는데 도산은 그 사람 기타치고 노래하는 거 칭찬

하고 '희락학회' 활동에 앞장 세웠어, 나중에 혜원이 코러스(합창단)도 만들고 나도 도레미파솔라시도를 배운 거야. 하지만 이제 죽고 다 없어. 나 한 사랑만 남았어."라며 고개를 저었다.

구 옹이 정부에서 받는 연금은 월 220만 원, 50만 원은 월세로, 100만 원은 간병비로 나가고 70만 원으로 생활한다. 결코 넉넉지 않은 살림이건만 그는 미안할 정도로 지원을 받는다고 했다. '도산의 자립정신'을 따라 자녀들의 도움도 받지 않는다고 했다.

그는 광복 이후 오파상(무역상)을 하면서 큰돈을 모았다. 하지만 백범의 통일독립촉진회를 시작으로 조봉암의 진보당, 통일사회당 등 진보정당의 자금을 대다 보니 남은 재산이 거의 없다고 했다. 그는 광복 직후 백범으로부터 '상해 교민 통치권' 위임장을 받아 당시 돈 70만 달러로 학도병 탈주병 100여 명을 비롯해 상하이 거주 2,000여 명의 한국행을 돕기도 했다.

남북통일을 첫째 소원으로 꼽는 그는 "일생을 독립운동과 혁신정당에 바쳤다. 상하이에 온 이승만이 귀국 후 연락하라고 말했고 5.16때 김종필 씨의 접촉도 있었지만 도산의 뜻에 어긋날까 봐 거부했다"고 했다. 공자의 말을 빌려 '오도(吾道)는 일이관지'(一以貫之:나의 길은 오직 하나로 일관됐다)라고 말하는 최고령 독립유공자의 목소리는 조국 독립의 한 길을 걸었다는 자부심으로 남겼다.

## 문화일보 인물

# "3·1운동은 대한민국이 살아있음을 세계에 알린 사건"

## ■ 102세 최고령 독립유공자 구익균 옹

문화일보 인물

기사 게재 일자 · 2010년 02월 26일

"3·1운동은 대한민국이 살아있음을 세계에 알린 사건"
■ 102세 최고령 독립유공자 구익균옹

이용권기자 freeuse@munhwa.com

"3·1운동은 대한민국이 살아 있음을 전세계에 알린 사건입니다. 젊은 이들도 3·1 정신을 잊지 않았으면 좋겠는데…"

25일 오후 서울 종로구 낙원동 한 아파트에서 만난 최고령 독립유공자 구익균(102) 옹은 4일 앞으로 다가온 3·1절에 대한 현재 눈빛을 번뜩이며 이 같이 말했다. 그의 말 속에는 젊은 층 사이에서 갈수록 3·1운동이 잊혀지고, 그 정신도 퇴색해 가는 데 대한 안타까움이 배어 있었다.

▲독립유공자인 구익균 옹이 25일 오후 서울 종로구 낙원동에서 1919년 3·1운동 당시 상황을 설명하고 있다. 두 동의 위쪽 벽면에 도산 이창호 선생의 초상화가 걸려 있다.

지난 1908년 2월18일 평북 용천에서 태어난 구 옹은 100세가 넘은 고령임에도 91년이나 지난 1919년 3월1일의 상황을 또렷하게 기억하고 있었다. 백색 겹면 태극기를 뿌려보며 피소에 끌린 구 옹은 "마을 사람들이 일본 헌병들에게 총과 칼아 죽었다는 소식을 듣고 큰 분노를 받았다"며 "그 전까지만 해도 글만에서 '하늘에, 땅끝'을 외우면서 아무 것도 모르고 살았지만 3·1 운동은 나를 '독립운동'에 뛰어들게 하는 전환점을 만들었다"고 전했다.

신의주고보에 진학한 구 옹은 곧 비밀 결사를 조직했다. 1929년 광주학생운동이 벌어지자 구 옹은 조직원들과 함께 신의주 학생회거를 주도했다. 일제의 추격게 된 구 옹은 중국 상하이(上海)로 방랑, 이후 도산 안창호 선생을 모시며 독립운동에 투신했다.

구 옹은 "3·1운동 당시 외신들은 '코리아가 독립하려고 한다. 작은 나라도 살아 있다는 것을 보여줬다'고 전세계에 전했다"며 "이 때부터 어디에 있는지도 알려지지 않았던 대한민국이 세계의 주목을 받기 시작했고 한인들의 외국 유학도 가능해졌다"고 말했다.

구 옹은 상하이 체류 당시 백범 김구 선생, 운동길 의사와도 인연을 맺었다. 그는 "김구 선생은 매주 한 차례 이상 안창호 선생을 찾아와 독립운동에 대해 논의했다"며 "윤봉길은 건장한 사내를 연상케 소개처럼보내 그게 윤봉길 의사였다"고 말했다.

구 옹은 고령의 나이임에도 매주 탑골공원으로 산책을 나가 예전 추억에 잠길만큼 정력적이다. 매일 신문을 꼬박꼬박 챙겨 읽고 있다는 구 옹은 "젊은이들이 3·1 정신을 잊지 않았으면 좋겠다"고 당부했다.

이용권기자 freeuse@munhwa.com

---

3·1운동은 대한민국이 살아 있음을 전 세계에 알린 사건입니다. 젊은이들도 3·1 정신을 잊지 않았으면 좋겠는데.

25일 오후 서울 종로구 낙원동 한 아파트에서 만난 최고령 독립유공자 구익균(102)옹은 4일 앞으로 다가온 3.1절에 대해 문자 눈빛을 번뜩이며 이같이 말했다. 그의 말 속에는 젊은 층 사이에서 갈수록 3.1 운동이 잊혀지고, 그 정신도 퇴색해 가는 데 대한 안타까움이 배어 있었다.

지난 1908년 2월 18일 평북 용천에서 태어난 구 옹은 100세가 넘은 고령임에도 90년이나 지난 1919년 3월 1일의 상황을 또렷하게 기억하고 있었다. 벽에 걸린 태극기를 바라보며 회상에 잠긴 구 옹은 마을 사람들이 일본 헌병들의 총에 맞아 죽었다는 소식을 듣고 큰 충격을 받았다며 "그 전까지만 해도 글방에서 '하늘천, 땅지'를 외우면서 아무 것도 모르고 살았지만 3.1 운동은 나를 독립운동에 뛰어들게 하는 전환점을 만들었다"고 했다.

신의주고보에 진학한 구 옹은 곧 비밀 결사를 조직했다. 1929년 광주학생운동이 벌어지자 구 옹은 조직원들과 함께 신의주 학생의거를 주도했다. 일제에 쫓기게 된 구 옹은 중국 상하이로 망명. 이후 도산 안창호 선생을 모시며 독립운동에 투신했다.

구 옹은 "3·1운동 당시 외신들은 '코리아가 독립하려고 한다. 작은 나라도 살아 있다는 것을 보여줬다'고 전 세계에 전했다며 이때부터 어디에 있는지도 알려지지 않았던 대한민국이 세계의 주목을 받기 시작했고 한인들의 외국 유학도 가능해졌다고 말했다.

구 옹은 상하이 체류 당시 백범 김구 선생, 윤봉길 의사와도 인연을 쌓았다. 그는 "김구 선생은 매주 한 차례 이상 안창호 선생을 찾아와 독립운동에 대해 논의했다"며 "하루는 건장한 사내를 데려와 소개시켜줬는데 그게 윤봉길 의사였다"고 말했다.

구 옹은 고령의 나이에도 매주 탑골공원으로 산보를 나가 예전 추

억에 잠길 만큼 정력적이다. 매일 신문을 꼬박꼬박 챙겨 읽고 있다는
구 옹은 젊은이들이 3.1정신을 잊지 않았으면 좋겠다고 당부했다.

**"우리는 안중근 의사를 기억합니다"**

3월 26일 서울시청 앞 광장, "안중근 의사 파이팅"을 외치는 어린
이들의 목소리가 울려 퍼졌다. 활활 타오르는 횃불을 바라보녀 나라
사랑을 다짐하는 어린이들의 모습이 매우 인상적이었다.

**\* 안 의사는 겨레의 등불, 평화의 횃불**

이날 행사는 안중근 의사 순국 100주년을 맞아 국가 보훈처가 개
최한 중앙 추념식이었다. 안 의사의 동양평화사싱을 되새기며 세계
평화를 기원하기 위한 것으로 '겨레의 등불 평화의 횃불'이라는 주제
로 오전 10시부터 1시간 가량 이어졌다.

추념식에는 정운찬 국무총리를 비롯한 정부 주요 인사와 광복회원

26일 '안중근 의사 순국 100주년'을 맞아 열린 중앙추념식에는 2000여 명의 시민들이
함께해 의미를 더했다.

등이 참석했다. 또한 안 의사의 넋을 기리기 위해 2000여 명의 시민들이 자리를 지켰다. 제법 쌀쌀한 날씨였지만 추념식장을 가득 메운 시민들의 진지한 모습이 매우 인상적이었다.

　정 총리는 추념사에서 "안 의사는 국권을 빼앗기고 실의에 빠져 있던 우리에게 조국 광복의 용기를 심어 주었다."며 "국민들은 안 의사와 같은 선열들의 애국정신을 기리고 더 좋은 대한민국을 만들어 나가야 한다"고 당부했다.

　이후 한국창작무용단체인 창무회가 안 의사의 평화사상을 기리는 영상과 추모 공연을 선보였다. 공연은 나라를 위해 헌신했지만, 끝내 독립을 보지 못한 안 의사의 넋을 위로하고 추모하는 제의 형식이었다.

## 안 의사의 뜻과 정신을 기리는 국민들

추념식은 정 총리가 '평화의 햇불'을 점화하며 끝을 맺었다. 추념식이 끝나는 순간, 하늘 위로 떠오른 흰 비둘기들 풍선 등은 추념식의 감동을 더했다. 몸소 평화를 외쳤던 안 의사의 모습을 보는 것 같았다.

친구들과 함께 이곳을 찾은 고등학생 반수형 군(18)은 "안 의사는 평소 가장 존경하던 인물"이라며 "안 의사 순국 100주년이 되는 날, 대한민국 청소년으로서 이 자리에 함께 할 수 있어 감회가 새롭다"고 말했다.

이날 서울 봉화초 학생들은 담임선생님과 함께 추념식을 찾아 안

의사의 정신을 되새겼다. 안 의사의 약전을 꼭 쥐고 있던 학생들의
모습이 인상 깊었다.

권우경 양(11) "안 의사께서 이렇게 대단한 일을 하신 것을 더 많
은 국민들이 알았으면 좋겠다"며 "안 의사의 행적을 담은 영상을 보

추념식에 참석해 안 의사의 뜻을 기리며 묵념을 하고 있는 청소년들의 모습.

며 나도 우리나라를 많이 아끼고 사랑해야겠다고 생각했다"고 말했
다.

같은 반 친구인 권민회(11)도 "안 의사 덕분에 우리가 대한민국에
서 살아갈 수 있다는 것을 깨달았다. 우리나라를 지켜주셔서 감사하
다고 마음속으로 외쳤는데, 안 의사께 꼭 전달됐으면 좋겠다"며 두
손을 모았다.

이처럼 추념식에는 안 의사의 넋을 기리며 평화 염원을 다짐하는

국민들로 　가득했다. 　특히 　수많은 어린이와 청소년들의 모습을 곳곳에서 발견할 수 있었다.

나라사랑 봉사회 총무 선현숙씨(48)는 "요즘 아이들은 애국정신과 역사의식이 많이 높아진 것 같다"며 "단순 행사에만 참석하고 끝나는 게 아니라 아이들끼리 안 의사의 삶과 정신에 대해 대화를 나누는 모습에서 뿌듯함을 느꼈다"고 소감을 밝혔다.

## 10살부터 100세까지, 모두가 한 마음으로

이날 추념식에서는 반가운 얼굴도 만날 수 있었다. 국내 생존 최고령 독립유공자인 구익균 옹(103)은 고령으로 불편한 몸에도 불구하고 휠체어를 탄 채 추념식에 참석했다. 도산 안창호 선생의 비서였다는 구 옹은 느리지만 또렷한 목소리로 "안 의사는 일본이 우리나라를 점령했을 때 독립을 위해 많은 힘을 쓰셨다"며 "안 의사의 나라사랑을 많이 기억해 달라"고 당부했다.

추념식 직후에는 행사에 참가한 시민들이 다함께 서울시청 광장에서 광화문까지 1km 가량 평화 행진을 했다. 대형 태극기를 선두로 많은 사람들이 뒤를 따랐다.

친구들과 함께 참여한 김지현 양(17)은 "100년 전 그 순간을 직접 경험하지는 못했지만, 이렇게 평화대행진을 하며 그분의 뜻을 조금이나마 느끼고 싶다"며 "앞으로 역사교육이 더 잘 돼서 더 많은 국민들이 안 의사의 뜻을 보다 잘 이해하고 실천했으면 좋겠다."고 말했다.

앞서 추념식이 끝나고도 한참 동안 행사장에서 발걸음을 떼지 못하던 이성순 씨(34)는 "오늘날 우리나라는 독립을 이뤄내기는 했지만 아직까지 여러 분야에서 세계열강들의 영향을 많이 받는 것이 사실"이라며 "안 의사의 뜻을 따라 세계 속에서 담당한 대한민국을 만들기 위해 온 국민이 함께 노력했으면 좋겠다"고 당부했다.

이날 10살짜리 어린이부터 100세가 넘는 어르신까지 2000명이 넘는 시민들이 모여 안 의사의 넋을 기리고 평화를 기원했다. 이들은 '세계 평화의 시작은 대한민국 안 의사로부터 시작했다'는 추모 영상의 메시지에 모두가 약속이라도 한 듯 고개를 끄덕였다.

안 의사의 명언이 담긴 깃발을 들고 평화대행진에 참가한 청소년들의 모습.

〔인물탐구〕 최고령 독립유공자 구익균 옹의
'103년 나의 삶'

# chosun.com 매거진

2010. 04. 19

## "내 인생에서 가장 화려한 시절? 광복 직후 상하이에서 교민 2000명 고국행 도왔을 때"

[인물탐구] 최고령 독립유공자 구익균 옹의 '103년 나의 삶'

한일 강제병합 100주년, 제국주의 열강 앞에 풍
전등화의 운명이었던 대한제국 시절에 태어난 사
람은 이제 모두 100살이 넘어버렸다.

생존해 있는 최고령 애국지사 구익균(具益均) 옹.
1908년 2월 18일(음력) 평북 용천 출생이니 올해
103세. 구익균 옹은 지난 3월 14일 103세 생일을
맞았다.

구 옹은 최고령 애국지사로 여러 번 근황이 언론
에 보도된 적이 있다. 103세의 취재원을 만난 일
이 없는 기자는 은근히 겁이 났다. 장수가 재앙이
되는 경우를 종종 봐왔기 때문이다. 구익균 옹은
현재 서울 낙성대의 50㎡(15평) 되는 아파트에 방
한 칸짜리 세대에 살고 있다.

방의 미닫이문을 열었을 때 벽에 걸려 있는 한 인
물의 초상화가 강렬한 눈빛을 쏟아냈다. 도산 안
창호! 젊은 날 중국 상하이에서 도산의 비서로 3
년을 일했고 이후 도산의 정신을 따라 살아온 애
국지사의 삶이 그대로 묻어났다.

좁은 방안에는 생신 축하난이 두 개 놓여 있었다.
하나는 김황 국가보훈처장이 보낸 것이고, 다른
하나는 가족이 보낸 축하난이었다. 또 무궁화 원
사귀를 형상화한 문아광예 작품 3점이 걸려있었다. 혼자된 독립유공자 부인들이 구 옹에게 선물한

▲ photo 장북남 조선영상미디어 기자

월 14일 103세 생일을 맞았다.

구 옹은 최고령 애국지사로 여러 번 근황이 언론에 보도된 적이
있다. 103세의 취재원을 만난 일이 없는 기자는 은근히 겁이 났다.

한일강제병합100주년,
제국주의 열강 앞에 풍
전등화의 운명이었던 대
한제국 시절에 태어난 사
람은 이제 모두 100살이
넘어버렸다.

생존해 있는 최고령 애
국지사 구익균 옹. 1908
년 2월 18일(음력) 평북
용천 출생이니 올해 103
세. 구익균 옹은 지난 3

장수가 재앙이 되는 경우를 종종 봐왔기 때문이다. 구익균 옹은 현재 서울 낙원동의 50㎡(15평) 되는 아파트에 방 한 칸을 내어 살고 있다.

방의 미닫이문을 열었을 때 벽에 걸려 있는 한 인물의 초상화가 강렬한 눈빛을 뿜어냈다. 도산 안창호. 젊은 날 중국 상하이에서 도산의 비서로 3년간 일했고 이후 도산의 정신을 따라 살아온 애국지사의 삶이 그대로 묻어났다.

좁은 방안에는 생신 축하난이 두 개가 놓여 있었다.

하나는 국가보훈처장이 보낸 것이고, 다른 하나는 가족이 보낸 축하 난이었다. 또 무궁화 잎사귀를 형상화한 종이공예 작품 3점이 걸려 있었다. 혼자된 독립유공자 부인들이 구 옹에게 선물한 것이라고 한다.

구 옹의 피부는 놀랍게도 건강한 60대 남자의 색보다도 좋았다. 악수하는 손에서 악력(握力)이 전해져 왔다. 거동이 조금 불편하고 귀가 잘 들리지 않는 것만 빼놓고는 구 옹은 놀라울 정도로 건강했다. 발음도 정확했고 기억력도 크게 문제가 없는 듯 보였다. 향어(鄕語)인 평안도 억양이 신선하게 들렸다.

명함을 건네자 그는 "나는 명함이 없는데"라면서 복사한 독립유공자증을 책상 위에 내놓았다. 독립 유공자증 뒷면에는 '도산 안창호 혁명사상연구원 이사장'이라고 적혀 있었다. 그는 침대 옆 책상 서랍에서 문건을 꺼내 기자에게 건넸다. 항산 구익균 애국지사의 경력이라는 제목이 붙은 A4용지 3장짜리로 정리한 자신의 생애와 신문 기사 하나를 주었다. 그는 또 자신의 회고록 「구익균 회고록(새 역사의 여명에 서서(일월서각)」를 보여주었다.

이제까지 만나서 인터뷰한 최고령 취재원은 2007년 당시 98세이던 김판술 전 의원(1909~2009)이었다. 대한제국 시절 태어나 100년을 넘게 살아온 사람은 이제 몇 명 남지 않았다. 구 옹의 삶 자체가 대한민국 근현대사의 박물관이다.

구 옹은 국가보훈처에서 연금으로 매월 220만 원을 받는다. 50만 원은 집 월세로 나가고 100만원은 도우미 인건비로 쓰고, 70만원으로 생활비 및 용돈을 쓴다. 기자는 4월 5일과 6일 구 옹을 두 차례 인터뷰했다. 긴 역사를 살아온 사람과의 인터뷰에서는 가장 하고 싶어 하는 이야기부터 먼저 털어놓게 하는 것이 최선의 방법이다.

## 3.1 독립운동 때를 기억하고 계십니까?

"기미독립운동이 일어났을 때 열 살 된 글방 아동이었어요. 나는 어른들을 따라 이산저산으로 다니면서 만세를 불렀던 기억이 납니다.

– 상하이 망명의 계기가 된 신의주고보 학생 시위 사건은 어떤 겁니까?

"신의주고보 4학년 시절 '신우 편집장을 맡아 활동했어.' 신우지를 통해, 또 학생회를 조직하여 조선총독부의 교육을 노예교육으로 규정하고 반대하는 운동에 앞장서다가 일본 경찰에 체포되어 고초를 겪었어."

신의주고보를 졸업한 후 그는 경성제국대학에 지원, 입학시험을

**구익균(具益均)**

1908년 2월 18일(음) 평북 용천 출생
1928년 신의주고보 시절 창업지 '신우' 펴내다 일경에 체포
1929년 신의주고보 학생시위사건으로 중국 상하이 망명
1929년 김구의 한국독립당과 안창호의 흥사단운동 참여
1929~1932년 상하이에서 도산 안창호 선생 비서로 활동
1933년 상하이 중국공학대학부 정경학부 졸업
1933~1936년 한국독립당 광동·광서성 학생 지도책
1935~1944년 상하이에서 일본 경찰에 3회 체포되어 옥살이
1945년 8월 김구 주석에게서 상하이 교민 총책임 위임 받음
1947년 7월 귀국 후 김구·김규식과 함께 통일독립촉진회 운영
1952년 진보당 창당 비공식 재정위원
1960년 사회대중당·통일사회당 재정위원장
1961년 5·16쿠데타 이후 '용공인사'로 체포되어 1년간 옥살이
1964년 대일(對日)굴욕외교 반대 범국민투쟁 참여
1967년 통일사회당 재건
1968년 고분자화학공업주식회사 대표이사
1980년 민주사회당 고문
1982년 자녀 초청으로 미국 이민
1983년 대통령 표창
1990년 건국훈장 애족장
1991년 코리아연세종합최통일추진본부 상임공동대표
1994년 회고록 '새역사의 여명에 서서' 발간
2005년 미국에서 귀국
2006년 도산안창호현사상 연구원 창립, 이사장 취임

치렀으나 낙방하고 만다.

추천서에 '병(丙)'을 받은 게 결정적이었다. 구익균은 상하이나 도쿄냐를 놓고 고민하다 상하이를 선택했다. 인천에서 배를 타고 다롄을 거쳐 상하이로 들어갔다. 당시 상하이에는 교민 500여 명이 살고 있었다. 상하이에 도착했을 때 신의주고보 학생 시위 사건이 알려져 그는 영웅 대접을 받았다.

- 100년 넘게 살아오면서 가장 아름다웠던 시기는 언제였습니까?.

"2차대전 종전 직전 상하이에서 무역을 해서 큰돈을 벌었어. 돈이 있었으니까 8월 15일 상하이에서 미국 비행기 타고 충칭에 가서 김구 주석을 만날 수 있었지. 그때 김구 주석이 '그래, 어떻게 이렇게 빨리 왔냐'고 했어. 상하이에서 충칭이 멀었거든. 그때 김구 주석이 내게 자신의 입국 준비 일체를 맡겼어."

구익균은 광복 직후 임시정부에 의해 상하이 교민단장에 임명된다. 당시 상하이에는 국권을 회복한 조국으로 돌아가려는 교민 3000여 명이 중국 각지에서 모여들었다.

"상하이를 중심으로 교민단을 만들고 학교(인성학교)를 재건했어. 또 일본 학병에 나간 사람들과 학병에서 탈출한 사람들을 만났지. 한국으로 돌아가려는 동포들은 대부분 돈이 없는 사람들이었어. 그래서 시간이 1년 이상 걸렸어. 나는 교민단장으로 국내로 들어가려는 동포들을 돕고 배를 오게 만들고 그런 일을 했어. 2000여 명의 한국행을 도왔지. 그때가 제일 화려했던 시절이었어."

구 옹은 이렇게 말하곤 입가에 웃음이 환하게 피어올랐다. 꼭 어린아이처럼 기뻐했다.

- 그때 가난한 교민들이 어떻게 한국으로 돌아갈 수 있었습니까?
"아편 장사해서 돈 번 사람이 많았지만 교민들을 위해 돈 한 푼 안 내놓데요. 그 사람들은 이런 때 아니면 다시 돈 벌 기회가 없다며 악착같이 벌었지요. 하지만 나는 그때 내 돈을 빛나게 썼어. 한 60만 달러쯤 썼어."

구익균이 상하이에 머문 기간은 1929년부터 1947년까지 약 18년. 식민지 청년은 상하이가 제국주의 열강에 의해 유린되고 수많은 이념의 각축장이 되는 것을 모두 현장에서 지켜보았다.

– 1930년대 상하이 분위기를 설명해주십시오.

"국공(국민당 공산당) 합작 분위기가 오랜 기간 유지되었는데 장제스가 쿠데타를 일으켜 공산당을 몰아냈어요. 이후 반(反)공산당 분위기가 퍼졌어요. 그때 교민들은 장제스가 통치를 해야만 한국 문제를 해결할 수 있다고 기대했습니다. 임시정부는 장제스를 도와야 했고, 결국 임시정부도 반공산당 흐름으로 가게 되었죠."

– 당시 독립운동 하던 사람들 중에는 공산주의에 빠진 사람이 많았죠?

"많았지."

– 선생께서 사회주의 사상에 기울게 된 계기는 언제였습니까?

"3.1운동을 계기로 마을의 어른들을 따라 독립운동에 참가하게 되었지. 나는 조선 500년 동안 평안도 사람이 받은 사회적 차별에 반항하는 데서 근대적 민주주의 사상에 눈을 뜨게 되었어요. 그러다가 일제에 반항하는 사상으로 사회주의를 받아들이게 되었지요. 신의주고보 시절 천도교를 접하면서 생각이 더 발전했지. 이후 상하이에서 국민당과 공산당 사이에서 나는 중간의 길을 걸어왔어."

– 당시 상하이에 있던 안중근 의사의 아들 안준생이 일본군의 꼬임에 빠져 불미스러운 행동을 했다는데요?

"그때 김구 주석이 출장에서 안준생에게 '상하이는 일본군 수중에 떨어지니까 위험하니 충칭으로 오라면서 자동차를 보냈던 일이 있지요. 하지만 안준생은 상하이에 남았다가 그런 일을 당했지요."

구 옹은 한 세기를 살면서 세 번 결혼을 했다. 14살 때 당시의 관습에 따라 조혼을 했다. 하지만 신의주학생운동 사건에 연루돼 상하이로 망명을 가면서 결혼생활은 어긋나기 시작했다. 상하이 시절 그는 두 번째 결혼을 했지만 부인이 일본 경찰에 인질로 잡히면서 정신병에 걸려 일찍 죽고 만다.

1947년 한국으로 돌아와 노수경과 만나 세 번째 결혼을 했고 두 딸을 낳았다. 두 딸(녹란 해란)은 현재 미국에 살고 있다. 세 번째 부인은 1979년에 작고했다. 구 옹은 "노수경을 내가 가장 사랑했어요."라고 말했다.

## 인물탐구

# 최고령 독립유공자 구익균 옹의 '103년 나의 삶'

"내 인생에서 가장 화려한 시절? 광복 직후 상하이에서 교민 2000
명 고국행 도왔을 때"

– 일생 동안 가장 힘들었던 시기는 언제였습니까?
"상하이에서 국내에 들어왔을 때요. 친척 네 사람이 날 괴롭혔어
요. 내가 중간파에 속하다 보니 오해를 많이 받았어요. 독립운동만
하지 않고 공산당 운동도 했다고 나를 비방하고 나중에는 예수를 안
믿는다고 날 욕했어요. 그런데 참 이상하지요. 날 비방했던 사람들
다 비참하게 죽었어요. 내게 반기 들었던 정치인들도 다 몰락했어요.
허어 참."

– 대한민국 정부가 수립되고 나서 왜 정부에 참여하지 않았습니까?
"이승만이 오라고 했을 때 내가 갔더라면 그 흔한 장관도 주고 했
을 거지만, (내가) 이승만을 좋아하지 않아서 안 갔어."

▲ 구익균 동의 103세 생일를 축하하는 난과 종이공예 작품.

- 정치에 몸담은 것을 후회하십니까?

"허허. 그렇다고 정치를 안 할 수도 없는 거 아니오. 정치와 무관하다고 할 수 있는 사람은 없어. 크게 보면 사람은 정치의 틀 안에서 살게 되어 있으니까. 다만 실력 없는 정치인, 협잡하는 정치인이 더 많다는 게 문제지. 지나고 나서 보니까 누구 좋다 나쁘다고도 할 수 없는 것 같아."

이렇게 답했을 때 미닫이문 밖에서 똑똑 노크를 하는 소리가 들렸다. 그러자 구 옹이 우렁찬 목소리로 '컴인'하고 말했다. 40대 여성이 들어오자 구 옹이 취재진에게 소개했다.

"보훈처에서 보내주는 분이에요. 운동도 시켜주고 좋은 얘기도 해주는 거, 뭐라 하죠. 도우미예요.".

- 역대 대통령 중 누굴 만난 적이 있습니까?

"이승만을 만났지. 상하이 교민단장할 때 장제스 초청으로 왔어. 내가 그때 민단 대표로 인성학교 학생들 데리고 비행장으로 나가 영접했어요. 이승만이 국내에 들어와 나를 찾았지만 내가 가지 않았어."

- 박정희 전 대통령과는 만난 일이 없습니까?

"박정희는 만난 일이 없고, 5.16 직후에 김종필이 와서 조병옥, 김재순 등과 함께 혁신계 대표로 나를 영입하고 싶다고 했는데, 거절했어요."

구옹은 그 후 '용공 인사'로 체포되어 1년간 옥고를 치르기도 했다. 옥고를 치른 뒤에는 반 박정희 운동 진영에 섰다. 1967년에는 통일사회당을 재창당해 사무총장을 맡기도 했다.

- 민주사회주의를 신봉하며 한반도의 영세 중립국화를 주장하셨는데, 남북한이 대치하고 있는 상황에서 이상주의로 흐른 것 아닙니까?

"상하이에서 도산을 만나 그의 평등사상이 나의 사회주의 사상과 일치한다는 것을 알았어. 이후로 로버트 오언의 유토피아적 인도주의를 받아들여 민주사회주의로 바뀌었지. 1947년 7월 국내에 돌아와서 이 사상에 입각해 새 나라를 세우는 정치활동을 했지. 1951년 프랑크푸르트 민주사회주의 선언을 접하게 되면서 민주사회주의를 더욱 강화하게 되었어. 한국의 영세(永世) 중립화 운동은 이런 사상 위에서 추진했던 거야. 지금도 민주사회주의는 세계에서 가장 열린 사상이라고 확신해."

- 김대중 전 대통령은 만난 일이 없었나요?

"김대중과 교유한 일이 없어. 하지만 내가 이희호를 미국에 (유학) 보내는 데 역할을 했지. 그게 이희호의 인생을 바꿔놓았어. 그때 이희호는 계훈제와 사귀고 있을 때였지. 부산까지 기차 타고 함께 가서 부산에서 미국 가는 비행기를 탔지. 밖에서는 강원룡이 역할을

한 것으로 알려졌지만 사실은 내가 한 거야. 지금도 만나면 이희호
는 반가워서 두 번 세 번 악수를 하지."

　- 이희호 여사는 어떻게 알게 되었습니까?
"강원룡 때문에 알게 되었지. 이희호가 강원룡을 돕고 있었으니
까."
　이화여대를 졸업한 이희호는 1964년 미국 램버스대로 유학해 사
회학을 공부했고 스카릿대학에서 사회학 석사학위를 받아 귀국했다
가 YWCA총무로 일하던 1982년 첫 부인과 사별한 김대중을 만나
결혼했다.

　- 도산 안창호는 어떤 분이었습니까?
"내가 도산을 3년 모셨지. 도산은 내가 감옥에 있을 때 옥바라지
도 해줬어. 내가 아는 사람 중 도산이 가장 훌륭해. 도산은 민족주
의, 공산주의, 사회주의, 무정부주의를 나누지 않았어. 도산은 사람
들은 각기 강점이 있으니 쓰일 데가 있다고 했어. 하나도 흠결이 없
는 사람이야. 이광수와 주요한도 자주 만났지. 일본 사람들도 춘원을
숭배했어. 이광수 문학을 좋아했어."

　- 1930년대 상하이에서도 살아보고 또 미국에서도 20여 년 살아
보셨습니다. 대한민국의 오늘을 보면 어떤 생각이 드시나요?
"많이 발전했어. 내가 뉴욕, 워싱턴, LA 등 미국에서도 안 가본
데가 별로 없어요. 지금 서울은 뉴욕의 가장 화려한 곳에 비해도 손

색이 없을 정도예요. 이명박 대통령이 어려
운 상황에서도 잘하고 있다고 생각해."

- 어떻게 하면 선생님처럼 건강하게 오래
살 수 있습니까?
"나는 평생 소식(小食)주의를 지켰어. 소
식하면서 바른 생각을 하며 일상을 지내려
고 해왔어. 예를 들면 흥사단 활동을 하면

▲ 40대 시절의 구익균 옹.

서 거짓말 안 하고 충실하게 살아왔어. 안창호 선생의 사고방식을
따라 살아온 거지. 담배 안 피우고 술은 아주 조금만 먹었지. 이 시
간까지, 건강을 위해 그렇게 산 건 아니지만 결과적으로 건강을 위
한 것이 되었어. 담배를 안 하고 술 안 마시니까 경제적으로 이롭고
신체적으로도 건강하지."

- 일생 동안 거짓말을 안 하고 산다는 게 어렵지 않습니까?
"정말이야. 나는 거짓말을 한 번도 안 했어. 정치적으로 일관된 노
선을 걸었으니까 거짓말할 필요가 없었지."

- 정치 인생에서 제일 중요한 게 뭐라고 생각하십니까?
"제일 중요한 거. (잠시 생각하다가) 그거 생각하려니까 굉장히 어렵구
나. 취미가 없다 보니까 사는 재미가 없어. 어떻게 살아야 할지 굉장히
어려워요. 한 달에 200만~300만 원 벌 것을 찾아야 하는데. 뭘 어떻
게 해야 할지 밤낮 연구하고 있어. 어젯밤에 잠을 한숨도 못 잤어."

- 건강하게 오래 사셔서 가장 좋은 점은 뭔가요?
"음. 뭐라 얘기할 수 있을까, 자유의 몸이 됐다는 거지."

- 그렇다면 나쁜 점은 뭡니까?
"고독이지, 외롭다는 거. 고독은 말할 수가 없을 만큼 힘들어. 혼자 자고 혼자 깨고. 일하는 사람은 밤에는 집에 가니까."

- 돈, 사랑, 가족, 장수 중에서 뭐가 더 중요하다고 봅니까?
"과거엔 오래 사는 것, 경제적으로 유복한 것, 자식이 많으면 제일 잘사는 것이라고 말했지. 그런데 살아보니까 외로움에는 아무것도 소용없어. 무엇을 어떻게 해야 고독을 면할지 알 수가 없어. 돈만 가지고 되는 것도 아니고."

<조성환 편집위원 mapledchosun.com.>

# 독립운동가 아버지 흔적 찾다 만난 은사

**도산 선생 비서실장 구익균 옹의 제자 최용학 씨**

최용학 씨는 일제에 부모를 잃고 고아원에서 어렵게 자라고 공부하여 교수가 되어 정년퇴직 후 아버지의 흔적을 찾다가 안창호 선생을 보필한 아버지의 동지이신 구익균 옹의 거처에서 66년 만에 103세 노스승을 만났다.

지난 13일 오후 종로구 낙원동의 한 아파트 15층에 작은 태극기를 대문에 걸어놓은 집에서 노랫소리가 흘러나왔다.

사람 곧다 인성(仁成)학교
덕지체(智德體)로 터를 세우고
완전인력 양성하니
대한민국 기초 완연해
만세 만세 우리 인성학교

일제 중국 상하이에 있던 인성학교 교가이다. 최용학(73)씨가 66년 만에 기억을 더듬어 교가의 후렴구를 부르기 시작하자 스승 구익균(103) 옹도 나지막한

구익균 선생 생신 축하

1935년에는 일경에 체포되어 신의주로 압송, 신의주 지방법원에서 "치안유지법 위반" 죄목으로 징역 2년형을 받고, 1936년 2월 평양 복심법원에서 징역 2년 집행유예 4년이 확정될 때까지 옥고를 치렀다. 그 후에도 구금 석방이 몇 차례 반복되었다.

광복을 맞이한 1945년 8월 하순 임정 주석 김구 선생으로부터 상해교민 통치권 위임장을 받았고, 상해 한국교민협회 회장에 선임 되어서, 상해 거주 동포들의 자녀가 다니다가 일제에 의해 폐교되었던 상해 인성학교(上海人成學校)를 다시 세운 후에, 학감도 맡았다고 한다.

필자의 가족들과 함께 찾아 뵘
파고다공원에서 구익균 은사님을 모시고
좌로부터 필자의 내자 정원정, 며느리 김미라, 손녀 최다은

목소리로 따라 불렀다.

일주일 전 최용학 씨는 아는 사람으로부터 연락을 받았다.

"인성학교에서 교무주임하셨던 분이 아직 살아계십니다."

최씨는 1945년 중국 상하이에 있던 그 학교에 다녔다. 중국 상하이 내 한국인들을 위한 초등학교였다. 너무 어릴 적에 다닌 학교라 기억마저 희미해졌지만, 교실 앞에 걸려 있던 태극기와 선생님과 함께 부르던 교가만은 생생했다. 최씨는 연락처와 주소를 수소문했고, 스승의 날을 이틀 앞두고 구 옹을 찾은 것이다.

"동지였던 독립운동가의 자녀들에게 한글을 가르쳤는데 자네가 그때 그 자리에 있었다니 너무 반갑고 고맙네."

도산 안창호 선생의 비서실장으로 일한 구 옹은 1945~1947년 인성학교에서 교편을 잡았다. 구 옹은 벽에 걸려 있는 도산 선생의 사진을 가리키며 "안창호 선생이 인성학교가 어려울 때 큰 도움을 주었지'라고 했다.

그는 "우리 인성학교는 당시 중국에서 일제에 맞서 힘겹게 싸운 독립운동가의 자녀들이 다녔던 곳인 만큼 항상 자부심을 갖고 살아야 한다"고 말했다.

최씨의 아버지 최태현(1891-1940)씨는 중국 상하이에서 독립운동을 하다 최씨가 세 살 때 돌아가셨다고 한다. 1945년 해방 후 이듬해인 1946년 어머니, 두 누나와 함께 한국에 돌아온 최씨는 열두 살 때 어머니마저 여의면서 고아원에 보내졌다.

중학교를 중퇴하고 엇나갈 뻔도 했다. 그럴 때마다 최씨를 잡아준 건 어머니가 남기신 말씀이었다.

"용학아, 일본에 협력하지 않고 싸운 아버지의 용맹함과 절개를 본받아야 한다."

뒤늦게 공부를 시작한 최씨는 야간고등학교를 졸업하고 한국외대를 나와 평택대 교양학부 교수로 재직하다가 2004년 퇴직했다.

은퇴한 최씨는 자기의 뿌리와 아버지의 흔적을 찾기 위해 나섰다가 은사님을 만난 기쁨을 이렇게 말했다.

"아버님에 대한 흔적을 찾으려고 시작한 일인데, 상하이 학교 은사님을 만나게 될 줄은 꿈에도 생각을 못했지요. 은사님을 66년 만에 뵈니 참으로 감개무량합니다."

노환으로 귀가 잘 안 들리는 구 옹의 귀에 대고 최씨는 또박또박 말했다.

"선상님 살아계셔 주셔서 정말 감사합니다. 제가 아버지처럼 모시겠습니다."

# 상해에 독립운동가가 세운 최초 초등학교
# 인성학교(仁成學校)

중국 상해에 한국 독립군이 후대들의 교육을 위한 최초의 초등학교가 세워졌다는 사실을 아는 사람은 드물다. 아직도 잘 알려지지 않은 상태에 있던 우리 민족의 애국정신으로 설립되었던 인성학교(仁成學校)를 소개하고자 한다.

인성학교는 널리 알려져 있지 않지만, 간단히 소개하면 몽양 여운형(夢陽 呂運亨) 선생이 1919년 상해에서 설립하여 교장으로 어렵게 젊은 청소년들에게 민족의식의 중요성을 중점적으로 교육하면서, 덕지체(德智體)를 바탕으로 민족정신을 높이는데 중점을 두고 노력했던 중요한 학교였다.

그런데 이러한 역사도 관련된 내용이 많기 때문에 1919년에 정식으로 개교가 시작되기 전에 있었던 몇 가지 사연들을 간단히 찾아보았다.

1916년 9월 1일에는 상해 교회 소속이던 한인기독교소학이라는 사립학교가 처음 개교되어서 1917년 2월에 쿤밍로 75번지로 옮겨서 인성학교라고 이름을 고쳤다고 한다.

당시 초대 교장도 여운형 선생이었는데, 학교 운영에 많은 어려움을 겪다가 학교를 여러 곳으로 옮기면서, 교민들에게 기부금 지원을 요청했으나 뜻을 이루기가 어려웠다고 한다.

그러던 중에 상해의 교회에서 인성학교 유지회를 두게 되었으며, 특별찬조자로 이동휘(李東輝), 이동녕(李東寧), 이시영(李始榮), 안창호(安昌浩), 손정도(孫貞道) 선생 등이 동조해서, 인성학교를 후원하기 시작함으로써 이 학교가 활성화될 수 있었다고 한다.

그러나 이후에도 재정난으로 여러 가지 어려움을 겪었는데, 거류민단의 소속으로 학교 유지와 발전을 위한 자금을 계속 모집하는 등 많은 활동을 하면서 학교를 육성하는데 전력을 다했다고 한다.

그리고 학교의 발전을 위해 건물을 이전하기도 했으며, 후에 유치원과 야간학교도 설치하는 등 많은 노력을 계속하면서, 1919년 임시정부가 설립된 후에는 어려움 속에서도 학교를 제대로 운영할 수 있었다고 한다.

당시 인성학교 전경(1920)

　이렇게 어려운 과정을 겪으면서도 학생들을 계속 키워 왔기 때문에, 광복 후에도 이러한 인성학교의 정신을 이어받은 한국학교가 1999년에 상해에 새로 세워지게 되었다고 한다.

　그뿐이 아니고 현재도 상해에 있는 한국 학교에서는 매년 '인성제'라는 축제를 열고 있을 뿐만 아니라, 인성학교와 연관된 많은 책들을 학생들에게 배부해서, 그 정신을 이어받도록 가르치고 있다고 한다. 이러한 인성학교를 광복되기 전에 상해에서 태어나 다녔던 나는 어린 시절 기억이 나서 교가를 가끔 불러본다.

　그리고 이러한 교가는 오래 전에 광복회장을 지냈던 박유철(朴維徹) 회장님의 모친인 최윤신 여사님도 인성학교의 선배 졸업생으로 이 교가를 부를 줄 알았다고 하는데 몇 년 전에 별세하셨기 때문에 이제는 나 하나만 유일하게 부를 수 있는 처지다.

인성학교 졸업생 사진(1925. 3)

인성학교 교가

1. 사람 곧다 인성학교
   덕지체로 덕을 세우고
   완전 인격 양성하니
   대한민국 기초 완연해
   후렴) 만세만세 우리 인성학교
   　　　청천 명월 없어지도록
   　　　내게서 난 문명 샘이
   　　　반도 위에 넘쳐흘러라
2. 의기로운 깃발 밑에
   한데 모인 인성 소년아
   조상 나라 위하여
   분투하여 공부하여라!
   후렴) 만세만세 우리 인성학교
   　　　청천 명월 없어지도록
   　　　내게서 난 문명 샘이
   　　　반도 위에 넘쳐흘러라

　그래서 이번에는 이러한 인성학교와도 연관이 있고, 독립운동을 위해 많은 활동을 했던, 몽양 여운형 선생을 비롯해서 인성학교를 유지하기 위해 계속 함께했던 선우혁(鮮于爀), 이유필(李裕弼), 도인권(都寅權), 조상섭(趙尙燮), 윤기섭(尹琦燮), 김두봉(金枓奉), 여운홍(呂運弘), 김영학(金永學), 안창호(安昌浩) 선생 등에 대해서, 이분들의 중요한 독립운동 공적만을 간단히 알려드린다.

　특히 김규식 선생, 여운형 선생, 현정경 선생 등은 영어, 최창식, 서병호 선생은 수학, 김두봉 선생은 국어 및 국사를 중점적으로 가르친 분들이었다.

여운형 선생 기념관(경기, 양평)

여운형 선생은 1885년 경기도 양평 출신으로, 어려서부터 배재학당(培材學堂), 흥화학교(興化學校), 우무학교(郵務學校) 등에서 수학했으며, 이후에는 집안의 노비들을 과감히 풀어주는 등 봉건유습(封建遺習)의 타파에도 앞장섰던 분이었다고 한다.

그리고 기호학회의 평의원으로도 활동했으며, 1910년에는 강릉(江陵)의 초당의숙(草堂義塾)에서 민족교육에도 진력했던 분이었다. 1911년에는 평양의 장로교연합신학교에 입학했다가, 1914년에는 중국으로 건너가서 남경(南京)의 금릉대학(金陵大學)에서 영문학을 전공했으며 이어서 동제사(同濟社)에도 참여했던 분이었다.

이후에는 1917년에 상해로 가서 본격적으로 민족운동을 전개하기 시작했던 것이다. 1918년에는 상해 고려인친목회를 조직해서 총무로 활동하면서, 기관지로 「우리들 소식」을 발행했으며, 구미에 유학하겠다는 70여 명의 학생들에게 유학을 알선해 주기도 하였다.

1918년에는 신한청년당(新韓靑年黨)을 조직해서 총무로 활약했으며, 파리강화회의가 열리자, 당시 천진(天津)에 있던 김규식(金奎植) 선생을 파견하기도 했다고 한다.

그리고 1919년에 대한민국 임시정부가 수립되자 임시의정원 의원 등을 역임했으며, 여러 가지 교민사업에도 관여하였고, 인성학교를 설립하고, 영어 교사, 그리고 교장 등으로 민족교육에도 진력했던 분이었다.

이후에는 여러 곳을 돌아다니면서 러시아 측과 여러 가지로 협조하다가 다시 상해로 돌아와서는 1922년에 한국노병회(韓國勞兵會)를 조직해서 군사적 투쟁을 준비하기도 하였다.

그 후에도 계속 많은 활동을 하였으나, 러시아의 영향으로 주로 사회주의 사상을 중심으로 국공합작과 사회주의운동 세력의 통합, 한중 연대 등을 중심으로 활동을 하게 되었으며, 조선중앙일보 사장으로 언론을 통한 항일운동도 전개한 분이었다.

그리고 1940년 이후 동경(東京)으로 건너갔으며, 1944년 8월에는 건국동맹(建國同盟)을 조직해서 조국광복을 준비하다가 두 번이나 일경에 피체되어 징역 3년과, 징역 1년 집행유예 3년을 받아 광복될 때까지 옥고를 치르기도 하였다.

이후 광복 후에 국내로 돌아왔다가 1947년에 국내에서 60대 초반의 연세로 별세한 분이다.

## 연합뉴스 YONHAP NEWS

# '도산의 그림자' 최고령 독립유공자 구익균 옹

## 3년간 안창호 선생 비서실장… 올해 103세

(2010년 8월 11일)

"내 길은 평생 하나였어."

(서울=연합뉴스) 김연정 기자 ="3.1운동 때 11살이었지. 동네 어른들 따라 이산 저산 돌아다니며 '대한독립 만세'를 불렀어. 일본군과 경찰이 거리에서 만세 부르면 나와서 잡아가고 그랬는데 나는 11살이라 잡아가지도 않더라고."

서울 종로구 낙원동 낙원아파트에 사는 구익균 옹은 국내 최고령 독립유공자다.

1908년에 태어나 일제강점

2008년 3월 10일 오전 서울 도산공원에서 열린 도산 안창호선생 순국 70주기 추모식에서 선생의 비서실장을 지낸 구익균선생이 100세의 고령에도 불구하고 관계자들의 부축을 받으며 헌화,분향한뒤 자리로 돌아오고 있다. (자료사진)

기에 젊은 시절을 보낸 구 옹은 11일 '일본에 나라를 빼앗긴 시절의 서러움'을 묻자 90여 년의 세월이 흐른 지금도 마치 어제 일인 양 당시의 기억을 또렷이 되살려냈다.

평안북도 용천에서 태어난 구 옹은 1928년 신의주교보에서 독립운동을 하다 일본경찰에 체포되기도 했다. 풀려난 뒤 1929년 중국 상하이로 망명했고, 1932년까지 3년간 도산 안창호 선생의 비서실장을 지냈다.

구 옹은 1930년 도산의 지시로 독립 운동가들과 함께 대독립당 결성 준비에 참여했고, 1933년부터는 중국에서 독립운동을 할 후학을 양성하는데 힘썼다. 그러다가 1935년 상하이에서 일본 경찰에 '치안유지법 위반'으로 붙잡힌 그는 신의주로 압송돼 징역형을 선고받고 옥고를 치렀다.

구 옹은 '도산 선생을 어떻게 기억하느냐'는 물음에 '평화통일을 주장하고 무력으로 싸워서 이기겠다는 생각을 하지 않는 분이었다. 소위 공산당이라고 해서 나쁜 것도 아니고 국민당도 마찬가지인데 두 세력이 함께 큰 힘을 내길 희망하셨다'고 떠올렸다.

구 옹의 좁은 방에는 안창호 선생 초상화가 걸려 있다. 그는 남의 아파트 방 한 칸에 세 들어 살면서도 방문을 열면 정면으로 보이는 벽에 커다란 초상화를 소중히 모셨다.

자신이 한때 모신 도산을 그리워하는 듯 초상화의 얼굴과 눈을 마주치곤 하던 구 옹은 "도산 선생의 뜻에 한 시도 어긋남 없이 살았다. 평생 거짓말을 하지 않았다"고 힘줘 말했다.

구 옹은 인터뷰 내내 양복을 입은 허리를 꼿꼿이 세우고 지팡이를 손에 쥔 채 목소리에 힘을 주며 '한 길'을 강조했다.

"공자가 말하길 '오도(吾道)는 일이관지(一以貫之)라고 했어. 내 사상은 내 깊은 내 정치노선은 평생 하나로 쭉 갔어. 젊은 나이에 이해관계에 따라 왔다 갔다 한 사람이 많은데 출세하고 돈 벌겠다고 사상과 정치를 가볍게 움직이지 않고 꾸준히 내 뜻대로 살아왔어. 왔다갔다 하지 않았어."

열변을 토하던 구 옹은 기력이 쇠해진 듯 대화를 시작한 지 30분 만에 지쳐버렸고, 인터뷰가 끝날 무렵에는 소파에서 잠이 들어버렸다.

간병인은 '특별히 아픈 곳은 없는데 얼마 전부터 기력이 약해지셨다. 휠체어를 타고서 남대문시장도 가고 탑골공원 산책도 가지만 예전보다 쉽게 피로해지신다'고 했다.

구 옹은 정부로부터 매달 220만 원을 받지만, 월세 50만 원에 간병비 100만 원이 매달 기본으로 빠져나가고 나머지로 생활비와 용돈을 쓰고 있다.

# 오도(吾道)는 일이관지(一以貫之)

## 국내 최고령 독립유공자 구익균(용천) 옹

### 안창호 비서실장 지내며 후학 양성

"공자가 말하길 오도 일이관지라고 했어. 내 사상은 내 길은 내 정치 노선은 평생 하나로 쭉 갔어. 젊은 나이에 이해관계에 따라 왔다 갔다 한 사람이 많은데 출세하고 돈 벌겠다고 사상을, 정치를 가볍게 움직이지 않고 꾸준히 내 뜻대로 살아왔어, 왔다 갔다 하지 않았어."

제65주년 광복절을 앞두고 올해 103세로 국내 최고령 독립유공자인 구익균 옹은 자신의 삶은 하나로 일관되어 왔다고 말했다. 평안북도 용천에서 태어난 구 옹은 1928년 신의주고보에서 독립운동을 하다 일본 경찰에 체포되기도 했다. 풀려난 뒤 1929년 중국 상하이에 망명했고, 1932년까지 3년간 도산 안창호 선생의 비서실장을 지냈다.

구 옹은 1930년 도산의 지시로 독립 운동가들과 함께 대독립당 결성 준비에 참여했고, 1933년부터는 중국에서 독립운동을 할 후학을 양성하는 데 힘썼다.

그러다가 1935년 상하이에서 일본 경찰에 치안유지법 위반으로 붙잡힌 그는 신의주로 압송돼 징역형을 선고받고 옥고를 치렀다.

구 옹은 도산 선생에 대해 "그분은 평화통일을 주장하고 무력으로 싸워서 이기겠다는 생각을 하지 않는 분이었다. 소위 공산당이라고 해서 나쁜 것도 아니고 국민당도 마찬가지인데 두 세력이 함께 큰 힘을 내길 희망하셨다"고 떠올렸다.

구 옹의 좁은 방에는 안창호 선생 초상화가 걸려 있다. 그는 남의 아파트 방 한 칸에 세 들어 살면서도 방문을 열면 정면으로 보이는 벽에 커다란 초상화를 소중히 모셨다.

자신이 한때 모신 도산을 그리워하는 초상화의 얼굴과 눈물 마주치곤 하던 구 옹은 '도산 선생의 뜻에 한 시도 어긋남 없이 살았다. 평생 거짓말을 하지 않았다'고 힘줘 말했다.

한편 서울 종로구 낙원동 낙원 아파트에 사는 구옹은 정부로부터 매달 220만 원을 받지만 월세 50만 원에 간병비 100만 원이 매달 기본으로 빠져나가고 나머지로 생활비와 용돈을 쓰고 있다.

"특별히 아픈 곳은 없는데 얼마 전부터 기력이 약해지고 쉽게 피로해진다"는 간병인의 말에 이북 출신으로서 어려운 생활을 하고 있는 독립유공자에 대한 사회의 관심이 있어야 할 것으로 보인다.

# 내 인생의 한 사람

# 내 갈 길은 오직 하나

일제강점기, 김구 선생이 내게 세 번이나 비서를 보내 독립운동을 같이 해보자고 권했다. 하지만 나는 거절했다. 광복 후 상해에서 장개석 장군과 함께 만난 이승만 선생이 내게 자기를 한번 찾아오라고 했을 때도 나는 가지 않았다. 나의 길은 오직 하나로 일관했기 때문이다. 내가 따라가야 할 인생의 유일무이한 길, 그것은 바로 도산 안창호 선생이었다.

1908년 평안북도 용천군에서 태어난 나는 신의주보 4학년이던 1928년에 '신우지(信友誌)사건'으로 일본 경찰에 체포되었다. 편집장으로서 학생회 회지인 '신우지'를 펴낸 것은 일종의 독립운동이었기 때문이다.

기소유예 처분을 받고 그 길로 나는 중국 상해로 망명했다. 하지만 반공주의 독립운동가들 틈에서 나는 천덕꾸러기였다. 학생운동을 했다는 이유로 공산주의자라고 배척당한 것이다. 크게 낙담해 일본으로 떠나려던 나를 지인들이 안창호 선생에게 데려 갔다.

선생은 특유의 평화로운 목소리와 친절한 태도로 나를 맞아주었다. 상해에 온 뒤로 이리 내쳐지고 저리 몰아세워지기만 했는데, 도

산의 따뜻한 환영으로 고향에 온 듯한 기분이 들었다. 차분히 내 이
야기를 들은 선생은 '젊은 사람이 의식 있고 똑똑하군. 흥사단에 가
입해 함께 일해 보지 않겠나' 하고 나직이 권했다. 그렇게 나는 선생
의 비서가 되어 3년간 가까이에서 그를 지켜볼 수 있었다.

　우리가 일하던 사무실 앞에는 자그마한 화단이 있었다. 도산은 무
더운 여름에도 땀을 뻘뻘 흘리며 꽃밭을 가꾸었다. 선생은 '아름다운
것을 아름답다고 느낄 줄 알아야 하는데 구군은 어찌하여 이 아름다
운 꽃을 보고도 좋아할 줄 모르는가?'하며 나를 놀리곤 했다. 이렇게
선생은 감정이 풍부하고 섬세했다. 미적 감각도 뛰어나 늘 깔끔하게
콧수염을 정리했고 단정하고 멋스러운 옷을 입었다. '촌사람'이었던
내가 '모던보이'가 된 것도 도산을 만난 덕분이었다.

　도산은 음악에도 조예가 깊었다. 당시 기타를 치던 위혜원이라는
이를 사람들은 천시했지만, 선생은 그의 장점을 알아보고 흥사단에
들여 합창을 가르치게 했다. 그 덕에 나는 난생 처음 도레미파솔라
시도를 알게 되었다. 도산은 가족들을 미국에 두고 홀로 상해에서
독립운동을 하며 외롭게 지냈다.

　그런 그에게 꽃과 음악은 외로움을 달래주는 빛이나 다름없었다.
하지만 가끔은 미국에 있는 부인을 그리워하며 편지를 쓰기도 했다.
하루는 선생이 나를 불러 '구 군, 오늘 내 서역(書役)을 좀 해줘야겠
네.'해서 선생이 아내에게 하고 싶은 말을 불러주면 받아 적기도 하
고 내가 직접 대필하기도 했다.

　그런 도산에게도 두 가지 약점이 있었으니, 바로 담배와 트림이다.
술은 한 잔만 마셔도 얼굴이 빨개지는 선생이었지만, 담배는 의사들

이 아무리 끊으라고 해도 끊지 못했다. 몇 차례 감옥살이를 거치며 건강이 악화된 와중에 한번은 지인들이 선생에게 성찬을 마련해 주었다. 분에 넘치는 귀한 음식을 먹고 선생은 그만 위염에 걸려 시도 때도 없이 트림을 하며 고생했다.

1938년의 어느 날, 일본 경찰이 나를 찾아왔다. '요새 별일 없나?' 묻기에 '특별한 일 없소'했더니 '도산 안창호가 죽었다'는 말을 꺼내놓았다. 약관을 갓 넘긴 때부터 그를 제2의 아버지이자 인생의 스승으로 여겼는데, 그런 분이 유명을 달리하다니! 게다가 그 소식을 일본 경찰에게 듣게 되다니 기막힌 노릇이었다. 마음이 너무 아파 한동안 멍하니 허공만 바라볼 따름이었다.

도산은 평생 '거짓말하지 않기' '약속 시간 꼭 지키기' '경제적으로 자립하기'를 강조했다. 그런데 정작 도산이 거짓말을 하지 않는다는 자기와의 약속을 저버린 때가 있었다. 겉으론 수양단체였으나 실상은 독립운동단체였던 동우회 회원들이 체포되는 사건이 일어나자, 도산은 동지들을 살리기 위해 끝까지 동우회를 수양단체라고 강변했다. 그 덕분에 결국 동우회 회원들은 무사히 석방될 수 있었다.

자신의 신념보다 동지를 지키는 게 우선이었던 휴머니스트, 자신의 안락한 오늘보다 나라의 복된 미래를 걱정했던 진정한 독립운동가, 도산 안창호 선생 에 대한 그리움이 내 가슴에 더 깊이 파고드는 8월이다.

**구익균** 104세의 독립유공자입니다. 1929년부터 1932년까지 도산 안창호 선생의 비서실장을 지냈습니다. 곁에서 지켜본 안창호 선생은 교육가라기보다는 실천적 혁명가, 온건한 독립운동가라기보다는 치밀한 전략가였다고 말합니다. 방 한쪽에 안창호 선생의 커다란 초상화를 걸어둔 그는 도산이 강조한 세 가지 가르침을 평생 지켜오고 있습니다.

## 매일경제

# 최고령 독립유공자 구익균 선생, 북한 동조 누명 벗어

생존한 독립유공자 가운데 최고령인 구익균 선생(103)이 북한에 동조했다는 누명을 반세기 만에 떨쳐냈다.

서울고법 형사2부(김용섭 부장판사)는 1961년 장면 정부가 추진한 반공법을 반대하고 중립화 통일을 주장해 북한 활동에 동조했다는 혐의로 유죄 판결을 받은 구 선생 등 통일사회당 사건 관련자 5명에 대한 재심에서 모두 무죄 판결을 내렸다고 24일 밝혔다.

재판부는 '반공임시특별법과 데모규제법 제정을 반대한 건 헌법상 보장된 표현의 자유. 집회의 자유 등 기본권에 포함되는 활동'이라며 '이들이 북한에 이익이 된다고 인식하면서 북한의 목적에 상응하는 내용을 선전 선동했다거나 북한의 활동을 고무하거나 이에 동조했다고 볼 순 없다'고 설명했다.

이어 당시 통일사회당이 주장한 '영세중립화 통일론은 북한의 연방 통일안과 유사하다고 할 수 없으며 이들이 북한의 사회주의나 공산주의를 제창한 것도 아니다'라고 덧붙였다.

1908년 평안북도 용천에서 태어나 도산 안창호 선생의 비서실장으로 항일 독립운동을 한 구 선생은 해방 후 무역상, 토건업, 광산업 등에 종사하다 1960년 4.19혁명 이후 정당 활동에 투신해 동일사회당 재정위원장을 맡았다.

1961년 3월 장면 정부는 반공태세 강화와 사회적 혼란 방지를 명목으로 반공임시 특별법과 데모규제법 제정을 추진했고 통일사회당은 이 법안을 적극적으로 반대하고 영세중립화 통일론을 추진했다.

그해 5·16혁명 이후 설치된 혁명 검찰부는 통일사회당의 행위가 북한의 목적사항과 같고 그 활동에 동조했다며 구 선생 등 간부 10여 명을 기소했고 혁명재판소는 다음해 2월 이들에게 집행유예부터 징역 15년까지 각각 유죄를 선고했다.

(윤재언 기자)

세계일보

# 최고령 독립유공자 구익균 선생, 반세기 만에 北동조 혐의 '무죄'

 생존 최고령 독립유공자인 구익균(103) 선생이 북한에 동조했다는 누명을 반세기 만에 벗었다.

서울고법 형사2부(부장판사 김용섭)는 1961년 장면 정부가 추진했던 반공법을 반대하고 중립화 통일을 주장함으로써 북한의 활동에 동조했다는 혐의로 기소돼 유죄가 선고됐던 구 선생 등 통일사회당 사건 관련자 5명에 대한 재심에서 전원 무죄를 선고했다고 24일 밝혔다.

재판부는 '반공임시특별법과 데모규제법 제정을 반대한 것은 헌법상 보장된 표현의 자유, 집회의 자유 등 기본권 범주에 포함되는 활동으로 볼 수 있다'며 '이들이 북한에 이익이 된다고 인식하면서 북한의 목적에 상응하는 내용을 선전·선동했다거나 북한의 활동을 고무하거나 이에 동조했다고 볼 수는 없다'고 판단했다.

1908년 평안북도 용천에서 태어나 일제강점기 도산 안창호 선생의 비서실장으로 항일 독립운동을 했던 구 선생은 1960년 4.19 혁명 이후 통일사회당 재정위원장을 맡았다. 1961년 장면 정부가 반공

임시특별법과 데모규제법 제정을 추진하자 통일사회당은 적극 반대하고 영세중립화 통일론을 추진했다. 5·16 쿠데타 이후 설치된 혁명검찰부는 통일사회당의 행위가 북한의 활동에 동조했다며 구 선생 등 간부 10여 명을 기소했고, 혁명재판소는 이듬해 2월 이들에게 집행유예부터 징역 15년까지 유죄를 선고했다. 구 선생은 고령에 독립운동을 한 정상을 참작해 집행유예를 선고받았다.

(장원주 기자)

## 네이버 뉴스

# 〈사람들〉 49년 만에 누명 벗은 구익균 선생

49년만에 누명 벗은 구익균 선생(자료사진)

(서울=연합뉴스) 나학진 이상현 기자='이번 판결로 말미암아 대한민국이 더 나은 방향으로 발전할 걸로 생각합니다. 감사합니다.'

서울고법의 재심 무죄 판결로 북한에 동조했다는 누명을 반세기만에 벗은 현존 최고령 독립운동가 구익균(103) 선생은 24일 병상에 누워 거친 숨을 몰아쉬면서도 담담하게 소감을 밝혔다.

그는 대한민국 근현대사의 굴곡을 온몸으로 겪은 산 증인이다. 종로구 서울적십자 병원에 입원해 있는 구 선생은 49년 만에 억울함을 씻어낸 기쁨 때문인지 어느 때보다도 환한 미소로 연합뉴스 취재진을 맞았다.

일제강점기 '도산 안창호 선생의 그림자 역할'을 하며 독립운동에 투신했던 그는 노환으로 거동이 불편함에도 여전히 형형한 눈빛으로 '다른 것보다 안창호 선생과 같이했던 대독립당 운동의 완성을 보지 못해 유감'이라며 아쉬움을 토로했다.

구 선생은 곧 병상에서 일어나 퇴원할 예정이다.

1908년 평안북도 용천에서 태어난 그는 1928년 신의주고보에서 독립운동을 하다 일제에 체포되기도 했으며, 이듬해 중국 상하이로 망명했다.

1929년 평생의 길을 제시해준 도산 선생을 운명적으로 만나 3년간 비서실장을 지냈다. 1930년에는 도산의 지침을 받아 대독립당 결성에 참여했다.

구 선생은 한평생 방안에 안창호 선생의 초상화를 모셔놓고 '도산 선생의 뜻에 한 시도 어긋남 없이 살았다'고 강조했다.

1933년부터 중국에서 후학 양성에 힘쓰던 그는 1935년 상하이에서 치안유지법 위반으로 붙잡힌 뒤 신의주로 압송돼 징역형을 받고 옥고를 치렀다.

중국에서 항일운동을 하다 해방을 맞은 후로는 무역, 토건, 광산업 등에 종사하면서 진보당 창당을 지원했고, 1960년 4.19 혁명 후에는 본격적인 정당활동에 투신해 통일사회당 재정위원장을 맡았다.

1961년 3월 장면 정부가 반공태세 강화를 명목으로 반공임시특별
법 등을 추진하자 통일사회당은 반대 기치를 걸고 영세중립화 통일
론을 추진했다.

5·16 쿠데타 이후 설치된 혁명 검찰부는 통일사회당의 이 행위가
북한에 동조한 것이라며 구 선생 등 간부들을 기소했다. 혁명재판소
는 1962년 2월 유죄 판결을 내렸다. 구 선생에게는 집행유예가 선
고됐다.

이후에도 월남전 파병 반대운동과 통일운동, 주민자치운동을 이어
온 구 선생은 2006년 도산 안창호 혁명사상연구원 이사장에 취임해
도산 사상을 전파하는데 앞장섰고 대통령 표창(1983년)과 건국훈장 애
족장(1990년)도 받았다.

**한겨레**

# 103살 독립운동가 구익균 선생, 재심 항소심서 '북한동조 무죄'

1960년대 군사정권의 탄압으로 '복한 동조 유죄 선고를 받았던, 최고령 독립운동가 구익균(103) 선생이 반세기 만에 누명을 벗었다. 관련 재심사건에서 법원이 잇따라 무죄를 선고하고 있지만, 검찰은 항소를 이어가고 있어서 비판이 제기되고 있다.

서울고법 형사2부(재판장 김용섭)는 1961년 장면 정부가 추진했던 반공법을 반대하고, 중립 통일을 주장함으로써 북한에 동조한 혐의(특수범죄처벌에 관한 특별법 위반)로 기소돼 유죄가 선고됐던 구 선생 등 통일사회당 사건 관련자 5명에 대한 재심 항소심에서 무죄를 선고했다고 24일 밝혔다.

재판부는 '반공임시특별법과 데모규제법 등 국민의 권리를 제한하는 2대 법안의 제정에 반대했던 것은 헌법상 보장된 표현의 자유와 집회의 자유 등 기본권의 범주에 포함되는 활동으로 볼 수 있다'며 '이 사건의 공소사실은 추측일 뿐, 관련자들이 북한에 이익이 된다는 것을 알면서 2대 법안의 반대활동을 벌였다는 증거가 부족하다'고 판결했다.

　구 선생은 일제 강점기 도산 안창호 선생의 비서실장으로 항일운
동을 한 독립운동가로, 4·19 혁명 이후 통일사회당에 들어가 정당활
동을 시작했다. 하지만 그는 1961년 박정희 전 대통령이 5·16 군사
쿠데타로 정권을 잡은 뒤, 1961년 3월 장면 정부 시절 '반공임시특
별법'과 '데모규제법 제정 반대운동을 벌이고 영세중립화 통일론'을
주장하는 등 북한에 동조했다는 이유로 통일사회당 간부 10여 명과
함께 기소됐다. 당시 국가재건비상조치법에 따라 세워진 혁명재판부
는 이들에게 집행유예부터 징역 15년까지 유죄를 선고했다.

　2009년 진실·화해를 위한 과거사정리위원회가 5·16 쿠데타 이후
의 인권침해에 대해 진실규명 보고서를 내고, 법원이 재심에서 무죄
를 선고하고 있지만, 검찰은 여전히 항소를 이어가고 있다. 이번 재
심 사건의 변호를 맡은 법무법인 창조의 이덕우 변호사는 '억울하게
옥고를 치른 대부분의 사람들이 작고하거나 고령이고, 법집행 당시
고문 감금 등의 반인권적 행위가 있었음이 드러나고 있는데도 검찰
은 계속 항소를 하고 있다'며 '검찰이 무의미한 항소로 무죄 확정을
늦추지 않기를 바란다'고 말했다. 현재 관련사건 피해자 30여 명의
재심사건이 대법원 등 전국의 법원에서 진행 중이다.

(황춘화 기자)

# 구익균 선생을 뵈온 소감

김홍주

내가 한국의 독립운동사에 대한 연구를 하기 위하여 만난 분 중에 생존하신 분으로는 최고의 어르신을 만나게 된 것이다. 105세의 노인이 과연 나에게 어떠한 말을 들려줄 수 있을까. 초미의 관심사였다. 과연 내가 듣고 싶은 바의 소식을 들을 수 있을까? 그 일을 관찰하기 위해서는 그 어르신, 정확하게 82전의 해로 거슬러 올라가 나의 외삼촌의 중국 상해의 1930년대의 일인 그 장소를 나에게 인식시켜주어야 하는 엄청난 과제를 안고 계셨다.

내가 그 어른을 만나는 일은 하루 이틀에 된 것이 아니다. 이제 나는 만 7년 동안에 독립운동사 연구를 종지부 찍으려는 중이다. 세상에서 과거의 역사에 몰입하여 시간을 바치고 행적을 발굴하는 일은 엄청나게 어려운 일이다. 기금이 마련되어 있어야 하고 충분한 재정적 지원이 있어야만 하는 일인데 그런 것 없는 무일푼으로 지금까지 해왔다. 참으로 미친 짓이었다. 할 수 없는 일을 해 왔다는 말이 된다. 나의 이러한 일에 종사할 사람은 내가 판단하기에는 아무도 없으리라고 본다.

내가 해야 할 마지막 일은 독립운동을 하다가 한 분은 스스로 생을 마감한 불행을 겪어 시신을 찾을 수 없게 되었고, 또 한 분은 너무도 이른 나이에 심장마비로 할 일을 다하지 못하고 남의 나라 땅 한구석에 묻혀 세상 사람들로부터 잊히고 말았다.

분명 유해는 이 세상 어딘가에 있을 터인데 찾을 수가 없다. 하나님께서는 찾을 수 없는 유해는 던져 버린다 하더라도 찾아야 할 유해는 찾아 동작동 애국지사 묘소 앞에 비석을 세우고 봉분을 만들기 위하여 조성하여 놓은 묘역에 안장시켜야 할 일이 아닌가?

한때는 정부에서 아무 때고 돌아올 유해라고 판단하여 묘역을 조성하여 놓고도 후대의 관련 공직 실무자들은 나 몰라라 내치고 유족들에게만 시신 안장 사실에 대한 확인서를 중국 정부로부터 받아가지고 오라고만 한다.

내가 사는 나라가 이런 나라라는 것을 알면 복음 전도고, 무엇이고 하는 일이 다 구역질나는 일인 것이다. 그래서 모든 것을 잊고 싶은 마음도 없는 것은 아니다.

어디에 묻혀 있는지 알면 하는 바람은 있으나 그것을 알게 된다고는 생각하지 않았다. 105세의 부친을 모시는 따님이라는 분에게서 내게 다급하게 연락이 왔다. 이제 치매가 오고 있는 중에 있어 듣고 싶어 하는 바의 말씀을 들으시려면 빨리 오라고 하신다.

나는 몇 가지 할 일이 있어 조금 시간을 지체시키다가 이제는 더 지연시키면 안 되겠다고 판단하여 오늘 만나기 위하여 서울의 익선동 모처로 찾아가 뵈었다.

105세의 노인이신 그분은 과연 어떤 모습을 지닌 분인가가 초미의 관심사였다. 과연 과거에 대한 기억을 얼마나 바르게 증언할 수 있을까 생각하면서 부지런히 발길을 옮겼다.

처음 뵈오니 나를 누구냐고 물으신다. 그 어르신과 나 자신이 일 대 일로는 대화가 가능할 것으로는 판단하지 않았다. 무슨 말씀을 하시기에 준비를 갖추어야만 하였고 옆에 돕는 분이 있어 주기를 바랐다. 음성이 작고 어떤 경우는 다소 알아듣기 어려움이 있었으니 단어가 비교적 부정확하여 알아듣지 못하는 말도 줄거리를 더듬어볼 때에 알아들을 수가 있었다.

나 자신이 녹음기를 들고 가지 않아서 당황하였으나 곧 이내 따님이 핸드폰으로 스위치를 켜고 105세의 노인이 무엇을 말씀하실 때에는 한참을 숙고하시다가 한 마디씩을 토하여 내는데 아주 명확하게 구술로 증언하고 계셨다.

그 어른은 자신이 24세 때에 나의 삼촌의 운구 상여를 메신 분이기에 어디에 시신을 안장시켰는지에 대하여 아시는 분이셨다. 자신이 그 일을 친히 하였다고 증언하였다.

그 장소가 어딘지 가르쳐 달라고 한 나의 질문이 참으로 어리석은 짓이었을 일이다. 그 질문에는 별로 대답이 없으셨다. 본인은 알고 있다 하더라도 어떻게 설명할 도리가 없었을 것이다. 따님은 나에게 이렇게 답하셨다. "목사님께서 5년 전에만 오셔서 부탁을 하셨다면 친히 상해로 목사님을 안내하여 주셨을 것입니다."라고 하셨다.

내가 한국의 독립운동가를 연구하는 일은 하늘이 준 소명이었다.

성경에서 하나님의 뜻을 따라 산 사람들을 발견하여 설교하고 연구하는 것이 목사들의 일이라고 하지만 나는 나 자신이 독립유공자의 후손인지라 독립유공자인 선조들이 살아왔던 저들의 삶 자체는 나 자신의 연구에 의하면 가장 올바르게 성경의 원칙을 따라 생애를 보낸 자들이 바로 한국의 독립유공자들이기에 저들의 생애의 귀중한 한 편의 자료라도 더 발굴하여 후손들에게 일깨워주고 저들의 정신을 우리들이 전수받아야 할 것이라고 믿는 까닭에 저들을 존경하는 바이다.

자신의 모든 것을 바칠 수 있는 기질과 헌신이 바로 무아의 사랑과 봉사에서 나오는 것인데 많은 분들이 그렇게 살았다. 각박한 세상으로 자신의 것 하나라도 갈취하기 위하여 타인의 것에 욕심을 내는 속인들의 생애와 비교하면 저들의 생애는 우리 같은 보통의 사람들은 엄두도 낼 수 없는 일이다.

서로를 사랑하고 인정해 주는 정신 바르고 정직하게 살자고 하는 정신이 독립 운동가들의 사상이었다. 그 정신이 오늘날도 안창호 씨가 만든 홍사단의 사상이 지금도 고스란히 이어지고 있다.


오늘 내가 들은 애국지사 구익균 선생의 이탁 씨의 증언에는 당시에 가장 양심적인 바른 분이셨습니다. 안창호 씨와 김구 씨와 비교하면서 "그분처럼 당시의 모든 분들에게 흠모의 대상이 된 분은 없습니다. 독립운동 최선봉에서 자신의 삶 모두를 바쳤습니다. 너무도 일찍 사망하여 모든 이로부터 잊힌 것이 참으로 아쉽다는 말을 남기셨다. 당시 24세 정도였는데 이탁씨 아들의 일들도 기억하여 나에게 말하여 주었고, 후손 중의 몇 분은 자신의 선조의 묘를 찾아왔을 것입니다"라고 나에게 증언하여 주셨다.

일본이 독립운동가들 후손들을 경계하여 감시하던 당시에 선친이 죽었다고 하여 과연 향리 고향에서 중국을 도강하여 갔는지에 대해서는 자녀들이 모두 사망하였기에 알 수 없는 사실이다. 선조의 대를 이어 또 다시 자녀들에게 그러한 소식을 전하여주었더라면 이렇게 세월이 80년이 지난 지금 이렇게 나 자신이 찾으려고 애를 쓰지는 않았을 것이다.

지금 세상은 사람이 죽으면 죽는 순간과 동시에 모두를 잊는다. 지금부터 사망한 지 80년 전의 인물에 대하여 자신을 찾아와서 나도 잊어먹었던 분인데 이렇게 내게 말할 수 있도록 하여 주어 고맙다면서 감사의 기쁨을 지니고 있는 105세의 고령의 노인의 환한 모습을 바라보면서 의인의 사는 생애가 이러한 모습을 가져야 할 것이 아닌가 하는 깊은 상념에 젖어 보았다.

마지막 세상에서 하나님은 증언으로 남기셔야 할 분들에 대해서는 장수케 하신다는 엄연한 현실을 나 자신이 많이 보아 왔다. 나도 누군가가 내게 물을 자가 나타날 때에 바른 증언을 하여 줄 사람이 되어야 한다는 사실을 마음에 새기면서 그렇게 살아가도록 노력하는 중이다.

## ▶◀ 한국일보

* '반세기 만에 누명 벗으니 감격. 이제 시원할 거야' 북한 동조 혐의 재심서 무죄 최
고령 독립유공자 구익균 선생 스무 살 때 항일운동, 도산 안창호 비서실장 지내
'박정희 정권이 감옥에 넣어'

정재호 기자 next88@hk.co.kr

서울고등법원 형사2부(부장 김용섭)는 지난 20일 1961년 당시 북한
에 동조했다는 이유로 유죄를 선고 받은 국내 최고령 독립유공자 구
익균(103) 선생 등 5명에 대한 재심에서 전원 무죄를 선고했다. 재판
부는 '통일사회당이 주장했던 영세중립화 통일론은 북한의 연방통일
안과 유사하다고 할 수 없으며, 이들이 북한의 사회주의나 공산주의
를 제창한 것도 아니다'라고 판단했다. 지난 6월 1심 재판부도 같은
취지로 모두 무죄를 선고했다. 이날 법정에는 다른 피고인이 모두
사망한 탓에 구 선생이 유일하게 휠체어에 의지해 자리를 지켰다.
노령으로 함께한 가족의 귓속말을 통해 겨우 무죄사실을 알게 된 그
는 마침내 '무엇이 옳고 그른지 인정받게 됐다'고 기뻐했다.

24일 서울 서대문구 서울적십자병원 9층 입원실에서 구 선생을
만났다. 그는 선고 다음 날인 21일 병원에 입원했다. 구 선생은 '감
개무량하다'는 말부터 꺼냈다. 그는 '우리는 5.16 군사쿠데타가 민주
주의에서 일어나서는 안 되는 일이었고(박정희 정권이) 독재라 생각해
반대했을 뿐이다. 그런데 우리를 감옥에 '무단으로 잡아넣었다'고 몇

번이고 말했다. 구 선생은 1961년 5·16 쿠데타 때 통일사회당 재정
위원장을 맡고 있었다. 통일사회당은 당시 장면 정부가 추진하던 반
공임시특별법과 데모규제법 제정에 적극 반대했다. 또한 영세중립화
통일론을 주장하기도 했다.

쿠데타 직후에 조직된 혁명 검찰부는 통일사회당의 통일론을 문제
삼았다. 구 선생 포함 당 간부 10여 명을 기소하면서 검찰은 '통일사
회당이 주장한 영세중립화가 일본과 북한의 통일론과 같고, 북한의
활동에 동조했다는 죄목을 걸었다.

법원 역할을 했던 혁명재판소는 이를 모두 인정했다. 기소된 10여
명에게 집행유예부터 징역 15년까지 유죄를 선고했다. 구 선생은 당
시 과거 독립운동을 한 정상을 참작 받아 징역 3년에 집행유예 5년
을 받았다.

구 선생은 당시 통일론이 자신의 확고한 신념이었다고 말했다. 이
러한 신념의 뿌리는 도산 안창호 선생의 통일사상과 맥을 같이하고
있다고 믿고 있다. 20세 약관의 나이로 독립 운동에 투신, 중국 상
하이에서 항일운동을 이어가던 그는 1929년부터 안창호 선생의 비
서장을 지냈다. '도산을 만나 나라를 구하는 게 비로소 뭔지 알게 됐
지. 특히 도산은 민족의 분열을 안타깝게 생각했어.(민족이) 하나 돼
야 독립할 수 있다고 믿었어. 대법원 판결이 아직 남았지만' 그는 여
전히 자신이 무죄임을 확신했다. 구 선생은 끝으로 '내일(25일) 퇴원
한다'며 미소를 지었다.

# 49년 만에 누명 벗은 구익균 선생

"이번 판결로 말미암아 대한민국이 더 나은 방향으로 발전할 걸로 생각합니다. 감사합니다."

서울고법의 재심 무죄 판결로 북한에 동조했다는 누명을 반세기 만에 벗은 현존 최고령 독립운동가 구익균(103) 선생은 24일 병상에 누워 거친 숨을 몰아쉬면서도 담담하게 소감을 밝혔다. 그는 대한민국 근현대사의 굴곡을 온몸으로 겪은 산 증인이다. 종로구 서울적십자병원에 입원해 있는 구 선생은 49년 만에 억울함을 씻어낸 기쁨 때문인지 어느 때보다도 환한 미소로 연합뉴스 취재진을 맞았다. 일제강점기 도산 안창호 선생의 그림자 역할을 하며 독립운동에 투신했던 그는 노환으로 거동이 불편함에도 여전히 형형한 눈빛으로 "다른 것보다 안창호 선생과 같이했던 대독립당 운동의 완성을 보지 못해 유감"이라며 아쉬움을 토로했다.

구 선생은 곧 병상에서 일어나 퇴원할 예정이다. 1908년 평안북도 용천에서 태어난 그는 1928년 신의주고보에서 독립운동을 하다 일제에 체포되기도 했으며 이듬해 중국 상하이로 망명했다.

1929년 평생의 길을 제시해준 도산 선생을 운명적으로 만나 3년 간 비서실장을 지냈다. 1930년에는 도산의 지침을 받아 대독립당 결성에 참여 구 선생은 한평생 방안에 안창호 선생의 초상화를 모셔놓고 '도산 선생의 뜻에 한 시도 어긋남 없이 살았다'고 강조했다.

## 103세 구익균 선생. 49년 만에 북 동조 혐의 무죄

독립유공자 가운데 최고령 생존자인 구익균(103 사진) 선생이 49년 만에 북한에 동조했다는 혐의를 벗고 무죄 판결을 받았다.

서울고법 형사2부(재판장 김용섭)는 1961년 장면 정부의 반공법에 반대하고 북한이 주장하던 연방제통일을 지지하는 등의 혐의로 유죄를 선고받았던 구 선생 등 5명에게 무죄를 선고했다. 일제강점기 안창호 선생의 비서실장으로 항일 독립투사였던 그는 1960년 4.19혁명 이후 통일사회당에 가입했다. 이듬해 장면 정부가 '반공임시 별법'과 '데모규제법' 제정을 추진하자 반대하면서 영세중립화 통일론을 폈고, 5.16후 설치된 혁명검찰부는 통일사회당 간부들을 기소했다. 이 사건으로 통일사회당은 해체됐고 간부들에게 최고 징역 15년형이 선고됐다. 구 옹은 항일 독립운동 경력이 참작돼 집행유예를 선고받았다. 재판부는 '반공법 등에 반대한 것은 표현의 자유와 집회의 자유 등 기본권에 포함되는 활동'이라고 말했다.

**DongA.com**

# 103세 최고령 독립투사 49년 만에
# 빨갱이 누명 벗다

"감개무량합니다. 일제에 빼앗긴 나라를 도로 찾고 현대적이고 아름다운 국가가 되도록 노력하는 게 제 꿈이었습니다."

24일 서울 종로구 평동 서울적십자병원 9층 병실에서 만난 현존 최고령 독립운동가 구익균 선생(103)은 북한에 동조했다는 누명을 49년 만에 벗은 소감을 묻자 환하게 웃었다. 구 선생은 '도산 안창호 선생의 비서실장으로 항일 독립운동을 했다. 1961년 장면 정부가 추진한 반공법을 반대하고 중립화 통일을 주장하다 유죄가 선고됐으나 재심을 통해 억울함을 풀었다.

## 49년 만에 무죄 선고

서울고법 형사2부(부장판사 김용섭)는 구 선생 등 중립화 통일을 주장하다 북한 활동에 동조한 혐의로 기소돼 유죄가 선고된 통일사회당 사건 관련자 5명에 대한 재심에서 전원 무죄를 선고했다고 24일 밝혔다. 구 선생 외에 4명은 모두 숨진 상태다.

재판부는 "이들이 1961년 당시 민주당 정권이 추진 중이던 '반공 임시특별법'과 '데모규제법' 제정을 반대한 것은 헌법상 보장된 표현의 자유와 집회의 자유 등 기본권의 범위에 포함되는 활동"이라며 "피고인들이 북한의 사회주의와 공산주의를 제창한 것도 아니다. 북한에 이익을 주기 위해 이런 행동을 했다고 볼 수도 없다"고 밝혔다.

1961년 3월 장면 정부가 반공태세를 강화하고 사회 난동을 방지한다며 이 법 제정을 추진하자 통일사회당은 반대의사를 분명히 했다. 같은 해 5·16쿠데타 이후 설치된 혁명검찰부는 통일사회당이 북한의 활동을 고무하거나 동조했다며 구 선생 등 간부 10여 명을 기소했다. 1962년 구 선생은 과거 독립운동을 한 점을 인정받아 집행유예를 선고받았다.

## 도산 안창호 선생을 만난 것이 전환

1908년 평안북도 용천에서 태어난 구 선생은 독립운동을 하다 1929년 중국 상하이로 망명했다. 여기서 도산 안 창호 선생을 만났다. 이후 도산을 빼놓고는 그의 삶을 설명할 수 없을 정도로 커다란 영향을 미쳤다.

그는 "나는 그때 도산 선생을 만나 공산주의만이 나라를 구하는 게 아니라는 것을 알게 됐다"며 "평생 그의 초상화를 방안에 모셔두며 그의 뜻을 받들어 살기 위해 노력해 왔다"고 말했다.

이날 구 선생은 도산 선생과의 일화도 꺼냈다. 그는 "내가 하루는 도산 선생에게 '애국가 가사를 직접 쓰신 게 맞느냐'라고 물어봤는데 선생이 빙그레 웃으며 대답을 하지 않다가 재차 물어보니 맞다고 하셨다"며 "그는 민족의 분열에 비통해했다"고 밝혔다. 이후 그는 3년간 도산의 비서실장을 맡았다. 1930년에는 도산의 지침을 받들어 대독립당 결성에도 참여했다.

1935년 구 선생은 상하이에서 치안유지법 위반으로 붙잡혀 신의주로 압송돼 옥고를 치르기도 했다. 항일운동을 하다 광복을 맞은 이후로는 무역업 등에 종사하면서 진보당 창당을 지원했다. 1960년 4·19혁명 후에는 정당 활동에 투신해 통일사회당 재정위원장을 맡기도 했다.

그는 "우리는 단식투쟁을 하면서 5.16쿠데타와 박정희를 반대했다"며 "현 세대를 살아가는 우리 국민들이 옳고 그른 것을 잘 구별해주길 바란다"고 당부했다.

장관석 기자 ks@donga.com

**경향 닷컴**

# 해도 너무한 검찰··· '친북 무죄' 판결 받은 103세 구익균 선생 상고

황산(恒山) 구익균 선생(100·사진)은 생존한 독립유공자 중 최고령이다. 구 선생의 마지막 소원은 1961년 5.16쿠데타정부 혁명감찰부에 반국가 세력으로 몰려 유죄를 선고받은 억울함을 생전에 푸는 것이다.

선생은 지난 20일 서울고법의 '통일사회당 사건' 재심 항소심에서 관련자 4명과 함께 1심에 이어 죄를 선고받았다. 병원에 입원해 있던 선생은 "죽기 전에 무죄 판결이 확정됐으면 좋겠다"는 소감을 밝혔다. 하지만 검찰은 냉혹했다. 서울고검은 28일 구 선생 재심사건을 대법원에 상고했다고 밝혔다. 재판 결과를 인정할 수 없으므로 대법원에 최종 판결을 구해 보겠다는 것이다.

검찰의 상고로 구 선생의 소원 성취는 대법원 선고 뒤로 미뤄졌다. 검찰 관계자는 "과거에 이미 확정된 사건을 뒤집는 것은 법적 '안정성'을 해칠 수 있기 때문에 대법원까지 가서 판단을 받는 것이 옳다고 생각했다"고 말했다.

구 선생 측은 강하게 반발하고 있다. 변호인인 이덕무 변호사는 "대법원은 구 선생과 같은 시기, 혁명검찰부에 의해 같은 혐의로 기소됐던 권대복 전 혁신당 간부에게 지난 8월 무죄를 확정했다"며 "상고하지 않더라도 법적 한정성에 문제가 되지 않을 것"이라고 반박했다. 이 변호사는 "구 선생과 함께 재심을 청구한 네 분이 모두 돌아가시고 구 선생만 생존해 있다. 검찰이 과거사를 바로잡는 차원에서라도 상고를 취하하는 것이 옳다"고 말했다.

전문가들도 검찰의 상고를 비판했다. 하태훈 고려대 법학전문대학원 교수는 "검찰 등 수사기관 잘못으로 일어난 사건이고, 과거사 조사기관의 오랜 조사를 바탕으로 법원 판단을 다시 받아 무죄가 났는데도 검찰이 인정하지 않는 것은 문제"라고 말했다. 서울지역 법원의 한 판사는 "모든 사건을 대법원에서 정리해야 한다면 하급심은 무엇을 위해 존재하는 것이냐. 검찰이 기계적으로 상고하는 것은 옳지 않다"고 말했다.

1908년 평북 용천에서 태어난 구 선생은 1928년 항일운동을 하다 일본 경찰에 붙잡힌 후 상하이로 망명해 도산 안창호 선생의 비서실장으로 활동했다. 해방 후엔 진보정당인 통일사회당의 재정위원장을 맡았다.

통일사회당은 당시 '반공임시특별법'과 '데모규제법' 제정에 반대하면서 영세중립화 통일운동을 전개했다. 5·16 쿠데타로 들어선 혁명검찰부는 구 선생 등 통일사회당 간부 14명을 북한에 동조해 반국가행위를 했다는 이유로 구속했고 혁명재판소는 유죄를 확정했다. 구 선생은 대통령 표창과 건국훈장 애족장을 받았으며, 이후 통일사회당 사건의 재심을 청구했다.

## 디지털 뉴스팀 / dongA.com
# 한국은 주변국에 구애받는 예쁜 아가씨

김태완 동의대 정치외교학과 교수는 22일 "한반도를 둘러싼 주변국 중 하나를 택해 갈등을 유발하기보다는 상대의 정책을 존중하며 균형을 잡을 필요가 있다"고 말했다.

김 교수는 이날 영세중립통일협의회의가 창립 10주년을 기념해 서울 중구 국가인권위원회 배움터에서 '동북아 신 안보환경과 한반도'를 주제로 연 학술회의에서 옌쉐퉁 청화대 국제문제연구소장의 말을 인용, 한국을 '예쁜 아가씨'에 비유하며 이같이 말했다.

중국, 미국, 일본 등 총각들이 한국에 구애하고 있지만 어느 한 명을 택하면 나머지 사람들과는 완전히 멀어지게 되고 선택 이후에는 선택받은 사람에게도 이전만큼의 가치를 인정받지 못하게 된다는 설명이다.

김 교수는 "최선의 방법은 모두와 비슷한 거리를 유지하는 것이지만 이것도 쉽지 않을 것"이라며 "주변국의 행위에 반응하는 것은 늦다. 우리가 먼저 적극적인 외교를 통해 주변국을 움직여야 한다"고 강조했다.

그는 "중국은 지난 해 연평도 포격사건 당시 한국과 북한을 놓고 고민한 뒤 북한의 안정적 관리가 중국의 지속적인 성장에 도움이 될 것이라고 판단했을 것"이라며 "한반도와 통일 문제에 있어 한국과 중국의 우선순위가 다르다는 현실을 직시하고 전략적 사고와 인내를 갖고 행동해야 한다"고 말했다.

한편 이날 행사에는 현존 최고령 독립운동가로 도산 안창호 선생

10일 오전 서울 강남구 신사동 도산공원에서 도산 안창호 선생 순국 제74주기 추모식이 끝난 뒤 학생들이 안의사 비서실장을 지낸 현존 최고령 독립운동 유공자인 구익균 선생과 함께 기념사진을 찍었다.

의 비서실장을 맡기도 했던 구익균(103) 선생도 참석했다. 그는 영세중립화 통일을 주창한 통일사회당에서 활동하다 북한에 동조한 혐의로 1961년 기소됐다가 지난달 24일 49년여 만에 서울고법의 재심에서 무죄판결을 받았다.

# 105세 구익균 선생 도산의 대공주의를 외치다

임채승 공의원

구익균 선생은 도산의 대공주의사상에 대하여 다음과 같이 말하였다.(기러기 1980.6월호, 11월호) 도산의 독립운동의 대 방략은 게릴라식의 무력정치활동보다 민족의 삶, 독립할 수 있는 자격을 기르는 점진적 민족성 개조운동이었다. 그래서 그런 기초를 구축하는 흥사단 운동을 일으켰던 것이다.

여기서는 도산이 주장한 흥사단운동 이념 중의 중요한 요소인 '대공주의' 사상에 대하여 내가 아는 바를 증언해 두려고 한다. 왜냐하면 「흥사단 교본」 등 문헌에 반드시 나와 있는 대공주의의 개념이나 내용을 아는 단우가 많지 않은 실정이기 때문이다.

도산이 상해에 있을 때 '대공주의'라는 새로운 사상과 말을 창조했는데 그 동기와 시대적 배경에 대하여 내가 선생께 직접 듣고 본 기억은 다음과 같다.

1917년에 러시아 적색혁명이 일어난 뒤로 공산주의 또는 사회주의 사상이 세계적으로 유행하였다. 상해 임시정부 안에도 사회주의가 공존하는 시대가 있었다. 나도 도산의 제자로서 흥사단에 참여해 있었으나 당시의 사상은 사회주의에 공명하고 있었다. 도산은 순수한 민족주의자였으나 사회주의를 잘 이해했었고 또 그 사상 중에서 취할 점도 잘 알고 있었다. 그런 도산은 임정을 비롯한 해외 독립운동가들이 민족주의와 사회주의로 분열될 위험을 막기 위해서 독립이라는 공동목적을 위해서 화합하도록 힘썼다. 그뿐 아니라 그는 사회주의의 합리성을 활용할 의도에서 '대공주의'라는 독특한 신어(新語)로 표현했었다.

그는 전적으로 사회주의에 공명하지 않았으나 그가 바라는 삼대평등 강령을 내용으로 한 대공주의 사상을 창안했던 것이다. 즉 민주주의를 구현하려면 정치평등, 경제평등, 교육평등의 평등화(平等化)가 불가결하다고 보았던 것이다.

그래서 도산이 상해에서 흥사단 약법을 개정할 때 '대공주의'를 삽입하고 특히 사회주의 사상을 대공 봉사하는 실천방법으로 연구하라는 분부까지 나에게 말씀하셨다. 또한 흥사단 약법에 대공주의를 삽입할 때에는 필자(구익균)와 누차 상의하고 그 원고를 미국에 보내어 인쇄한 것이다. 이때가 바로 1930년으로 기억된다. 도산 선생은 흥사단 대회 때에 '잃어버린 옛 나라를 찾아, 새로운 복스러운 나라를 세우자'라고 정의하고 이것을 여러 번 복창시켰다.

위에서 본 바와 같이 도산의 대공주의는 사회평등원칙에 의한 민주주의에 그 본질이 있다. 사회주의(내지 공산주의)는 있는 계급 없는 계급, 특권계급, 피지배계급 관계의 계급투쟁이 목적이라면, 대공주의는 민족 전체 범국민적 평등사회를 실천하려는 입장에서 당시의 사회주의 사상의 일부를 포용하면서 초계급적인 민족 민주주의를 지향하는 것으로 짐작된다.

## 항일투사

# 해암(海菴) 안병무(安炳武) 회고록에 수록된
# 항산 구익균

## 상해의 조선학생

내가 상해에서 공부하던 1930년에서 1933년 사이 상해에서 공부하던 조선학생들을 생각나는 대로 적어 본다.

중국공학대학에 구익균(具益均), 김병연(金炳淵), 김기승(金基昇), 국제대학 이공학원에 서재현(徐載賢), 동(同)학원에 유진동(劉振東), 복단대학에는 김규식(金奎植) 박사의 아들 김진동(金振東)이 다녔다.

구익균은 도산 안창호 선생의 흥사단 요동본부의 젊은 단원으로 도산 선생을 끝까지 받들어 모신 심복이었다. 서재현은 뒷날 우리나라 해군 준장을 지냈고 조선기계 사장으로 있으면서도 항상 작업복 차림으로 기계를 만들어 내는 기술자로 유명했다. 한편 유진동은 해방 후 임정요인들이 환국할 때 같이 귀국했는데, 영어 실력이 뛰어나 복단대학 영자신문에 많은 글을 썼으며 문학원장 여남추(余楠秋) 교수의 칭찬을 많이 받았었다.

복단대학에는 뒷날 치의학 박사가 된 반태유(潘泰悠)가 다녔다. 안중근 의사의 친동생 안공근(安恭根)의 딸 안련생(安蓮生)이 복단대학 부속실험중학에, 그리고 계남대학에 이용규(李容珪:모경제신문 편집국장), 이도웅(李島雄), 이ㅇ주가 다녔고 안우생(安偶生)은 지지대학에, 호강대학에 차균찬과 피천득(皮得千:서울대학교 영문과 교수)이 있었고 최성오와 정구린은 동남의학원에 다녔다.

그 밖에 김붕준 씨의 자녀인 김덕목은 명강대학에, 김효숙과 김정숙은 혜중여고(惠中高安:安息敎宣敎師開設)에 다녔다. 손원일(孫元一:대한민국 해군참모총장, 국방장관과 민영구 해군 소장)이 상선학교(商船學校)에 다녔다.

그 당시 중국에는 유명한 축구팀이 있었는데, '낙화(樂華)축구팀'이라고 했다가 나중에 '동화(東華)축구팀'으로 이름이 바뀌었지만, 이 팀에서 선수로 활약했던 안 의사의 조카(安正根의 아들) 안원생(安原生)이 교통대학(交通大學)에 다녔다. 문학청년으로는 김광주(金光洲)가 있었다. 이밖에도 적잖은 학생들이 공부하고 있었으나 그들의 이름은 생각나지 않는다.

그 당시 상해에는 수십 명의 청년들이 전차회사 인스펙터(검사원)로 있었다. 유호 한인학우회(留扈 韓人學友會)라는 학생들의 모임이 있었는데, 구익균, 유진동, 김기승 등이 간부로 있었고 나도 천도교 학생회를 해본 경력이 있어 간부로 한 자리를 했으나, 회(會) 자체가 친목 외에는 별로 이렇다 할 활동이 없었다.

그 당시 축구 선수로 유명했던 신동권(申同權) 씨는 교통대학 코치였고, 한규영(韓奎永)은 복단대학 부속중학교 체육선생이었다.

## 도산 선생의 가르침

안 도산 선생이 기거하시던 김봉준 선생의 사진관 미예공사는 태평촌에서 얼마 멀지 않은 곳에 있어 나는 홍사단의 금요강좌에 자주 나갔다. 그때마다 도산 선생은 일번으로 우리들에게 감동을 안겨주었다. 말씀마다 진실을 파헤치고 무지를 깨우치는 내용이었다. 어떻게 보면 인도(印度)의 영웅 간디와 비슷하다는 느낌을 받았다. 홍사단은 도산 선생의 지도 이념으로 뭉친 수양 단체였다.

도산 선생은 인격적으로 높이 숭앙받고 있었다. 그래서 많은 사람들이 모여들고 있었다. 나도 선배인 구익균으로부터 입단 권고를 받았다. 그러나 그는 강권하지는 않았다. 모름지기 나는 지난날 천도교 학생회운동을 했고, 사상적으로 인내천(人乃天)주의에 바탕을 둔 천도교 교인이었을 뿐 아니라 천도교 청우당 당원이라는 긍지를 가지고 있었기 때 문이었다. 아닌 게 아니라 내게는 다른 단체에는 가입하지 않겠다는 결심이 서 있었다.

그러나 그때 도산 선생이 가르치신 '무실역행사상(務實力行思想)'은 내 평생의 행동신조로 삼을 정도로 나에게 정말 지대한 영향을 주었다.

## 상해에서 만난 소춘(小春) 선생

1930년 초겨울이었나 보다. 천도교 청년당 대표이신 소춘 김기전(小春 金起田) 선생이 상해에 오신 일이 있었다. 소춘 선생은 북경종

리원을 돌보신다는 구실로 북경을 거쳐 남경에서 국민정부와 국민당 요인들과 만나고, 상해에 오셔서 도산 선생과 우리 임시정부 요인들과 일련의 협의를 하셨다. 소춘 선생의 곁에는 항상 의산 최동오(義山 崔東旿) 선생이 그림자처럼 따라다녔다. 의산 선생은 3.1운동 직후부터 천도교를 대표하여 임시정부와의 연결, 그리고 만주지방과 중국 본토에서 독립운동에 참여하고 있었다.

## 상해에서 광동(廣東)으로

1930년대의 경제공황은 아주 우리 집 사정도 크게 바꾸어 놓았다. 우리 집은 그동안 경영해 오던 인쇄소를 그만두고, 인근 4.5개 군에 공급하던 소금 총판도 넘겨주고, 가지고 있던 수백 마지기도 처분하지 않으면 안 되었다. 그것은 아버님과 큰아버님이 살림과 사업을 같이하셨는데, 많은 사람에게 돈을 빌려주었으나 모든 사람들이 타격을 받아 돌려받기 힘들게 되자 다른 사람들 같으면 땅이나 집이나 차압을 해서라도 받고자 하였겠지만, 우리 집에서는 그냥 모두 탕감해 주었다 한다. 그때 돈으로 약 10만 원이란 현금을 잃었기 때문에 우리 아버님은 안주 읍내 조그마한 초가집으로 살림을 옮겼고, 큰아버님은 평양으로 이사를 하여 결국 실질적인 분가(分家)가 이루어진 셈이었다. 집안 형편이 이렇게 되자 고향으로부터 학비를 보내 오기가 어렵게 되어 하는 수 없이 학교 후문 밖에 있는 학생들을 상대로 하는 밥집에서 약 50원어치 가량 외상 신세를 져야 했다.

겨울방학이 되었다. 복단대학 동기방화 군사특별훈련반이 조직되었는데, 나도 이런 기회에 처음 목적했던 대로 군사교육을 받아야겠다는 생각으로 이 훈련 반에 편입하였다.

여기에는 평소에 나를 많이 도와주셨던 온숭신(溫崇信) 교수의 도움이 컸었다. 그런데 훈련반에 편입된 지 3일 만에 상해 중일전쟁이 터졌다.

나는 천도교 청년당원의 자격으로 복단대학 의용군에 가입하여 그 유명했던 중국 국민혁명군 19로군의 일원으로 항일전쟁에 참여했다. 얼마 후 내가 학교에 돌아왔을 때 나는 외상 밥값 50원 중에서 3분의 1인 16원밖에 못 갚고 나머지는 탕감 받는 수밖에 없었다.

그로부터 얼마 동안은 아버님으로부터 별로 학비를 받지 못하여 먹으라고 보내 주신 백삼(白蔘) 몇 근을 팔아 쓰기도 하고 때에 따라서는 교수님들의 도움도 많이 받았다. 매우 어려운 나날이 계속되었다.

## 광동으로, 중산대학(中山大學) 입학

그러는 동안에 상해에서 가장 가깝게 지내던 구익균 형은 한국독립당과 국민당 서남 정무위원회(國民黨西南政務委員會) 사이에 이루어진 협정에 의하여 광동(廣東) 중산대학(中山大學)에서 공부하고 있는 우리나라 학생들 30여 명을 지도하는 한국독립당 중앙학생지도책으로 중산대학 조교로 있었고, 상해에서 미예공사를 경영하던 김붕준(金朋濬) 선생은 한국독립당 광동지부장으로 가족과 함께 광동으로 갔으며, 상해 동남외대 학생이던 정구린(鄭求麟)도 광동으로 갔다. 이밖에 상해에 있던 많은 조선청년들이 광동으로 옮겨갔다.

이때 광동에는 많은 조선청년들이 살고 있었으며 가기만 하면 중산대학이나 군관학교에 쉽게 들어갈 수 있고 학비도 감면받을 수 있다는 소문이 나돌았다. 나는 고향으로부터의 학비 지원을 기대할 수 없음을 깨닫고 8월중에 광동으로 떠나기로 결심했다.

그러나 내가 광동까지 가려면 적지 않은 노자가 있어야 했다. 그래서 나는 생각 끝에 염치를 무릅쓰고 평소 나를 사랑해 주시던 온숭신(溫崇信) 교수와 중국에서 유명했던 문학잡지를 창간하고 있는 당계요(唐繼堯) 선생의 사위이며 복단대학 예과주임인 손한영(孫寒泳) 교수를 차례로 만나 딱한 사정을 말씀드리고 지원을 부탁했다. 두 분은 내 처지를 십분 이해하신 듯 손 교수님이 10원, 온 교수님이 8원 도합 18원을 쾌히 도와주셨다.

나는 상해 생활의 미련을 떨쳐 버리고 광동으로 향했다. 몇 등이라는 등급을 붙일 수도 없는 약 5천 톤급 화물선표를 샀다.

상해에서 광동까지는 약 일주일에서 열흘 가까운 시간이 걸린다고 했다. 선가(船價) 7원과 갑판 위에 누울 수 있는 목재 침대 하나를 1원 50전을 주고 샀다. 이럭저럭 남은 돈은 7,8원. 갑판 위는 쿨리(苦力:노동자)들로 초만원이었다. 화물선 특유의 냄새가 온몸을 휘감았다.

나는 굴뚝 앞에 뱃머리를 정면으로 두고 여행 침대를 폈다. 그리고 이부자리를 깔고 전 재산이 담긴 고리짝을 놓고 드러누웠다. 일주일이 넘게 항해를 해야 하기 때문에 먹을 때와 용변을 볼 때 말고는 되도록 그 자리를 떠나지 않았다. 뱃고동 소리가 날 때마다 안개비 같은 물방울이 얼굴에 떨어졌다.

그보다도 속력을 높일 때면 굴뚝에서 풍겨 나온 석탄재가 화산재

처럼 우수수 이불 위로 쏟아졌다. 그럴 때면 재빨리 이불을 뒤집어
썼다. 날이 밝아 해가 나면 잡지나 소설을 읽으면서 지루한 시간을
메웠다. 광동성 광주(廣東省 廣州) 즉 광동에 도착한 것은 9월 5일이었
다.

나는 광동에 도착하자마자 구익균(具益均) 형을 찾았다. 구형은 가
을학기가 이미 시작됐고 학생들의 등록이 끝난 때라 입학은 어렵겠
다고 하면서 사방팔방으로 뛰어다녔다.

그러던 어느 날 구형은 학교 당국과 교섭이 되었는데 내가 희망하
던 대로 중산대학 법학원 정치학과 1학년에 등록이 되었다고 했다.
그 당시 우리나라 청년들은 중산대학에 입학하는데 시험도 없었고
학력증명도 생략되었다.

다만 한국독립당에서 천거하면 그냥 받아주었다. 군관학교에 입학
하는 것도 마찬가지였다. 중산대학에는 우리나라 청년이 약 30명,
군관학교에는 7,8명이 공부하고 있었다.

## 하루 한 끼니

1934년 늦은 봄 그 당시 광동에서 공부하는 우리 청년들 가운데
군관학교에 다니는 사람은 모두 학교에서 재워 주고 먹여주고 입혀
주기 때문에 살아가는 데는 아무런 불편이 없었지만, 중산대학에 다
니는 약 30명의 학생은 한국독립당에서 최소한의 식비만 보조해 주
고 있어 여간 궁색하지 않았다.

그러던 것이 어떻게 된 셈인지 한국독립당에서도 돈이 제때에 오
지 않아 집에서 학비를 보내오는 극히 소수의 학생을 제외하고는 모

두 굶게 되었다. 그래서 중산대학 조교이자 독립당중앙의 학생지도 책인 구익균 형이 직접 상해 중앙당에 가서 소요 금액을 받아 와야 만 되는데, 구형이 상해에 다녀오려면 적어도 20일은 걸려야 된다는 것이었다.

우리들은 구형이 상해에 다녀올 때까지 이겨낼 수 있는 방안을 연 구한 끝에 굶어도 같이 굶고 먹어도 같이 먹어야 한다는 전제 아래 가지고 있는 돈과 밥표(食券)를 한데 모아 이것을 김명선(金明善) 동지 가 맡아 가지고 누구나 하루에 한 끼만 먹기로 결의했다. 모래를 먹 어도 삭일만 한 한창 젊은 나이에 그 기나긴 하루를 한 끼만 먹고 지 낸다는 것은 쉬운 일이 아니었다.

그러나 우리들은 용케도 참고 이겨냈다. 우리는 식사시간을 조절 했다. 오전 11시 중국학생이 식사하기 전과 오후 1시 이후 식사가 끝나는 시간을 이용했다. 그때 중산대학 식당의 밥값은 한 끼에 15 전이었고 반찬은 국 한 그릇이었지만 밥만은 마음대로 먹을 수 있었 다. 세 끼에 먹을 밥을 한 번에 먹어야 했으니 중국학생이 없는 시간 이라야 했고, 점심때를 전후해서 먹어야 아침·저녁 식사시간을 거르 기가 수월했기 때문이었다.

따라서 아침에는 늦게 일어나고 저녁에는 일찍 자리에 드는 훈련 을 하였다. 그러나 배가 불러 숨이 가쁜 것은 잠시이고 먹고 싶은 시 간은 하루에 열두 번도 더 됐다. 이렇게 20여 일 동안 구형이 돌아 올 때까지 누구 하나 불평하거나 짜증내는 사람 없이 참고 견디었으 며 심지어는 밥표를 가지고 있으면서도 다른 동지를 생각하고 일부 러 굶는 친구도 여럿 있었다.

## 광주(廣州)에 있었던 한인들

내가 광주 중산대학에 다니던 1933년 9월에서 1937년 8월 사이에 광주에 있었던 사람들을 생각나는 대로 적어 보고자 한다. 기성 인사로 당시 한국독립당 광동지부장으로 뒤에 임시정부 국무위원, 임시의정원장 등을 지낸 김붕준 선생이 가족들과 같이 있었고 소벽 양명진(少碧 楊明鎭) 선생은 한독당에, 구익균(具益均) 형이 한독당 학생 지도 담당책임자로서 중산대학 조교였다.

이밖에 한독당 관계 인사로는 광동수정공서(廣東綏靖公署)에서 우전(郵電) 검사 책임을 맡고 있던 채원개(蔡元凱) 중교(중령), 이웅(李雄) 소교(소령) 두 분이 있었고, 중국군 소령인 김기○과 인삼 장사를 하던 김종혁(金鍾爀), 최학모(崔學模), 이재상(李栽祥)과 이각(李覺)이라는 가명을 가지고 행세한 본명이 박정기(朴貞起)라는 사람과 이 왕가의 후예라고 하면서 역시 인삼 장사를 하고 다니던 사람이 한 사람 있었다. 윤봉길 의사가 거사 전에 상해에 있을 때 윤의사와 같이 기거했던 황해도 출신 고영선(高榮善:그때는 김명성(金明星)이라고 한)이 윤봉길 의사의 전기를 중국어로 출판하여 판매했었다.

그 후의 민족혁명당계로 볼 수 있는 이두산(李斗山) 선생이 부인과 살고 있었고, 이경산(李景山:李蘇民)이 광주 일본총영사관에 피랍됐다가 탈출해 나와 중산대학에 다녔고, 이두산 선생의 아들 이정호(李貞浩)는 중산대학 영문과를 졸업하고 구익균 형이 상해로 떠난 후에 그 뒤를 이어 중산대학 조교의 직책을 가지고 우리 한인 학생들을 돌보아 주었다.

그때 광동군관학교에 다닌 사람으로는 채원개 선생의 조카 채번(蔡藩), 김용무(金容武), 김철(金哲), 노복선(盧福善) 네 사람이었는데, 그후에 진가명(陳嘉明:崔章學), 진경성(陳景星:申松植), 한성도(韓聖濤)가 1936년경에 편입된 것으로 기억된다.

## 상해에서 만난 사람들

남경에 도착하기까지는 일곱 시간 남짓 걸렸다. 비행기의 속도가 느린 까닭도 있었지만 중국 대륙이 얼마나 넓은가를 말해 주는 듯 했다. 남경에 도착한 것은 12월이 다 저물어서였다. 남경에서 광복군 남경잠편지대장 안춘생(安椿生)과 문응국(文應國) 동지를 만났다. 남경에서 이틀을 지내고 나는 다시 기차 편으로 상해에 도착했다.

상해에는 중경에서 온 사람, 안휘성 부양에서 온 광복군 제3지대 사람들, 강서성 상요 제3전구의 광복군 제3징 모분처 사람들, 절강성 금화에 있던 김원봉계의 조선의용대 사람들, 그리고 전쟁중 어쩔 수 없이 상해에 머물러 있으면서 독립을 기다리던 많은 우리 교포들, 친일파의 잔당들, 장사꾼, 일본군에 강제로 참가했다 풀려난 수많은 청년들, 이루 말할 수 없을 만큼 많은 사람들이 모여 있었다.

이 많은 사람들은 하나같이 해방된 고국으로 돌아가기를 고대하고 있었다. 한편 상해에는 임시정부 선무단과 광복군 주항(駐港)관사처, 광복군 제5잠편지대가 있었다. 이따금 젊은이들이 과거 친일했던 사람들을 협박하여 돈을 뜯어낸다는 소문을 들은 적도 있다.

상해에 도착한 나는 상해 광동에서 같이 공부하며 친하게 지냈던 구익균 형을 비롯하여 현정주, 박용철 등의 모임인 애국동지회 지도 간부들과 자주 만나 지난날의 이야기와 앞으로 귀국하는 일에 대해 의논했다.

구익균 형은 자기 돈과 일본 군수물자 등을 처분한 적지 않은 돈을 가지고 전후 혼란 상태에서 많은 어려운 사람들을 도와주었다. 나도 구형의 도움을 받은 사람 중의 한 사람이었다. 이밖에 의산 최동오 선생께서 먼저 상해를 거쳐 귀국하시면서 선생의 아우님에게 중경에서 안병무라는 사람이 오거든 잘 대접해 주라고 하셔서 나의 숙식 문제를 해결해 주셨다. 이때의 최동호 선생과 최선생의 제씨 최동수 씨에 대한 고마움을 여기에 적어 오래 기억하고 싶다.

상해에 와서 지난날 강서성 상요의 전선일보사의 동료들을 다시 만났다. 매우 반가운 일이었다. 그들은 상해에서도 신문을 발간하고 있었다. 신문사의 부사장 겸 주필 총편집을 도맡아 하고 있던 환상(宦鄉) 씨는 귀주(貴州) 사람으로 상해의 교통대학을 나온 정열적인 사람이었으며, 중국 사람으로서는 처음으로 정규 중국 세관원이 되었던 사람이다.

그때의 중국 세관은 영국 사람들이 마음대로 운영하는 때였다. 환씨의 영어 실력은 대단했다. 그는 진보적인 생각을 가진 위인으로 대공보(大公報)와 더불어 진보적인 노선을 걷는 문회보(文匯報)의 사설도 썼다. 그는 다른 젊은 층의 문화인 신문인들과 마찬가지로 중국 국민정부와 국민당의 보수성과 부패상에 환멸을 느끼고 진보적이고 참신한 정치를 주장하고 희구하는 사람 중의 한 사람이라고 생각된다. 나중에 신문을 통하여 알았지만 그는 중공이 영국과 외교관계를 맺을 때에 처음으로 주영 대리대사로 부임했었다. 환향씨는 중국내

의 부패상에 상대되는 주의주장에 - '그 주의 주장에 의해 결국 인간
성 부정의 사회상이 되는 것을 예견 못하고' - 동조하는 사람 중의
한 사람일 뿐 공산주의자라고 여겨지지는 않았다. 다만 살아가는 한
방편으로 실권을 잡은 공산당의 주의주장에 마지못해 따른 것이 아
니었나 생각된다.

이밖에 내가 아는 사람으로 모택동을 풍자하는 극본을 썼다 하여
문혁 초기에 숙청된 장사(長沙)의 「항전일보(抗戰日報)」 주필이었던 요
말사(寥末沙)씨나 유명한 작가 전한(田漢)씨나 계림 「구망일보」 사장으
로 나중에 중공 문화부 부부장(副部長)을 지내다 숙청된 하언(夏衍본;본
명은 沈瑞之) 같은 사람도 마찬가지로 처음엔 진보적 인사로 포섭됐다
가 순종이 아니라고 숙청되는 운명에 처하게 된, 말하자면 양심적인
지식인들이라고 나는 생각한다. 상해에서는 중한문화협회 상해분회
(上海分會)를 조직하는 데도 적으나마 도움을 주었다.